Hausbootküsse

KARIN WIMMER

Hausbootküsse

Bibliografische Information der Deutschen Nationalbibliothek

Die Deutsche Nationalbibliothek verzeichnet diese Publikation
in der Deutschen Nationalbibliografie; detaillierte bibliografische
Daten sind im Internet über http://dnb.d-nb.de abrufbar.

Umschlagdesign: zero-media.net, München
Bildmotiv: FinePic®, München

Satz, Herstellung und Verlag:
BoD - Books on Demand, Norderstedt

ISBN: 978-3-7534-2706-5

Heimat ist da,
wo der Anker fällt!

Prolog

Mein Leben ist kompliziert. Ja, ich weiß: Immer, wenn man das jemandem sagt, erntet man einen wissenden Blick, so als wüsste das Gegenüber, was einem widerfahren ist und dass man übertreibt. Dass es doch nur einer kurzen Klärung bedarf und dann alles wieder im Lot ist. Aber *mein* Leben ist *wirklich* kompliziert. Doch fangen wir erst einmal ganz von vorne an. Mein Name ist Sylvie, ich bin sechsundzwanzig Jahre alt, zierlich und habe rotblondes, langes Haar und blaue Augen. Meine Eltern sind seit fünfunddreißig Jahren zusammen und ich habe ein sehr gutes Verhältnis zu ihnen, was vielleicht daran liegt, dass ich Einzelkind bin und meine Familie auch in weiteren Schichten sehr klein ist. Man könnte meinen, ich bin ein glatt gestricktes Mädchen von nebenan. Und das ist auch gut so, schließlich tue ich seit einigen Jahren alles dafür, diese Fassade aufrechtzuerhalten. Bisher hat mir das auch keine großen Schwierigkeiten bereitet, auch wenn es mich persönlich belastet. Doch dann kam der Abend, an dem sich alles änderte.

Kapitel 1 – vor einem Jahr

Meine beste Freundin Alexandra hat bis vor Kurzem in der Eventabteilung einer Zeitarbeitsfirma mit mir zusammengearbeitet. Seit einigen Wochen hilft sie in der Pension ihrer Zwillingsschwester an der Ostsee in Service und Küche aus. Im heimeligen *L&P* verbringe ich nun meinen Urlaub. Am ersten Abend hier nimmt mich Alexandra, die alle nur Lexi nennen, in die Bar *Leuchtturm* mit. Der alte Leuchtturm direkt an der Küste, der als Bar umgebaut wurde und eine tolle, maritime Atmosphäre bietet, ist rappelvoll. Wir setzen uns an die Bar und bestellen eben etwas zu essen, als plötzlich zwei Gläser Sekt vor uns stehen. Die Kellnerin deutet auf die andere Seite des Tresens. Meine Freundin scheint den Spender zu kennen, denn sie winkt ihn herüber. Ich schenke dem nicht zu viel Beachtung, doch kurz darauf stellt sie mich ihm vor.

»Sylvie, das ist Georg, er leitet das Tourismusbüro hier im Ort«, erklärt sie mir und als ich aufsehe, steht mir ein Mann gegenüber, dessen Namen und Beruf ich so gar nicht mit seinem Erscheinungsbild in Verbindung gebracht hätte. Chucks, Jeans und ein enges graues Shirt bekleiden einen gut proportionierten Körper, der vermuten lässt, dass er trainiert. Auf einem rundlichen, glatt rasierten Gesicht mit gut ausgeprägten Wangenknochen sitzt ein strahlendes Lächeln und unter dunklem, kurzem, leicht widerspenstigem Haar blitzen mich zwei braune Augen interessiert an.

»Hi«, sagt Georg schlicht und streckt mir seine Hand entgegen. Ich ergreife sie mit einem freundlichen: »Hallo!« Sein Händedruck ist sanft, aber fest und er begegnet mir so offen, dass ich mich in seiner Gegenwart sofort entspanne, was nur selten passiert. Aus dem Augenwinkel bemerke ich, dass Lexi ihren Freund Niko entdeckt hat und ihm entgegengeht.

»Ich wusste gar nicht, dass Lexi so hübsche Freundinnen hat«, schmeichelt mir Georg.

»Ach, und du kennst ihren Freundeskreis schon so gut?«, gebe ich zurück und entlocke ihm ein tiefes Lachen, das mich mitreißt.

»Eigentlich nicht«, gibt er zu. »Aber ich bin gerade dabei, dass sich das ändert.«

Er flirtet ganz eindeutig mit mir und ich lasse es zu. Weil er mir gefällt. Weil es mir guttut. Und weil ich weit weg von zu Hause bin.

»Wie willst du das nur wiedergutmachen?«, steige ich darauf ein.

»Da fällt mir schon noch etwas ein«, gibt er sich zuversichtlich. Dann sieht er mich einen Moment lang nur an.

»Hättest du Lust morgen an einer Bootstour teilzunehmen?«, fragt er dann ruhig. »Um elf legt vom Hauptpier ein Ausflugsdampfer ab, der ein Stück die Küste rauf und runter schippert und einen guten Eindruck über das Tourismusgebiet vermittelt. Das Essen auf dem Schiff ist auch wirklich lecker. Normalerweise sind die Karten sehr schnell weg, aber ich kenne den Kapitän und der nimmt sicher mir zuliebe noch zwei Passagiere zusätzlich mit.«

Der legt aber mal ein Tempo an den Tag.

»Und mit den beiden Passagieren meinst du Lexi und mich?«, antworte ich schlagfertig, um Zeit zu gewinnen.

»Wenn du das möchtest, kannst du auch Lexi mitnehmen. Aber eigentlich wollte *ich* dich begleiten«, erwidert er. Zwischen uns ist ein leichtes Knistern, doch er verhält sich weder frech noch aufdringlich, sondern gelassen, aber direkt. Ein wenig flirten, aber keine Spielchen. Das gefällt mir. Unter anderen Umständen würde mir das sogar sehr gut gefallen, aber jetzt bringt es mich in eine leichte Zwickmühle. Ich muss eine Entscheidung treffen. Georg scheint mein Zögern zu bemerken, denn er schenkt mir ein Lächeln und deutet auf die Kellnerin, die unsere Bestellung serviert.

»Euer Essen ist da«, merkt er an. »Entschuldigst du mich kurz?« Lexi und Niko sind endlich bis zu uns durchgekommen und meine Freundin sieht mich neugierig an, ehe sie in ihr Baguette beißt.

»Und?«, fragt sie dann.

»Was und? Wir haben uns nur unterhalten«, wehre ich ihre Frage sofort ab.

»Hey, so habe ich das nicht gemeint. Er ist nett, also wollte ich wissen, wie du ihn findest«, erklärt Lexi.

»Auch nett«, weiche ich ihr aus. Dann merke ich, dass es die Wahrheit ist. Er *ist* nett. Und offenbar versteht er sich auch gut mit meiner Freundin, also kann er kein schlechter Kerl sein. Es ist nur ein Ausflug. Er kümmert sich um mich, weil ich hier niemanden kenne und Lexi arbeiten muss.

»Er hat mich für morgen eingeladen an der Bootstour teilzunehmen. Würde dich das stören? Weil, na ja, eigentlich bin ich ja hier, um dich zu besuchen.« Falls sie doch frei hätte, wäre das Thema gleich vom Tisch.

»Na klar nimmst du teil! Die Tour muss toll sein, die meisten Gäste sind begeistert, irgendwann will ich das auch noch machen, solange ich hier bin. Außerdem muss ich morgen ohnehin arbeiten, also mach dir wegen mir keinen Kopf«, antwortet sie und macht meine Hoffnung, um eine Entscheidung herumzukommen, zunichte. Einen Moment später taucht Georg wieder bei uns auf.

»Und du hast also vor, mir meine Freundin morgen zu entführen?«, bindet Lexi ihn ins Gespräch mit ein.

Er lacht. »Wenn ich darf und sie das auch möchte?«

Sag ich ja, oder sag ich nein? Ja oder nein, ja oder nein? Doch dann findet Georgs Blick den meinen, mein Kopf setzt aus und ehe ich es mich versehe, nicke ich.

»Aber dass du sie mir unbeschadet wieder zurückbringst!«, scherzt Lexi, die von meinem inneren Kampf natürlich nichts mitbekommen hat.

»Darauf trinken wir gleich noch ein Glas«, meint Georg und bestellt weitere vier Gläser Sekt. Ich stürze meines gleich zur Hälfte hinunter und rede mir danach ein, dass mein beschleunigter Puls vom Alkohol kommt.

Es ist lustig mit den dreien. Doch da Niko und Lexi ein Paar sind, hat der Abend einen Touch von einem Doppeldate. Etwas später raunt meine Freundin mir zu, dass sie und Niko sich auf dem Heimweg machen, denn die beiden müssen morgen früh raus. Sie fragt, ob ich noch bleibe, doch für mich war es heute aufregend genug. Also verabrede ich mit Georg, dass er mich am nächsten Tag um halb elf vom *L&P* abholt und wir fahren zu dritt zurück in die Pension.

Ich weiß, dass Lexi verwundert ist, dass ich nicht länger geblieben bin und tatsächlich fragt sie mich danach, als wir allein sind. In diesen Momenten hasse ich mein Leben. Nicht dafür, dass es kompliziert ist. Sondern dafür, dass ich meinen Freunden etwas verheimlichen muss. Und um das zu können, ist es notwendig, manches etwas … anders zu erzählen, als es der vollen Wahrheit entspricht. Ich schrecke aus meinen Gedanken, als Lexi sich räuspert. Ach ja, sie wartet auf eine Antwort. Ich senke den Blick und greife nach einer Ausflucht.

»Ich habe dir doch heute Nachmittag schon gesagt, dass es manchmal klüger ist, abzuhauen, bevor mehr draus wird«, antworte ich leise, wünsche ihr eine gute Nacht und gehe in mein Zimmer.

Am nächsten Tag steht Georg pünktlich an der Rezeption. In Caprihose, luftigem Top und Sandalen gehe ich die Treppe hinunter und versuche das leise Ziehen in meinem Bauch zu ignorieren, als ich ihn entdecke.

»Hi«, sage ich zurückhaltend und weiß nicht ganz, wie ich ihn begrüßen soll.

»Schön dich zu sehen«, antwortet Georg und berührt mich nur für einen Augenblick am Oberarm. Meine Haut kribbelt unter seiner Hand. Doch schon zieht er sie zurück und winkt der Mitarbeiterin hinter dem Computer kurz zu, ehe wir nach draußen gehen. Es ist schon sehr warm und wir machen uns zu Fuß auf den Weg zum Pier. Auf der Einkaufsmeile sieht Georg mich prüfend von der Seite an.

»Ein Hut«, sagt er dann.

Fragend hebe ich die Augenbrauen.

»Ein Hut«, wiederholt er.

»Ein Stock, ein Damenunterrock«, erwidere ich.

»Was?«

»Was?«

Wir lachen beide und bleiben stehen.

»Gut, ich fang noch mal an«, meint er dann. »Es ist heiß heute und ein Hut – oder eine andere Kopfbedeckung – wäre eine gute Idee auf dem Schiff.« Er deutet auf den modischen Fischerhut auf seinem eigenen Haupt.

»Ach so«, gluckse ich und nicke.

»Was wolltest du denn mit einem Unterrock?«, erkundigt sich Georg neugierig.

»Das ist ein Kinderreim«, kläre ich ihn auf. »Ich habe als Teenager oft gebabysittet. Und da bleibt einiges hangen, vor allem, wenn es sich reimt.«

»Verstehe!«, erwidert er lachend. Vor einem Geschäft, das Hüte verkauft, bleibt er stehen und ich greife nach einem großen, weißen Strohhut mit breiter Krempe, setze ihn auf und betrachte mich in dem kleinen Spiegel.

Georg reckt die Daumen nach oben. »Mit dem bist du ganz inkognito unterwegs. Damit würde man nicht mal einen Filmstar erkennen«, scherzt er und winkt ab, als ich nach meiner

Geldbörse greife. Während er bezahlt, bemühe ich mich, das Lächeln auf meinem Gesicht zu bewahren, denn er hat keine Ahnung, wie nah er an der Wahrheit dran ist.

Als ich den alten, weißen Dampfer sehe, hebt sich meine Laune wieder. Ich bin gern auf dem Wasser. Wir ergattern einen schönen Platz an der Reling des Sonnendecks und als das Schiff ablegt, entspanne ich mich zusehends.

»Du hast also als Babysitterin angefangen«, greift Georg das Thema wieder auf, während der Dampfer sich bereits langsam in Bewegung setzt. »Und was machst du heute beruflich?« Man merkt, dass es ihn wirklich interessiert und er nicht nur Small Talk macht.

»Ich arbeite in der Eventabteilung einer großen Zeitarbeits-firma. Wir vermitteln Arbeitskräfte, wo immer sie gerade gebraucht werden. Und in meinem Fall heißt das eben für Veranstaltungen. Neuerdings organisieren wir die Feiern auch komplett, hauptsächlich natürlich für Firmen, aber auch ein paar Hochzeiten waren schon dabei.« Ich erzähle gern von meinem Job. Er macht mir Spaß und es ist ein ungefährliches Thema. Und Georg fragt weiter. Woher ich Lexi kenne und wo ich wohne. Dazwischen zeigt er mir immer wieder die Sehens-würdigkeiten, an denen wir vorbeischippern. Ich fühle mich wohl mit ihm. Das könnte ein Problem werden, doch hier auf dem Wasser schiebe ich meine Sorge einfach beiseite und ge-nieße das Urlaubsgefühl. Viel zu schnell legen wir wieder an. Es ist Nachmittag geworden und ich kann nicht glauben, wie viel ich geredet habe. Zu Fuß schlendern wir zurück zur Pension.

»Wie kommt es eigentlich, dass sich der Leiter des Touris-musbüros mitten in der Hauptsaison spontan einen Tag frei-nehmen kann?«

Georg lacht leise. »Die Planung ist schon seit Wochen ab-geschlossen. Solange kein Sturm aufzieht und alles durchein-anderbringt, so wie vor ein paar Tagen, sollte jetzt die restliche

Saison wie am Schnürchen laufen. Da ist ein freier Tag schon mal drin. Vor allem wenn man sich um schöne, einsame Touristinnen kümmern muss.« Er zwinkert mir zu.

»Ach, machst du das öfter?«, frage ich frech. Georg bleibt stehen und dreht mich sanft so herum, dass ich ihn ansehen muss. Dann macht er einen Schritt auf mich zu.

»Ich gebe gern allen Gästen Auskunft darüber, dass die Fahrt mit dem Ausflugsschiff ein besonderes Erlebnis ist. Aber ich habe noch nie jemanden begleitet. Bis auf dich«, erklärt er mir dann ruhig und mit festem Blick. Mein Herz beschleunigt seinen Rhythmus bedenklich.

»Und warum das?«, flüstere ich dann. Er hebt seine Hand und steckt eine Haarsträhne hinter mein Ohr. Für einen Moment glaube ich, dass er mich küssen wird, doch er streichelt nur sanft mit dem Zeigefinger über meine Wange.

»Weil ich dich gerne besser kennenlernen möchte«, gesteht er dann. »Natürlich nur, wenn das für dich in Ordnung ist?« Abwartend sieht er mich an.

Nein ist es nicht. Besser kennenlernen ist eine ganz schlechte Idee. Je besser wir uns kennen, desto gefährlicher wird es. Doch dann höre ich mich mit einem leisen »Ja« antworten. Was mach ich denn da? Bin ich verrückt geworden? Die Seeluft hat wohl meinen Verstand ausgeschaltet. Doch andererseits bin ich in ein paar Tagen wieder zu Hause. Was soll schon groß passieren?

»Als Freunde«, füge ich hinzu. »Ich reise am Sonntag wieder ab und kann kein Drama gebrauchen.«

Ich ernte nur ein Lächeln von Georg, ehe er weitergeht. Hoffentlich ist meine Message bei ihm angekommen, denn es war mein voller Ernst.

Im L&P laufen wir Lilly, Lexis Zwillingsschwester und Chefin der Pension, über den Weg, die uns noch eine Flasche Wein auf die Terrasse bringen lässt, obwohl das Restaurant schon geschlossen hat.

»Ich kann ja nicht glauben, dass Lexi hier in der Küche hilft«, meine ich trocken, nachdem wir angestoßen haben. »Sie ist eine grauenhafte Köchin.«

Georg verschluckt sich beinahe vor Lachen. »Danke für die Vorwarnung, dann werde ich wohl erst wieder in der Nachsaison hier essen.«

»Quatsch, Lilly und Niko haben ja ein Auge auf sie. Und angeblich hat sie schon einiges gelernt. Ich gebe dir Bescheid, wie mein erstes Essen hier war.« Ich lehne mich auf meinem Stuhl zurück und ziehe ein Knie an. Wieder ist es so, dass ich erstaunlich entspannt bin in Gegenwart eines Mannes.

»Wie sind deine Kochkünste denn so?«, fragt Georg.

»Ich kann wahnsinnig gut Curryhuhn … beim Thailänder um die Ecke bestellen. Und meine Fähigkeiten Tiefkühlpizza in den Ofen zu schieben sind überragend.«

»Na, das klingt doch vielversprechend!«

»Und du? Bist du ein heimlicher Gourmetkoch?«, will ich wissen. Er wiegt den Kopf. »Das nun gerade nicht, aber ich weiß, wie man einen Herd benutzt«, erwidert er. »Ich musste mich schon früh um mich selbst kümmern, da lernt man das quasi nebenbei.«

Ich überlege, ob ich nachhaken soll, da kommt Lexi zu uns auf die Terrasse und nimmt mir die Entscheidung ab.

»Darf ich mich kurz zu euch setzen?«, fragt sie höflich.

»Hey, Lexi. Na klar«, begrüßt Georg sie.

»Schön, dass wir uns noch sehen. Unsere Tour war der Hammer. Du musst das unbedingt noch machen, bevor du nach Hause fährst«, plaudere ich rasch über unseren Ausflug.

Lexi und Georg beginnen über das Touristenprogramm der nächsten Wochen zu sprechen. Doch ich höre nicht wirklich zu. Ich nutze die Gelegenheit, dass Georg sich auf Lexi konzentriert, um ihn zu mustern. Und ich kann nicht abstreiten, dass mir gefällt, was ich sehe. Er ist nicht nur sehr attraktiv, sondern auch freundlich, aufmerksam und lustig. Mit ihm Zeit zu verbringen ist so leicht. Man merkt an seinem Auftreten, dass er in sich ruht. Er ist, wie er ist, und versteckt sich nicht hinter einer Fassade und das wirkt auf mich sehr anziehend. Aber ich bin sicher, dass auch er Dinge mit sich herumträgt, die er verbirgt, denn das tun wir letztlich alle. Jedoch mache ich mir Sorgen, welche Auswirkungen er auf *mein* gut gehütetes Geheimnis haben könnte. Mein Körper reagiert eindeutig auf ihn und auch mein Herz erwärmt sich mit jeder Stunde mehr für diese samtigen Augen und seine sanfte Art. Doch mein Verstand muss scharf und wachsam bleiben, denn mehr als einen harmlosen Urlaubsflirt darf ich mir in meiner Lage nicht erlauben.

Lexi verabschiedet sich und steht auf.

»Ist alles in Ordnung mit dir? Du wirkst so abwesend«, erkundigt sich Georg, als wir wieder allein sind und hält fragend die Weinflasche hoch. Da ich meinem Verstand im alkoholisierten Zustand nicht traue und Georg den Rest schon auf seiner Seite hat, schüttle ich den Kopf.

»Ja, alles gut! Nur etwas müde von der vielen Sonne«, gebe ich vor. »Ich bin eben doch eine Büropflanze.«

Georg lacht, doch wir werden erneut gestört. Diesmal ist es Niko, der um die Ecke kommt. Ich nutze die Gelegenheit, verabschiede mich von den beiden und gehe in mein Zimmer.

Am nächsten Tag laufe ich Lexi an der Rezeption in die Arme, als ich gerade in die Stadt aufbrechen möchte. Georg hat mir eine Nachricht an der Rezeption hinterlassen mit seiner Nummer und der Frage, ob ich Lust hätte heute mit ihm shoppen zu gehen. Und wieder einmal wusste ich, dass es eigentlich keine gute Idee ist, aber ich konnte einfach nicht ablehnen.

»Hast du schon eine Verabredung heute Nachmittag?«, erkundigt sich Lexi.

»Keine, die ich nicht für dich absagen würde«, erwidere ich dankbar.

»Alles klar, dann sag alles ab und schmeiß dich in deinen Bikini, wir treffen uns in zehn Minuten auf der Terrasse.« Ich rufe Georg gleich von der Rezeption aus an und sage ihm, dass Lexi mich heute für sich beansprucht. Er reagiert sehr verständnisvoll. Natürlich tut er das. Könnte er nicht ein bisschen weniger perfekt sein? Dann erkundigt er sich, ob wir morgen Windsurfen gehen wollen. Da kann ich nicht widerstehen! Ich sage zu und wenig später sind Lexi und ich auf dem Weg an den Strand.

Meine Freundin findet es anscheinend sehr witzig, dass Georg so interessiert ist an mir und zieht mich damit auf. Wir machen es uns auf den Liegetüchern bequem, als sie mich fragt, wieso ich überzeugter Single bin. Da ist sie – die Frage, die mich wieder einmal in die unangenehme Lage bringt, einer Freundin nicht ganz die Wahrheit sagen zu können. Ich erzähle ihr, dass es nicht an mangelnden Angeboten liegt. Aber wenn die Umstände nicht passen, lasse ich es lieber, denn Drama kann ich in meinem Leben nicht gebrauchen. Ich gebe auch zu, dass ich Georg interessant finde. Er ist witzig, charmant, sieht gut aus, weiß was er im Leben will und mag mich offensichtlich sehr. Meine Zurückhaltung schiebe ich auf die Entfernung, mit der ich nicht umgehen könnte. Und dass ich deshalb nicht mehr zulasse als Freundschaft. Daraufhin wendet sich das Gespräch wieder anderen Themen zu und ich atme innerlich auf. Nachdem wir uns in der Ostsee abgekühlt haben, erzähle ich ihr vom Windsurfen und wir verabreden, uns am nächsten Abend zu viert im *Leuchtturm* zu treffen.

Das Windsurfen am darauffolgenden Tag stellt sich als sehr lustig heraus. Vor allem, da Georg offensichtlich annimmt, dass er es mit einer Anfängerin zu tun hat. Nachdem wir uns die Ausrüstung ausgeliehen haben, möchte er mir erst zeigen, wie man die Füße auf dem Board platziert und das Segel am besten hochzieht, ehe er mir dann Hilfestellung geben will. Ich beobachte ihn aufmerksam, bevor ich mich in Position bringe und davonflitze. Ich war als Teenager oft mit meinen Eltern am Meer und habe diesen Sport schon früh für mich entdeckt. Der Wind und die emporspritzende Gischt, während man über das Wasser saust, geben mir ein besonderes Gefühl von Freiheit. Ich sehe mich nach Georg um und entdecke ihn ein gutes Stück hinter mir. Die Überraschung hat ihn wertvolle Sekunden gekostet und ich habe nicht vor, den Vorsprung zu verlieren. Eine rasche Wendung lässt mich auf die offene See hinausschießen. Ich lache übermütig und lasse mich zu einem lauten »Wuhuuuuu« hinreißen. So frei und voller Leben habe ich mich schon seit Jahren nicht mehr gefühlt. Um mich nicht zu weit vom Festland zu entfernen, drehe ich das Segel erneut und rase Georg nun entgegen. Er zieht eine elegante Schleife und kommt dann an meine Seite. Eine Weile surfen wir nebeneinander her.

»Du bist ja ein Profi! Ich habe dich wohl eindeutig unterschätzt!«, ruft er mir zu.

»Dann solltest du aufpassen, dass dir das nicht öfter passiert!«, erwidere ich und erlaube mir, den Blick seiner braunen Augen festzuhalten. Ein leises Kribbeln macht sich in meiner Magengegend breit. Können wir nicht für immer auf dem Wasser bleiben? Georg lacht leise, als hätte er meinen Gedanken gehört und sieht nach vorne.

»Die Boje, pass auf!«, schreit er plötzlich. Und da sehe auch ich das rote Plastikteil auf mich zukommen. Schnell weiche ich aus, verliere aber das Gleichgewicht und stürze.

»Sylvie!«, höre ich Georgs entsetzte Stimme und schon ist er bei mir im Wasser.

»Alles in Ordnung«, beruhige ich ihn. »Ich bin nicht zum ersten Mal gestürzt. Außerdem bin ich schon ein großes Mädchen und kann schwimmen.«

Er mustert mich so besorgt, dass ich ein Lächeln nicht unterdrücken kann. Die nächste Welle erfasst mich und trägt mich in seine Arme. Er fängt mich auf und atmet scharf ein. Ihm auf einmal so nahe zu sein überrascht und überfordert mich einen Moment lang. Die Situation hat an Leichtigkeit verloren. Mein Herz pocht aufgeregt gegen meinen Brustkorb und ich spüre überdeutlich, wo seine nackte Haut auf meine trifft. Sein Blick wandert zu meinen Lippen und sein Gesichtsausdruck verrät, dass er mich jetzt gerne küssen würde. Vorsichtig fühle ich in mich hinein und entdecke, dass mir diese Vorstellung gefällt. Ich glaube, dass seine Küsse anders wären, weil *er* anders ist und weil ich mich anders fühle mit ihm. Er verharrt immer noch regungslos, ich spüre, wie er mit sich hadert, abwägt, wie weit er gehen soll, gehen darf. Und auch wenn ich ihm zwei Tage zuvor erst gesagt habe, dass ich nur Freundschaft zu ihm möchte, wünsche ich mir jetzt fast, dass er seine Beherrschung verliert und tut, wonach er sich offenbar sehnt. Denn tief in meinem Inneren spüre ich ein Vibrieren, das ich schon verloren geglaubt habe. Doch er lässt mich mit einem Räuspern los und schwimmt wieder zu seinem Board zurück.

»Wir sollten uns langsam auf den Rückweg machen«, meint er mit rauer Stimme, wartet, bis ich in Position bin, und zieht dann das Segel auf. Ich bin dankbar für die kleine Verschnaufpause, während wir erneut über die Wellen gleiten und die Gelegenheit, mich wieder zu fangen. Schnell überschlage ich im Kopf, wie lange ich noch hierbleibe. Ich weiß nicht, ob ich das noch zwei weitere Tage durchhalte, ohne in eine Katastrophe zu schlittern. Ich fühle mich wohl mit Georg und langsam wird er zu einer unwiderstehlichen Versuchung. Doch es darf nicht sein.

Am Strand verabschiede ich mich schnell und versichere ihm, dass ich allein zurück ins *L&P* finde.

Frisch geduscht und umgezogen erkunde ich auf eigene Faust die Stadt. Bis zu unserem Treffen im *Leuchtturm* ist noch Zeit und ich shoppe ein paar Souvenirs für meine Eltern und mich selbst. Als ich schließlich im Lokal ankomme, wartet Georg bereits auf mich.

»Hast du etwas Schönes gefunden?«, fragt er und die Spannung von heute Nachmittag ist nicht mehr zu spüren. Gut so! Ich nicke und zeige ihm meine Schätze. Er zieht mich damit auf, dass ich eine typische Touristin bin, da ich an dem Modell des Stadt-Wahrzeichens – dem Leuchtturm – nicht vorbeigehen konnte. Dann erzählt er mir, dass er von Niko heute ein Demo bekommt, weil er dessen Band eventuell für das After-Season-Fest im Oktober engagieren will und fragt mich nach meiner professionellen Meinung, eine Newcomer-Band für so ein wichtiges Event zu buchen.

»Wenn sie gut genug sind und das liefern können, was du dir vorstellst, haben sie eine Chance verdient«, antworte ich ihm ehrlich.

Da kommt Niko auch schon herein und wenig später Lexi. Die Begrüßung der beiden ist so liebevoll und innig, dass sich in meinem Inneren unweigerlich etwas zusammenzieht. Es ist schön, so verliebt zu sein. Dann fällt mein Blick auf Georg und auch der Ausdruck in seinen Augen ist sehnsüchtig. Es stört mich nicht, dass mit großer Wahrscheinlichkeit ich der Grund dafür bin, sondern vielmehr, dass ich ihm nicht geben kann, was er sich wünscht. Rasch wende ich mich ab. In diese Richtung dürfen meine Gedanken nicht gehen.

Niko und Georg beginnen sich über die Einzelheiten des Gigs zu unterhalten und Lexi verabschiedet sich wenig später wieder. Ich schließe mich ihr an und zu Fuß laufen wir schweigend in die Pension zurück. Ihr liegt etwas auf dem Herzen, das merke ich sofort und wahrscheinlich bin ich die schlechteste Freundin der Welt, aber ich bin an diesem Abend selbst so mit meinen Gefühlen und Gedanken überfordert, dass ich sie nicht frage, ob sie darüber reden will.

Am nächsten Tag verziehe ich mich nach dem Frühstück sofort an den Strand und mache es mir in einem der vielen Strandkörbe bequem. Ich krame mein Buch aus der Tasche, das ich mir von Lilly geliehen habe. Es ist eine Biografie von einem Starkoch, doch schon nach wenigen Seiten klappe ich sie wieder zu. Meine Gedanken schweifen immer wieder ab. Ich bin Inge an der Rezeption heute absichtlich aus dem Weg gegangen, damit ich eine eventuelle Nachricht von Georg erst gar nicht bekomme. Meine Handynummer habe ich ihm wohlweislich immer noch nicht gegeben. Es wird Zeit für ein wenig Ruhe. Eigentlich war der Plan, dass ich mich hier erhole, doch so fühle ich mich ganz und gar nicht. Ich denke über die letzten Jahre meines Lebens nach und muss zugeben, dass ich schon lange nicht mehr so viel Spaß hatte wie in den vergangenen paar Tagen. Doch das Gedankenkarussell drum herum und mein nagendes Gewissen kosten mich sehr viel Kraft.

Zu Mittag bin ich der letzte Gast, der zum Essen in den Speisesaal kommt, und Gabi nickt, als ich nach draußen auf die Terrasse deute. Sie nimmt meine Getränke-Bestellung auf und ich schlemme mich durch Lillys Speisekarte. Alles, was ich probiere, schmeckt ganz hervorragend und ich lehne mich zufrieden zurück, als auch der letzte Rest Dessert aus dem Glas verputzt ist. Gabi lächelt mich an, als sie kommt, um das Geschirr abzuräumen.

»War bei dir alles in Ordnung?«, fragt sie mich freundlich.

»Ja, alles war toll! Anscheinend bin ich die Letzte«, bemerke ich, als ich einen Blick in den leeren Speisesaal werfe. »Das tut mir leid.«

»Gar kein Problem!«, versichert sie mir. »Wir bleiben gerne hier, bis alle Gäste fertig sind. Es muss ohnehin noch alles für morgen vorbereitet werden. Wobei heute ja nicht, weil wir noch üben müssen.«

»Üben?«, wiederhole ich verwirrt.

»Morgen ist der Sommerball der Restaurant-Olympiade. Es gibt eine Tanzdisziplin, bei der wir bewertet werden. Und damit wir uns nicht alle völlig blamieren, wird heute Abend noch mal kräftig geübt«, erklärt sie mir augenzwinkernd. »Dafür müssen die Tische natürlich zur Seite.«

Ich nicke verstehend. Lexi hat mir davon erzählt. Es handelt sich um eine Light-Version der Gästeanimation, die an den Wochenenden stattfindet. Mehrere Restaurants und Beherbergungsbetriebe treten in verschiedenen Disziplinen zur Unterhaltung der Gäste gegeneinander an und erspielen Punkte. Der Betrieb mit den meisten Punkten gewinnt einen Ausflug für das gesamte Team und wird im darauffolgenden Jahr auf allen Werbemitteln genannt.

»Und wann geht es los?«, erkundige ich mich interessiert.

Sie wirft einen Blick auf die Uhr. »Sobald die Küche fertig geputzt ist. Kann nicht mehr lange dauern.« Mit einem kurzen Winken verschwindet sie nach drinnen.

Interessiert beschließe ich, mir die Sache anzusehen. Von meinem Platz auf der Terrasse aus habe ich ja eine gute Sicht. Doch schon nach dem ersten Lied höre ich hinter mir ein leises Räuspern.

»Georg!«, rufe ich überrascht, als ich mich umdrehe.

»Hi«, begrüßt er mich. »Eigentlich hatte ich ja gehofft, Lexi oder Niko hier anzutreffen, aber die Alternative gefällt mir sogar noch besser.«

»Ach wirklich?«, gebe ich amüsiert zurück. »Die beiden sind bei der Bandprobe, soviel ich weiß.«

Georg nickt nur, tritt an meine Seite und wirft einen Blick in den Speisesaal, wo die halbe Belegschaft des *L&P* tanzt.

»Darf ich bitten?«

»Was?«, frage ich verwirrt.

»Darf ich bitten?«, wiederholt er. »Ich würde gerne mit dir tanzen.«

»Darfst du das?«, entfährt es mir.

»Sag du es mir!«, erwidert er grinsend.

»Nein, ich meine wegen diesem Olympiading. Machst du da nicht bei der Konkurrenz mit?«

Er schüttelt den Kopf. »Ich moderiere das *Ding* nur«, erklärt er. »Also?« Auffordernd hält er mir seine Hand entgegen.

»Nur tanzen«, stelle ich klar.

Er hebt die Hand wie zum Schwur und streckt sie dann erneut nach mir aus. Und obwohl ich weiß, welches Gefühlschaos mich gleich erwartet, lege ich meine hinein und lasse mich von ihm mit in den Speisesaal ziehen. Seine Hände auf meinem Körper verursachen ein Kribbeln und die Nähe zu ihm bringt mich durcheinander. Gott sei Dank bin ich keine Anfängerin im Tanzen, sodass ich nicht darüber nachdenken muss, was ich tue. Denn ich kann mich auf nichts anderes konzentrieren als auf ihn. Nur noch morgen, dann fahre ich wieder in mein sicheres, langweiliges Leben nach Hause, bete ich mir vor.

Für den Sommerball am nächsten Abend habe ich natürlich kein passendes Kleid im Gepäck. Also steht am Nachmittag shoppen auf meinem Programm. Ich erstehe ein dunkelblaues langes Kleid, das schmal geschnitten ist, jedoch am Rücken einen Spitzeneinsatz bis zur Taille hat. Die Farbe passt zu meinen Augen und auch zu den Riemchensandalen, die ich noch im Koffer habe.

Mit locker hochgestecktem Haar betrete ich am Abend gemeinsam mit dem Team des *L&P* den Stadtsaal. Georg empfängt uns schon am Eingang und als sein Blick auf mich fällt, kann ich in seinen Augen die Bewunderung ablesen. Für einen Moment genieße ich sie einfach und beschließe, die Erinnerung daran auf jeden Fall mit nach Hause zu nehmen.

»Da ist aber jemand sehr erfreut, dich zu sehen«, raunt mir Lexi zu und ich werfe ihr einen strafenden Seitenblick zu.

»Wir sind nur Freunde«, flüstere ich gerade noch, ehe Georg mir galant seinen Arm anbietet und mich zum Tisch begleitet. Die anderen verschwinden hinter der Bühne und schon bald geht der Wettbewerb los. In zwei Etappen tanzen die Paare der teilnehmenden Restaurants Walzer, Boogie und Foxtrott. Die Zuseher bewerten die Darbietung. Amüsiert sehe ich erst Lexi und Niko zu, wie sie die Aufgabe meistern und spare am Ende nicht mit Punkten für das L&P. Letztlich landet die Pension auf dem zweiten Platz. Nach der Verkündung des Siegers erklärt Georg die Tanzfläche für eröffnet und gesellt sich dann zu uns. Nach einem kurzen Wortwechsel mit Lexi und Lilly sieht er mich fragend an.

»Wenn du mich jetzt noch auf die Tanzfläche begleitest, ist mein Abend perfekt.«

Ich werfe alle Vorsicht über Bord und lasse mich von ihm entführen. Er zieht mich vorsichtig in seine Arme und wohlige Wärme macht sich in mir breit. Sein Duft steigt in meine Nase, er vermittelt mir Geborgenheit und Zuverlässigkeit. Ganz automatisch verringere ich unseren Abstand, suche die Sicherheit, die er ausstrahlt. Als ich aufsehe, treffen sich unsere Blicke. Eine schokoladenbraune Tiefe hält mich gefangen und beschleunigt meinen Puls. Der Raum rund um mich verschwimmt. Das alles hier wird langsam zu gefährlich für mich und obwohl ich mir dessen bewusst bin, kann ich nichts dagegen tun.

»Ich bin sehr froh, dass wir uns getroffen haben«, gesteht mir Georg schließlich leise. »Ich weiß, dass dein Urlaub langsam zu Ende geht, aber ich würde gerne weiterhin Kontakt mit dir halten und dich besser kennenlernen.«

Für einen Moment weiß ich nicht, was ich sagen soll, doch die Band meint es gut mit mir und wechselt zu sehr beschwingter Musik, zu der wir über die Tanzfläche wirbeln, was mir eine Antwort erspart.

»Vielleicht sollte ich wieder zurück an den Tisch«, meine ich nach einigen Tänzen.

»Noch einen Song«, bittet mich Georg. Sein Blick ist intensiv. Die Musik wird romantisch und er zieht mich näher an sich. Ich lege wie selbstverständlich meine Arme in seinen Nacken. Es ist wie ein Reflex, ich kann nicht anders. Was mache ich denn hier? Das läuft alles aus dem Ruder. Aber ich passe so perfekt in seine Arme, dass ich mich nicht *nicht* an ihn schmiegen kann. Und er nimmt mich so bereitwillig auf, begrüßt meine Nähe und hält mich fest und doch sanft.

»Ich weiß nicht, ob es gleich bei unserer ersten Begegnung im Leuchtturm passiert ist, oder irgendwann zwischen der Schifffahrt und dem Windsurfen, aber … ich mag dich, Sylvie«, flüstert Georg mir ins Ohr.

Sprachlos lehne ich mich etwas zurück, um ihn ansehen zu können. Sein Blick streichelt mein Gesicht und seine Augen wandern zu meinen Lippen. Er wird mich küssen. Das ist der nächste Schritt und obwohl jede Faser meines Körpers will, dass er ihn macht, schreit mein Verstand aus vollen Kräften, dass ich das nicht zulassen darf. Abrupt lasse ich ihn los, bleibe stehen und mache einen Schritt zurück. Dann haste ich zurück zu unserem Tisch. Zum Glück sehe ich meine Freundin dort sitzen.

»Würde es dich stören, mich in die Pension zu begleiten?«, frage ich sie schnell.

Alarmiert blickt sie auf. »Alles okay?«, erkundigt sie sich, während sie schon nach ihrer Tasche greift.

Ich nicke. »Klar, ich möchte jetzt nur einfach zurück.« Ich muss hier raus. Ich muss hier weg. Am besten sofort.

Sobald ich die kühle Nachtluft einatme, geht es mir besser.

Lexi ist irritiert von meiner Flucht, doch ich erzähle etwas von Trennungsschmerz, wenn ich mich auf ihn eingelassen hätte und dass ich dafür keinen Nerv habe. Und sie glaubt mir.

Natürlich glaubt sie mir. Ich bin ihre Freundin, weshalb sollte sich sie anlügen? Ich spiele das Spiel inzwischen perfekt genug, um keine Zweifel an meiner Aussage aufkommen zu lassen. Ich verkörpere die Rolle so gut, dass ich selbst manchmal nicht mehr weiß, wie es eigentlich darunter aussieht. Und wofür ich das alles mache. Georg hat etwas Besseres verdient.

»Ich werde morgen ganz zeitig in der Früh fahren, noch vor dem Frühstück. Ich will ihn nicht noch mal sehen«, meine ich dann leise. Lexi nickt und lenkt mich dann noch mit belanglosen Plaudereien ab. Auch am nächsten Tag ist sie eine tolle Freundin und übernimmt sogar für mich, Georg zu sagen, dass ich abgereist bin.

Und dann fahre ich zurück in mein altes Leben. Doch Georg bekomme ich einfach nicht aus dem Kopf. Die Art, wie er mich angesehen hat, als könne er hinter die Fassade blicken. Wie wohl ich mich bei ihm gefühlt habe. Und seine Bitte, dass er mich kennenlernen möchte, lässt mich nicht mehr los. Und da wird mir klar, dass ich ein Problem habe. Und dieses Problem hat einen Namen: Max!

Kapitel 2 – vor drei Jahren

Ich nehme die Treppe, die vom Club in die höher gelegene Cocktailbar führt, und sinke oben auf einen der Hocker, von denen aus man auf die tanzende Menge und die zuckenden Lichter sehen kann. Leise Musik spielt im Hintergrund, von dem mitreißenden Beat ist hier nichts mehr zu hören. Fast unwirklich kommt mir die Party zu meinen Füßen vor. Irgendwo im Getümmel sind noch meine Kommilitonen, die genau wie ich ausgelassen die vorletzte Prüfung feiern, die wir heute hinter uns gebracht haben. Jetzt fehlt nur noch die Präsentation der Abschlussarbeit in vier Wochen, doch das ist eine reine Formsache in meinen Augen. Gegen die Monsterklausur von heute ist alles andere nur noch ein Klacks. Aber es ist gut gelaufen, wenn das mal kein Grund zum Feiern ist. Studium Eventmanagement abgehakt! Jetzt bleibt nur noch zu hoffen, dass eines der hundert Bewerbungsschreiben einen coolen Job nach sich zieht, und das Leben kann kommen. Aber erst mal brauche ich etwas zu trinken und ein wenig Schonfrist für meine Füße. Der Barkeeper kommt zu mir.

»Einen Cuba Libre«, bestelle ich.

»Wow, ich hätte auf etwas Fruchtiges oder Sahniges getippt«, höre ich eine Stimme hinter mir. Als ich mich umdrehe, sehe ich in zwei Augen, die so unfassbar grün sind, dass ich überlege, ob das farbige Kontaktlinsen sind. Der Rest des Typs ist jedoch auch nicht zu verachten. Groß, blond, schlank, sportlich aber keine Bodybuilder-Muskeln, glatt rasiert, schöner Mund …

»Vom Fruchtsaft wird einem am nächsten Morgen schlecht und für Sahne habe ich schon zu viel Alkohol getrunken. Was glaubst du, was das für eine Schweinerei wird, falls ich kotzen muss?«, gebe ich frech zurück. Mal sehen, ob Mister Hübsch auch Humor hat.

»Eigentlich hatte ich ja gehofft, dass du ab jetzt aufhörst, zu trinken und dich auf anderes konzentrierst.« Sein Grinsen unterstreicht die eindeutige Anmache. Also auch noch schlagfertig und zielstrebig. Aber das kann er auch haben.

»Wenn sich etwas Interessantes ergibt ...«

»Darf ich dir diesen Drink ausgeben?«

»Klar darfst du das, oder glaubst du vielleicht, ich bin so leicht zu haben, dass man mir nicht mal etwas zu trinken spendieren muss?«

»Ich beobachte dich schon den ganzen Abend und bin davon überzeugt, dass du vieles bist, aber sicher nicht leicht zu haben«, antwortet mein Gegenüber.

»Hältst du es für klug, dich schon so früh als Stalker zu outen?«, ziehe ich ihn auf und ernte ein Lachen.

»Von meinem Arbeitsplatz aus habe ich nun mal die beste Sicht auf die Tanzfläche und du hast sie in den letzten Stunden kaum verlassen.« Er deutet nach unten auf die kleine Bühne. In meinem Kopf macht es klick und ich sehe ihn mir nochmals genauer an.

»Du bist der DJ«, stelle ich dann fest.

Er nickt. »Max«, stellt er sich vor.

»Sylvie.«

Ich ergreife die Hand, die er mir entgegenstreckt, und spüre, wie mich ein Stromschlag durchzuckt. Von den Haarwurzeln bis zu den Zehenspitzen vibrieren alle meine Nervenenden, meine Sinne sind geschärft, mein Herz setzt einen Schlag lang aus. Max ergeht es anscheinend ähnlich, denn er lässt mich nicht los, sondern fixiert mich mit seinem Blick. Er wirkt überrascht.

»Das ist ungewöhnlich«, murmelt er schließlich. Ich schaffe es nur zu nicken und zwinge mich nach einigen Minuten, meine Hand zurückzuziehen. Es fühlt sich an, als wolle man zwei starke Magnete trennen. Der Kellner bringt meinen Drink und ich bedanke mich. Max deutet auf sich. Somit scheint die Rechnung beglichen.

»Sollte ich jetzt beeindruckt sein?«, frage ich mit einem Grinsen. Er schmunzelt und beugt sich zu mir. Sein Parfum ist ein bekanntes, typisch männliches, doch es passt gut zu ihm.

»Wenn ich dich beeindrucken will, wirst du das merken«, flüstert er dann in mein Ohr und der Hauch seines Atems jagt mir eine Gänsehaut über den Körper. Er sieht mich an, als wolle er abschätzen, ob es okay für mich ist, dass er mir so nahe gekommen ist. Forsch und doch rücksichtsvoll. Ich lächle ihn an und neige meinen Kopf leicht zur Seite. In diesen Augen könnte ich mich verlieren.

»Sind die echt?«, wispere ich dann. Er hebt nur fragend eine Augenbraue. »Deine Augen. Ist die Farbe echt?«

»An mir ist alles echt. Und wenn du mich lässt, beweise ich dir das gerne«, raunt er mir heiser zu.

Und dann küsst er mich ohne weitere Vorwarnung und hebt meine Welt aus den Angeln. Da ist nichts Abwartendes oder Vorsichtiges in seinem Kuss, aber auch nichts Forderndes oder Besitzergreifendes. Er gibt. Die Gefühle brechen über ihn herein und ich merke, dass er mich daran teilhaben lassen will. Leidenschaft, Lust und noch etwas, das ich nicht zuordnen kann. Unsere Lippen erzählen sich, wofür wir keine Worte finden würden. Er küsst mich, als wolle er die Spannung von unserem Händeschütteln auf die nächste Stufe drehen. Als würde ihn die Anziehung zwischen uns verrückt machen und als wolle er herausfinden, ob es mir so geht wie ihm. Und das tut es. Mein ganzer Körper reagiert und ich dränge mich an ihn. Seine Hände streichen über meinen Rücken, er zieht mich an sich und hält mich, damit ich nicht den Boden unter den Füßen verliere. Unter Aufwendung meiner gesamten Willenskraft löse ich mich ein paar Zentimeter von ihm, bevor unsere Show nicht mehr jugendfrei wird. Schwer atmend halten wir uns immer noch an den Händen, wollen den Körperkontakt nicht völlig aufgeben. Ich erkenne, dass jeder seiner Sinne auf mich ausgerichtet ist. Und obwohl ich sonst nicht der Typ dafür bin, greife ich nach meiner Tasche und ziehe ihn wortlos mit mir.

Wir legen sowohl die Taxifahrt, wie auch den Weg in meine kleine Studentenwohnung im Dachgeschoß schweigend zurück. Als ich die Türe hinter mir schließe und meine Jacke aufhänge, spüre ich seine Arme, die sich um mich schlingen. Er dreht mich zu sich und küsst mich sanft.

Ehe meine Beine erneut weich werden und ich keinen klaren Gedanken fassen kann, murmle ich nur: »Kondome?«

»Bitte sag, dass du welche im Haus hast«, fleht er.

Ich trete einen kleinen Schritt zurück. »Ich dachte eigentlich, ein DJ hat so was immer griffbereit in seiner Hosentasche.«

»Autsch! Und schon stecke ich in einer Schublade.« Er wirkt tatsächlich etwas gekränkt.

»Willst du mir sagen, dass du diese Sprüche heute zum ersten Mal geklopft hast?« Skeptisch sehe ich ihn an.

»Nein«, gibt er zu. »Wenn mir eine Frau sehr gut gefällt, spreche ich sie an. Meistens bekomme ich eine Abfuhr, manchmal einen Kuss und ein- oder zweimal wurde es eine nette Nacht. Aber ich bin kein Typ, der Kerben in seinen Bettpfosten schlägt, wie du mir das jetzt unterstellst.«

»Schon gut«, winke ich ab. »Wegen mir musst du hier nicht den Heiligen mimen.«

Er kommt einen Schritt näher und sein Blick ist so intensiv, dass mein Herz erneut stolpert.

»Ich möchte aber in einem guten Licht dastehen. Denn bei dir ist das alles etwas ganz anderes als bisher.«

Ich lache auf. »Ja, klar! Und wieso?«

»Deshalb«, antwortet er heiser und küsst mich. Die magnetische Kraft zwischen uns schlägt erneut zu und ich vergesse alles rund um mich. Ich möchte ihm näher sein, möchte mehr. »Badezimmerschrank«, flüstere ich zwischen zwei Küssen. Ich sehe die Frage in seinen Augen. »Kondome«, füge ich hinzu und er lächelt.

Was soll ich euch erzählen? Wenn ein Mann schon mit einem Kuss deine Welt auf den Kopf stellt, hat man bei weiteren Intimitäten große Erwartungen. Und er hat sie alle übertroffen. Mehrfach fliege ich in dieser Nacht zu den Sternen, bis wir irgendwann eng umschlungen einschlafen.

Als ich am nächsten Morgen aufwache, liegt Max hellwach neben mir, hat den Kopf in die Hand gestützt und beobachtet mich.

»Du weißt, dass das gruselig ist, oder?«, murmle ich schlaftrunken.

»Das ist mir egal«, kommt zurück.

Ich kuschle mich in meine Decke und sehe ihn forschend an. »Ist das jetzt der Moment, in dem du mir sagst, dass es eine schöne Nacht war, du aber leider losmusst und dich irgendwann meldest?«, frage ich leise. »Denn du hast meine Nummer gar nicht, also würde ich sofort merken, dass es eine höfliche Lüge ist.«

Max lacht und angelt tatsächlich nach seinen Jeans. Und obwohl mir klar ist, dass es ein klassischer One-Night-Stand war, macht sich Enttäuschung in mir breit. Doch er zieht sein Handy aus seiner Tasche und lässt die Hose achtlos wieder fallen. Dann tippt er kurz darauf herum und sieht mich erwartungsvoll an. Ich nenne ihm meine Handynummer und Sekunden später läutet es in meiner Handtasche.

»So, nun können wir einander erreichen, wenn ich diese Wohnung verlassen habe«, erwidert er. »Allerdings habe ich das noch nicht so bald vor.« Er schlüpft unter die Decke und schon spüre ich seine Hände auf meiner Haut. Genießerisch schließe ich die Augen und lasse mich von ihm in eine andere Welt entführen. Max verlässt meine Wohnung erst am Abend, nachdem wir es den ganzen Tag lang kaum aus dem Bett geschafft haben. Abgesehen von einem kurzen Ausflug unter die Dusche, nach dem wir trotz des Vorhabens, uns anzuziehen, erneut in den Federn gelandet sind.

»Ich bin in einer Stunde wieder da«, verspricht er im Flur. »Ich ziehe mir nur frische Klamotten an und organisiere eine Zahnbürste, Pizza und eine große Schachtel Kondome.« Ich lache und kann es kaum erwarten, bis er wieder zurückkommt.

Meine kleine Wohnung besteht neben Bad und Schlafzimmer aus einer Küche mit angeschlossenem Ess-, Wohn- und Arbeitszimmer. Dort sitze ich schließlich mit einer Tasse Kaffee auf der breiten Fensterbank und hänge meinen Gedanken nach, während mein Blick über die Straße und den kleinen Park gegenüber gleitet. Die letzten vierundzwanzig Stunden waren ganz schön ungewöhnlich. Zwischen Max und mir stimmt die Chemie in einem beunruhigend starken Ausmaß. Es ist alles so selbstverständlich mit ihm, ich muss keine Sekunde nachdenken. Die Anziehungskraft hat immer weiter zugenommen, je länger wir beisammen waren.

Das ist doch völlig verrückt, oder? Wir kennen uns eigentlich gar nicht. Ich weiß nichts von ihm. Ich habe keine Ahnung, wo er wohnt oder wie er mit vollem Namen heißt, was er beruflich macht außer dem Job im Club. Er könnte vorbestraft sein, oder auf der Flucht oder Fan von Bayern München. Er könnte hier gleich mit einer Thunfischpizza auftauchen und ich hasse Fisch auf meiner Pizza. In diesem Moment klingelt es und ich eile zur Tür.

Draußen steht Max. Er kommt mit zwei langen Schritten auf mich zu, stellt die Pizzakartons ohne hinzusehen auf die

Kommode im Flur, schließt die Tür und zieht mich in eine Umarmung. In seinen Augen lodert etwas auf und er küsst mich leidenschaftlich.

»Das hat alles viel zu lange gedauert«, flüstert er an meinen Lippen. Bevor mein Kopf sich ausklinkt, schiebe ich ihn sachte von mir und nehme das Essen mit in die Küche.

»Wollen wir nicht erst einmal etwas essen?«, schlage ich vor. Gespannt öffne ich die beiden Kartons und entdecke eine Pizza mit Schinken und Pfefferoni und eine vegetarische mit Gemüse und Pilzen. Wie konnte ich nur annehmen, dass er Fisch mitbringt? Ich lache kurz auf, als Max hereinkommt und mich von hinten umarmt.

»Was ist komisch?«, erkundigt er sich. Ich lehne mich an ihn und genieße seinen Duft und seine Nähe.

»Mir ist vorhin aufgefallen, dass ich so gut wie nichts von dir weiß.« Er knabbert an meinem Ohr und küsst sich langsam den Hals seitlich nach unten zu meinem Schlüsselbein. Ich atme scharf ein.

»Wir können gerne reden«, murmelt er in mein Ohr. »Und wir können auch gerne essen. Oder wir können zu Ende bringen, was ich gerade begonnen habe.«

Ganz nebenbei stellt er eine Packung Kondome neben die Pizza und auf einmal ist mein knurrender Magen überhaupt nicht mehr wichtig.

Kapitel 3 – heute

Mein Urlaub ist nun schon fast ein Jahr her und in dieser Zeit hat meine beste Freundin Lexi ihr Leben komplett umgekrempelt. Sie hat schließlich nach vielen Irrungen, Wirrungen und so vielen Umzügen, dass ich mich schon gefragt habe, ob sie die Koffer überhaupt noch auspackt, ihr Glück tatsächlich an der Ostsee gefunden. In diesem Jahr habe ich sie wirklich bewundert. Sie hat mir gezeigt, wie statisch und festgefahren mein eigenes Leben ist. Oder besser gesagt *war*, denn als Lexi mich gefragt hat, ob ich in ihrer neu gegründeten Eventagentur *Strandkorb* arbeiten will und in die kleine Stadt Sterenholm an der wunderschönen Ostsee ziehe, da habe ich aus einem spontanen Bauchgefühl heraus zugesagt.

Und nun düse ich mit meinem gesamten Krempel in einem Umzugswagen Richtung Neuanfang. Ob ich nervös bin? Nein, ich weiß ja inzwischen, wie ein Neustart funktioniert und bisher hat es mir immer gutgetan.

Der Zeitpunkt meiner Ankunft ist perfekt. Lexis Schwester Lilly heiratet in einigen Tagen ihren Paul, Taufe der gemeinsamen Tochter Lucy inklusive, und die Hochzeit ist der erste große Auftrag für die Agentur. Lexi hat alles fest im Griff, ist jedoch froh, dass sie einen Teil der Fäden an mich abgeben kann, denn sie ist zugleich Trauzeugin und Taufpatin an diesem wichtigen Tag. Also bin ich als Vertreterin der Agentur im Einsatz. Außerdem beginnt schon bald das nächste Projekt, denn wir sollen der Stadtverwaltung bei der Planung der Restaurant-Olympiade zur Seite stehen. Die Organisation dieser Events ist eine spannende Aufgabe, doch sie verursacht auch Herzklopfen bei mir, denn unser Ansprechpartner ist Georg. Und Lexi hat kein Geheimnis daraus gemacht, dass *ich* für die Restaurant-Olympiade zuständig sein werde.

Die Begrüßung im *L&P*, der Pension von Lexis Schwester Lilly, ist ungemein herzlich. Die Mitarbeiter nehmen mich auf, als wäre ich eine von ihnen. Dabei haben Lexi und ich nur vorübergehend unser Büro hier eingerichtet, bis Lexis neues Haus umgebaut ist und wir mit der Agentur dorthin übersiedeln können. Da ich mir nicht aus der Ferne eine Bleibe suchen wollte, wohne ich fürs Erste auch im *L&P*. Die Gästezimmer in Lillys Pension sind ein Traum, so gemütlich und heimelig eingerichtet, als wäre man bei Freunden zu Besuch. Ich beschließe, meinen Koffer später auszupacken und erst einmal auszukosten, dass ich jetzt direkt am Strand wohne. Ich pilgere ans Meer, ziehe die Schuhe von meinen Füßen und lasse die Wellen der Ostsee um meine Zehen plätschern. Mein Gesicht strecke ich der Sonne entgegen und genieße ihre warmen Strahlen, die mich streicheln. Als wollte auch Mutter Natur mich hier willkommen heißen. Ich frage mich, ob dies nun endlich das Ziel meiner langen Reise sein wird.

Am nächsten Tag mache ich mich auf den Weg in die Stadtverwaltung auf dem Hauptplatz. Ich blicke an dem großen, historischen Klinkerbau nach oben, wo gleich meine erste Stadtratssitzung stattfinden wird und spüre das nervöse Klopfen meines Herzens im ganzen Körper. In wenigen Minuten werde ich auf Georg treffen. Beruflich habe ich mich perfekt vorbereitet, bin über die Restaurant-Olympiaden der vergangenen Jahre top informiert und habe auch noch ein paar neue Ideen für das diesjährige Event in meiner Mappe. Und diese Vorbereitung war auch dringend notwendig, denn die Chancen stehen gut, dass ich beim Aufeinandertreffen mit Georg sogar meinen Namen vergesse.

Vor der Tür zu dem großen Sitzungssaal im Obergeschoß der Stadtverwaltung atme ich noch einmal tief durch, bevor ich die

Klinke nach unten drücke und mich in ein neues Abenteuer wage.

Ich sehe ihn sofort. Mit dem Rücken zu mir steht er bei einigen anderen Leuten und unterhält sich angeregt. Er hat mich noch nicht einmal angesehen, aber ich kann seine Gegenwart förmlich spüren. Pflichtbewusst stelle ich mich als Erstes dem Bürgermeister und den Gemeinderäten vor, die mich herzlich willkommen heißen und sich sehr auf die Zusammenarbeit mit der Agentur *Strandkorb* freuen. Als Georg meine Ankunft bemerkt und sich umdreht, beginnt mein Herz vor Aufregung zu rasen. Wie wird es mir erst gehen, wenn wir miteinander sprechen? Und wie wird er auf mich reagieren? Immerhin bin ich vor einem knappen Jahr plötzlich verschwunden. Unsere Augen treffen sich und er kommt durch den Saal auf mich zu. Ich habe eine Pulsfrequenz, als hätte ich eben einen Zweitausend-Meter-Lauf absolviert. Er streckt mir die Hand entgegen.

»Ah, die Verstärkung für die Restaurant-Olympiade ist eingetroffen. Herzlich willkommen in Sterenholm, Frau Becker!« Frau Becker? Ist das sein Ernst? Seine Stimme ist freundlich, aber distanziert. Als würde er einer Fremden begegnen. So ist das also … Ich blinzle die Enttäuschung rasch weg und ziehe die Professionalität wie einen Mantel um mich. Vielleicht hätte mich sein Verhalten aus der Bahn geworfen, wenn ich in den letzten Jahren nicht zur perfekten Schauspielerin geworden wäre. Mit einem Lächeln ergreife ich seine Hand und ignoriere das leise Kribbeln, das sich bei seiner Berührung in meinem Bauch bemerkbar macht. »Auf gute Zusammenarbeit«, erwidere ich und lasse ihn wieder los. Bei der Sitzung sind die Tische in einem großen Kreis aufgestellt, wie an Artus' Tafelrunde. Georg hat einen Platz gegenüber von mir gewählt und während jener Besprechungspunkte, die mich nicht betreffen, mustere ich ihn unauffällig. Seine Haare sind kürzer und nicht mehr so wuschelig, sein früher glatt rasiertes Gesicht ist nun von einem Dreitagebart bedeckt und sein Oberkörper wirkt sportlich definiert, als würde er mehr trainieren als zuvor. Leider mindert das seine Anziehung auf mich nicht – ganz im Gegenteil. Doch ich rufe mich selbst zur Ordnung und konzentriere mich wieder voll auf die Sitzung. Ich werde kurz vorgestellt als Vertreterin der Agentur *Strandkorb*, die den Auftrag bekommen hat, die Restaurant-Olympiade zukünftig zu organisieren.

»Dieses Jahr werden Georg und Frau Becker das Projekt noch gemeinsam betreuen, damit die Agentur einen Eindruck von unseren Vorstellungen bekommt. Georg, bitte arbeite Frau Becker bis zur nächsten Sitzung in den groben Plan ein, damit wir diesen dann besprechen können. Damit beende ich die heutige Sitzung. Draußen hat Livia aus der Konditorei *Leckermäulchen* noch eine kleine Stärkung vorbereitet.«

Ich nicke dem Bürgermeister zu und suche meine Sachen zusammen. Hoffentlich kann ich jetzt mit Georg reden, denn es gibt da noch einiges zwischen uns zu klären, bevor wir unsere Zusammenarbeit starten. Doch als ich vor den Saal trete, kann ich ihn nirgends mehr finden. Na, das kann ja eine heitere Kooperation werden.

Ich habe keine Zeit, mir lange Gedanken über Georg zu machen. Der Startschuss zu Lillys Hochzeit fällt. Ich zwinge mich zur Ruhe und konzentriere mich auf meinen Job. Wir können es uns nicht leisten, bei unserem ersten Auftrag zu patzen. Also schicke ich die Ladys auf ihren Junggesellinnenabschied in das Spa eines nahen Hotels und sehe in *Frederiks Fischkneipe* nach dem Rechten, in der an Pauls Junggesellenabschied ein Pokerabend stattfinden soll.

Das Lokal befindet sich am Ende einer Straße voller Geschäfte direkt in Hafennähe. Vor dem zweigeschossigen Fachwerkhaus stehen ein kleines Segelboot, das mit Blumen bepflanzt ist, und einige Fässer für jene Gäste, die das Rauchen immer noch nicht aufgegeben haben. Drinnen dominiert dunkles Holz, die Wände sind weiß gestrichen und die Decke ist mit dunkel gebeizten Balken durchzogen. Fischernetze, Rettungsringe und Laternen geben dem großen Bar-Raum eine gemütliche Atmosphäre. Die lange Theke ist blitzblank, jedoch zeugen einige Kratzer davon, dass wohl auch schon das eine oder andere Mal auf ihr getanzt wurde.

Frederik kommt aus der Küche und begrüßt mich mit den Worten, dass ich früh dran bin, weil die Stripperin doch erst für Mitternacht bestellt wurde, und einem Augenzwinkern. Ich mag ihn auf Anhieb. Vielleicht haben Inhaber von Kneipen und Bars einfach ihren eigenen Charme und Humor, denn auch mein bester Freund Johnny, der in meiner Heimatstadt die Bar *Watermelon* führt, ist eine ganz eigene Nummer.

»Schätzchen, ich muss dich enttäuschen. Ich esse die Torte lieber, als aus ihr rauszuspringen«, spiele ich den Ball zurück.

Er mustert mich von oben bis unten. »Sieht man dir gar nicht an.«

»Verborgene Talente«, erwidere ich grinsend und Frederik lacht.

»Ich bin Sylvie, ich komme von der Agentur *Strandkorb*«, stelle ich mich vor.

»Frederik.« Er schüttelt meine Hand. Die stechend blauen Augen in seinem markanten Gesicht sind ein hübscher Blickfang zu seinem schwarzen Haar. Groß und schlank baut er sich hinter der Bar auf. »Mit Torten habe ich nichts am Hut, aber ich kann dir einen Fischburger anbieten.«

Da es bald Mittag ist und mein Magen knurrt, nicke ich begeistert. Während ich mich stärke, gehen wir den Plan für den Abend nochmals durch. Im Hinterzimmer sind die Jungs unter sich und der große Pokertisch steht schon bereit. Das Essen wird direkt an den Tisch serviert und Frederik verspricht, niemanden mit dem eigenen Auto nach Hause fahren zu lassen.

»Keine Sorge, ich hab da schon Erfahrung«, versichert er mir. »Weißt du, wenn es ums gemütliche Zusammensetzen geht, leckere Snacks und gute Stimmung, dann teilen sich die Gäste auf den *Leuchtturm* und meine *Fischkneipe* auf. Aber wenn sie später die Sau rauslassen und zu guter, alter, lauter Musik singen und tanzen wollen, dann landen doch wieder alle hier bei mir.«

Er klingt wirklich wie der Johnny von der Ostsee. Wenn mein bester Freund tatsächlich im Sommer kommt, um Lexi und mich zu besuchen, müssen wir unbedingt mit ihm zu Frederik. Beruhigt mache ich mich wenig später wieder auf den Weg ins Büro.

Lexi und ich halten Rücksprache mit Caterer, Konditorin und Floristin und checken am Vorabend der Hochzeit bis in die Nacht hinein noch mal alle Listen. Dann sind wir bereit. Das große Fest kann kommen.

Völlig ruhig und im Geschäftsmodus halte ich am nächsten Tag die Fäden in der Hand und leite alles nahezu unsichtbar in die richtigen Bahnen. Zeremonie sowie die Feier danach laufen ohne Zwischenfälle wie geplant ab.

Als ich Georg später an der Cocktailbar sehe, vergewissere ich mich schnell, ob ich mir einige Minuten für mich privat stehlen kann. Dann atme ich tief ein, sammle all meinen Mut zusammen und gehe zu ihm.

Er steht mit dem Rücken zu mir, vor sich ein Glas mit durchsichtiger Flüssigkeit und den Blick auf sein Getränk geheftet. Ich bestelle einen alkoholfreien Fruchtcocktail und muss mich an meinem Glas festhalten, nachdem es vor mir abgestellt wird, so nervös bin ich.

»Hi«, sage ich schnell, bevor mich die Courage wieder verlässt. Er dreht sich um und als er mich sieht, verspannt er sich sichtlich.

»Hi«, presst er dann hervor.

»Können wir vielleicht kurz miteinander reden?«, beginne ich, mutlos aufgrund seiner ablehnenden Haltung.

»Wenn es um die Olympiade geht, melde ich mich nach dem Wochenende schriftlich bei Ihnen«, kommt prompt die Antwort.

»Georg, bitte! Ist das jetzt dein Ernst, dass du mich siezt?«, frage ich ihn leicht genervt.

»Ich bemühe mich nur um einen professionellen Umgang, nachdem wir jetzt zusammenarbeiten.«

»Dann lass uns doch in Ruhe darüber sprechen, was vor einem Jahr passiert ist, damit es unsere Zusammenarbeit nicht erschwert. Ich muss dir da was erklären ...« Ich weiß zwar noch nicht wie, aber irgendeine Erklärung muss definitiv her.

»Ich weiß nicht, was du da noch besprechen willst. Für dich war es ein Spiel, aber ich hab mich nicht an die Regeln gehalten. Es war ein Fehler, mich dir zu öffnen und viel zu früh, um zuzugeben, dass ich dich mag und gerne näher kennenlernen wollte. Daraufhin bist du wie Aschenputtel vom Ball geflohen und hast sogar deinen Urlaub abgebrochen, um wieder hunderte Kilometer zwischen uns zu bringen. Ich würde mal sagen, die Message dahinter verstehen auch Vollidioten, ohne dass man es Ihnen noch näher erklärt. Schonen Abend noch.«

Mit diesen Worten leert er sein Glas, stellt es schwungvoll auf die Bar und lässt mich stehen. Ich erlaube mir, kurz auf einen der Hocker zu sinken und mein Gesicht in den Händen zu verbergen. Das ist ja mal gehörig nach hinten losgegangen.

Und dabei weiß ich doch am allerbesten, wie man sich fühlt, wenn man denkt, zu früh einen zu großen Schritt nach vorn gegangen zu sein.

Kapitel 4 – vor drei Jahren

Max geht einfach nicht mehr. Also, natürlich verlässt er die Wohnung. Er kauft ein, er holt frische Sachen von sich zu Hause und er lässt mich für jene Stunden allein, in denen ich mich auf die Präsentation meiner Abschlussarbeit vorbereite. Aber ansonsten ist er die ganze Woche über bei mir. Wir schlafen jeden Abend gemeinsam ein, wachen morgens gemeinsam auf, nehmen unsere Mahlzeiten gemeinsam ein, sehen fern und haben fantastischen Sex. Wir sind direkt zum Alltag übergegangen und haben die Anfangsphase total übersprungen. Genau genommen haben wir das Kennenlernen übersprungen, denn ich weiß immer noch wenig über meinen Bettgefährten, abgesehen von den Dingen, die man eben nebenbei mitbekommt. Beim Fußball hält er zu Borussia Dortmund und Gott sei Dank nicht zu den Bayern. *Mia san mia* ist einfach nichts für mich. Wenn er etwas zu essen mitbringt, überrascht er mich meistens mit etwas Ausländischem, aber es hat mir noch alles geschmeckt. Auch wenn ich bei Vietnamesisch skeptisch war. Im Bett ist er ein Deckenklauer, doch wenn er im Schlaf merkt, dass ich friere, zieht er mich ganz dicht an sich. Aber mehr habe ich noch nicht herausgefunden.

Am Freitag wache ich auf und mir wird mit einem Mal klar, dass der Mann neben mir im Prinzip immer noch ein Fremder ist, und ich bemerke noch eine weitere Sache, die mich furchtbar zum Lachen bringt. Ich zerkugle mich praktisch im Bett, bis ich auch Max damit wecke, der mich entgeistert ansieht.

»Was ist denn los?«, fragt er.

»Ich … ich bin ein lebender Schlagersong«, pruste ich los.

»Was?«

»Der Wendler …«, stoße ich zwischen zwei Lachern hervor.

»Ich habe grade festgestellt … ich liebe den DJ!«

Ich lasse mich zurück in die Kissen fallen und wische mir die Lachtränen aus den Augen. Max stützt sich mit einem Arm ab und blickt mich mit großen Augen an.

»Wenn du an uns denkst, kommt dir *dieser* Song in den Sinn?«

Ich zucke zusammen. Himmel, was hab ich ihm denn da gerade gesagt? Ich habe das L-Wort benutzt – nach knapp einer Woche. Er hält mich sicher für eine Verrückte.

»Ja ... ich meine nein ... also ich meinte nur wegen deinem Job und unserer ... was auch immer das ist«, stottere ich herum. »Und natürlich magst du keine Schlager, du bist DJ in einem Club und ...«

»Moment mal«, stoppt mich Max. »Ich würde mal sagen, das zwischen uns ist eine Beziehung, wenn du einverstanden bist?«

Auf meinen Lippen breitet sich ein Lächeln aus und ich nicke schnell.

»Und nein, Schlager sind nicht meine bevorzugte Musikrichtung, aber den Song kenne sogar ich. Doch auch wenn mir die Aussage des Titels sehr gut gefällt, passt der Text nicht auf uns, denn sie geht immer allein heim und himmelt ihn nur von Weitem an, aber er sieht sie nicht. Und ich sehe seit einer Woche nichts anderes als dich.« Langsam beugt er sich zu mir herüber und küsst mich sanft. Wow, damit hätte ich jetzt nicht gerechnet.

Dann fragt er mich, ob ich am Abend wieder in den Club komme, denn er muss arbeiten. Es liegt Hoffnung in seinen Augen und ich merke, dass er mich bei sich haben möchte. Aber mein Pflichtbewusstsein gewinnt die Oberhand und ich entscheide, dass ich an meiner Präsentation arbeite, wenn er ohnehin an den Turntables steht. Doch wir verabreden, dass er danach bei mir übernachtet.

Max und ich sind glücklich miteinander und verbringen so viel Zeit zusammen, wie es irgendwie geht. Ich finde im Laufe der Zeit heraus, dass er außer dem DJ-Job keinen weiteren hat und frage mich, wie er damit über die Runden kommen kann. Auf meine Frage, ob er auch eine eigene Wohnung hat, lacht er herzhaft und verspricht mir, mich auch mal mit zu sich zu nehmen. Aber er findet mein kleines Heim einfach gemütlicher. Er fragt nicht viel, aber er hört gerne zu, wenn ich von meinen Eltern und meiner Kindheit erzähle. Ich werde das Gefühl nicht los, dass er zwar eine schöne und behütete Kindheit hatte, aber später irgendetwas vorgefallen ist, denn er spricht nie über seine eigene Familie.

Kapitel 5 – heute

Nach dem missglückten Versuch mit Georg zu reden, bleibt mir nur wenig Zeit, bis das nächste Event ansteht. Lilly und Lexi haben am Montag nach der Hochzeit Geburtstag. Kurzerhand entscheiden sie, dass das Zelt einfach gleich stehen bleibt und sie am Abend eine Party geben. Gekocht wird diesmal von Lilly und ihrem Team selbst und es wird ein DJ organisiert, damit Niko und die Jungs von seiner Band B.U. sich unter das Partyvolk mischen können. Die Gästeliste aber unterscheidet sich nicht groß von jener der Hochzeit. So kommt es, dass Georg und ich uns auch auf dieser Feier über den Weg laufen werden. Diesmal bin ich jedoch nicht im Dienst und steuere erst mal die Bar an.

»Einen Cuba Libre«, bestelle ich und bleibe meinem Lieblingsdrink treu. Das erste Glas leere ich sofort, als würde ich Medizin einnehmen, mit dem zweiten lehne ich mich etwas entspannter an die Theke und lasse meinen Blick über die Party gleiten. Als würde ich spüren, wo er ist, entdecke ich Georg sofort. Unsere Blicke treffen sich und in seinen Augen entdecke ich einen Anflug von Verletzung. Seufzend konzentriere ich mich wieder auf mein Getränk und nehme einen großen Schluck.

»Ärger im Paradies?«, höre ich plötzlich die Stimme von Lexi neben mir.

»Eher Funkstille …«, gebe ich zu.

»Hast du versucht mit ihm zu sprechen?«

Ich werfe ihr nur einen vor Sarkasmus triefenden Blick zu.

»Also gut, dann versuch es noch mal«, fordert sie mich auf.

»Er wird wieder abhauen.«

»Ich verschaff dir viereinhalb Minuten. Mach was draus!« Sie zwinkert mir zu und ist schon auf dem Weg zum DJ, um sich ein Mikrofon zu schnappen.

»Schönen guten Abend, ihr Lieben!«, reißt sie die Aufmerksamkeit der Feiernden nach dem laufenden Song an sich. »Ich hoffe, ihr amüsiert euch gut. Mein geliebter Zwilling und ich schweben seit Samstag ja auf rosaroten Wolken, aber für all jene unter euch, die noch auf der Suche sind, gibt es jetzt eine kleine Starthilfe. Also, Mädels, schnappt euch die Jungs, die ihr haben wollt – es ist Damenwahl. Ein Nein wird nicht akzeptiert!« Grinsend klettert sie wieder von der kleinen Bühne beim DJ-Pult und läuft auf Niko zu, der sie in seine Arme zieht.

Ich trinke meinen Cuba Libre aus und beschließe, mich noch nicht geschlagen zu geben. Zu *I still haven't found what I'm looking for* von U2 tippe ich Georg auf die Schulter.

»Ich würde gerne mit dir tanzen und ein Nein wird nicht akzeptiert«, wiederhole ich Lexis Worte.

Georg seufzt, nickt aber schließlich. Als unsere Hände sich berühren, merke ich, dass es auch ihn nicht kaltlässt. In seinen Augen blitzt etwas auf und er mustert mich eindringlich, als würde er mich zum ersten Mal seit meiner Ankunft hier richtig sehen, richtig *ansehen*. Als wolle er sich jeden Quadratzentimeter meines Gesichts genau einprägen. Ich hingegen muss gegen das übermächtig werdende Gefühl ankämpfen, mich an ihn zu schmiegen wie auf dem Sommerball vor einem Jahr.

»Kann ich jetzt bitte mit dir reden?«, starte ich einen neuen Versuch.

Ein leichtes Lächeln umspielt Georgs Mundwinkel. »Für diesen Song gehöre ich dir.«

Dies ist ein etwas zweideutiges Angebot, doch ich entscheide mich trotz des leisen Kribbelns in meinem Bauch fürs Reden.

»Ich wollte mich entschuldigen, dass ich damals einfach abgehauen bin. Von hier meine ich. Dass ich vom Ball weggelaufen bin, halte ich immer noch für richtig. Aber ich hätte am nächsten Tag mit dir reden und dir eine Erklärung dafür geben sollen. Ich war feige und es tut mir leid.«

»Und welche Erklärung wäre das gewesen?« Er klingt nicht mehr so kalt wie am Samstag, sondern eher interessiert. Ich versuche so nahe wie möglich an der Wahrheit zu bleiben. Weil er keine Lüge verdient hat.

»Mein Leben ist sehr kompliziert und ich kann in manchen Situationen nicht so handeln, wie ich es vielleicht gerne tun würde oder etwas einfach zulassen und sehen, wie es läuft.« Er sieht mich intensiv an. »Du wirst mir keine Antwort geben, wenn ich jetzt nachfrage wieso, oder?« Er hat mich durchschaut. Ich schüttle langsam den Kopf.

»Okay, aber ich möchte zwei Dinge wissen.«

Er erntet einen abwartenden Blick von mir, der nichts verspricht.

»Kommt ganz darauf an, welche Dinge das sind.«

»Du hast gewusst, dass ich dich auf dem Ball als Nächstes geküsst hätte«, beginnt er. Das war eine Feststellung und bedarf keiner Antwort. »Hättest du es in diesem Augenblick gewollt?«

Ich erinnere mich zurück an diesen Abend, wie intensiv ich seine Hände auf meinem Rücken gespürt habe und wie ich ihm nicht nahe genug kommen konnte. Ich nicke mit einem Lächeln und merke, wie er sich entspannt.

Dann fährt er fort: »Als Lexi die Agentur gegründet hat, war klar, dass sie eng mit der Stadtverwaltung zusammenarbeiten würde, mit dem Tourismusbüro, mit mir. Und du wusstest das ebenfalls, als du dich entschieden hast, bei ihr zu arbeiten und nach Sterenholm zu ziehen. Weshalb hast du es trotzdem gemacht?«

Jetzt brauche ich Fingerspitzengefühl, um ihm die Wahrheit zu sagen, aber nicht zu viel zu versprechen.

»Ich habe es nicht *trotzdem* gemacht.«

Georgs Augen weiten sich. »Soll das heißen …?« Doch ich lege ihm schnell den Zeigefinger auf den Mund.

»Du sagtest zwei Fragen«, erinnere ich ihn lächelnd. Dann

werde ich ernst. »Georg, ich muss dir leider sagen, dass mein Leben nicht weniger kompliziert ist als vor einem Jahr.«

Er nickt verstehend. »Aber es besteht die Chance, dass es einfacher wird?«, hakt er nach.

Ich zucke die Schultern. »Ja und nein! Es ist mehr die Chance, dass sich etwas ändert. Ob es dadurch leichter wird, kann ich momentan nicht sagen.« Meine Antwort ist ehrlich, auch wenn ich merke, dass er sich etwas anderes erhofft hätte. Ich lasse ihm einen Moment, um sie zu verdauen.

»Aber wenn es für dich in Ordnung ist, hätte ich dich gerne bis dahin als Freund in meinem Leben. Du weißt schon: Kontakt mit dir halten und dich besser kennenlernen«, verwende ich seine Worte vom Sommerball.

Er führt einen inneren Kampf mit sich selbst, das sieht man ihm deutlich an. Der Song ist zu Ende und die Tanzfläche leert sich, da Lilly und Lexi die Torte anschneiden wollen. Am Ende stehen nur noch wir beide dort und halten einander an den Händen. Georg hat noch kein Wort gesagt. Er sieht mich nur mit einer solchen Intensität an, dass ich den Krieg in seinem Kopf nahezu mitansehen kann.

»Überleg es dir einfach«, sage ich leise, senke den Blick und lasse seine Hände los. Dann gehe ich zu den Zwillingen.

Kapitel 6 – heute

Ich bin kein Typ für ein Haus mit Garten, für Rasenmähen am Wochenende und einen kleinen Plausch mit den Nachbarn über den Zaun. Hier hat die Erbschaftslehre bei mir versagt, denn obwohl ich in solch einer Idylle aufgewachsen bin, verursacht mir der Gedanke an Heim und Herd kein Gefühl von Geborgenheit, sondern von Gefangenschaft. An einen Platz gebunden zu werden, kontrolliert von neugierigen Blicken aus den Häusern nebenan und gezwungen die Blumenbeete zu pflegen und die Gardinen regelmäßig zu waschen. Als einer meiner Ex-Freunde den Wunsch nach einem gemeinsamen Haus geäußert hat, habe ich ihm den Wohnungsschlüssel zurückgegeben und ihn verlassen. Ich wollte seine Zukunftspläne nicht zunichtemachen, aber mich auch nicht seinetwegen verbiegen. Eine Wohnung in der Stadt, bei der man die Nachbarn nicht kennt, anonym kommt und geht wie man will und maximal das Basilikum auf dem Balkon ab und an gießen muss, hat mich in den letzten Jahren sehr glücklich gemacht. Genau so stelle ich mir mein Zuhause vor. Dies jetzt in einer Kleinstadt an der Ostsee zu finden, ist schwierig. Deshalb wohne ich nach wie vor als Gast im *L&P* und bin froh, dass Lilly mir einen Sonderpreis macht.

Als ich im Zentrum etwas bei Anna von *Blatt und Blüte* für eine anstehende Taufe, die wir betreuen, zu erledigen habe, schaue ich in der Stadtverwaltung vorbei, um mich nach freien Wohnungen zu erkundigen. Beim Verlassen des Büros stoße ich mit Georg zusammen und all meine Unterlagen landen auf dem Boden.

»Tut mir leid, ich hab dich nicht gesehen«, entschuldigt er sich rasch. Ich spüre, dass er distanziert ist.

»Quatsch, ich hab nicht aufgepasst«, winke ich ab.

Er wirft einen Blick auf das Dossier, das ich in Händen halte. »Du siehst dich nach einer Wohnung um«, schlussfolgert er. Ich nicke und suche seinen Blick. »Schließlich habe ich diesmal vor, zu bleiben«, erwidere ich und zaubere damit den Hauch von einem Lächeln auf seinen Mund. Georg überlegt. »Muss es denn eine Wohnung sein?«

»Ich bin nicht so der Typ für ein Haus«, gebe ich zu.

»Es gäbe da noch eine andere Alternative. Wenn du Zeit hast, zeige ich dir ein Objekt, das gerade zu vermieten ist. Den Schlüssel hätte ich dabei«, bietet er mir an. Ich zögere. »Was hast du zu verlieren? Wenn es nicht dein Fall ist, höre ich mich gerne nach Mietwohnungen für dich um.«

»Gut«, gebe ich mich geschlagen. »Wir müssen aber dein Auto nehmen, ich bin zu Fuß hier.«

Georg lacht nur und deutet mir, ihm zu folgen. Wir gehen in Richtung Hafen und ich frage mich gerade, wo es hier noch Wohnungen gibt, da biegen wir um eine Ecke. Überrascht bleibe ich stehen.

»Nein, oder?«, stoße ich hervor. Vor mir liegen am Pier Hausboote, links alte und rechts zwei nagelneue.

»Bei unserer Schifffahrt hast du dich auf dem Wasser sehr wohl gefühlt, da dachte ich, das könnte vielleicht was für dich sein.« Er sieht mich fragend an.

»Welches ist es denn?«, erkundige ich mich aufgeregt.

Georg zeigt nach rechts. »Das erste hier. Es ist ein modernes Hausboot der Firma Stern mit allen Annehmlichkeiten einer Wohnung und noch unbewohnt. Willst du es dir ansehen?«

»Unbedingt!«, rufe ich begeistert.

Das Boot sieht mehr aus wie ein schwimmendes Haus und ist quietschgelb gestrichen. Über einen schmalen Steg kommen wir auf eine kleine Terrasse. Georg schließt die Tür auf, neben der ein Holzstuhl steht. Wir gelangen in einen schmalen Flur, von dem einige weiße Türen ausgehen. Die Wände sind aus hellem Holz, der Boden einige Nuancen dunkler. Alles wirkt modern, aber wahnsinnig gemütlich. Er öffnet die erste Tür rechts und ich blicke in ein geräumiges Duschbad. Hinter der Tür daneben verbirgt sich ein WC mit Tageslicht. Georg deutet mir, mich umzudrehen. Die Türen auf der gegenüberliegenden Seite verbergen zwei Schlafzimmer, das erste mit Stockbett und das zweite mit Doppelbett. In beiden befinden sich ein Kleiderschrank, ein bodentiefes Fenster und noch etwas Platz für eine Kommode. Der Flur mündet in einen großen Raum. Rechts ist eine graue Küchenzeile eingebaut. Sie ist mit einer halbhohen Wand ein wenig vom Essbereich abgetrennt, der aus einem Tisch und vier Stühlen mit hellgrauem Stoffbezug besteht. Links davon verbreitert sich der Raum und in der Nische hinter dem Schlafzimmer findet eine riesige Eckcouch mit grauem Stoffbezug und quietschgelben Zierkissen Platz. Eine Kommode, über der ein Fernseher hängt, vervollständigt das Wohnzimmer. Der Raum ist sonnendurchflutet, da er an beiden Seiten Fenster und auf der Rückseite eine komplette Glasfront besitzt, durch die man auf die hintere Terrasse kommt. Dort steht ein Tisch mit vier Holzstühlen. Ich trete hinaus und bin direkt auf dem Meer. Leichter Wind spielt mit meinem Haar und ich atme die salzige Luft tief ein. Georg deutet auf eine schmale Treppe links von mir. Diese führt auf das Oberdeck, das sich als weitere riesige Terrasse herausstellt, auf der ein Strandkorb mit kleinem Tisch davor thront. Ich drehe mich einmal im Kreis und kann einfach nicht fassen, was ich sehe.

Die gesamte Besichtigung ist schweigend abgelaufen. Die Räume waren selbsterklärend und dieses Schätzchen muss man wirklich niemandem schmackhaft machen.

»Wie gefällt es dir?«, fragt mich Georg jetzt.

»Es ist ein Traum, aber ...«

»Aber? Geht es um die Miete?« Er kritzelt etwas auf ein Stück Papier und zeigt es mir.

»Was?«, stoße ich hervor.

»Es sind nur vierunddreißig Quadratmeter Wohnfläche«, erklärt er dann.

»Okay, aber wäre es vielleicht möglich, aus dem ersten Schlafzimmer ein Büro zu machen?«

Georg nickt. »Ich denke, das lässt sich einrichten.«

»Und was mache ich im Winter?«, erkundige ich mich.

»Dann schaltest du die Infrarot-Deckenheizung ein.« Er zwinkert belustigt. »Also? Möchtest du noch eine Nacht drüber schlafen?«

Ich atme tief ein und horche in mich hinein. Dann schüttle ich den Kopf. »Nein, ich habe mich entschieden. Wenn es nach mir ginge, würde ich den Mietvertrag noch heute unterschreiben und morgen einziehen.«

»Gut, dann regle ich das so für dich«, meint Georg nur.

»Was? Geht das denn so schnell?«

Er nickt. »Bist du heute noch unterwegs oder im Büro?«, erkundigt er sich.

»Ab jetzt im Büro.«

»Dann sorge ich dafür, dass du den Mietvertrag heute noch bekommst.«

Ich könnte ihn vor Freude umarmen, unterlasse es aber aufgrund der ungeklärten privaten Situation zwischen uns. Stattdessen strahle ich ihn an. »Danke, Georg!«

Er lächelt. »Schon gut.«

Am späten Nachmittag steckt Inge von der Rezeption den Kopf in unser Büro. »Sylvie, du hast Besuch«, meldet sie mir.

»Ah, das ist mein Mietvertrag«, freue ich mich und folge ihr nach draußen. An der Rezeption steht Georg.

»Hey, ich dachte, der Vermieter kommt persönlich«, wundere ich mich und deute ihm, mir in den leeren Speisesaal zu folgen, wo wir ungestört den Papierkram erledigen können.

»Tut er ja auch!« Er reicht mir den Mietvertrag und tatsächlich ist dort als Vermieter Georg Leitner eingetragen.
»Du?«, entfährt es mir und ich setze mich. »Aber du sagtest doch, es sei ein Stern-Hausboot.«
»Ist es. Die Firma Stern hat es gebaut, um es dann gemeinsam mit seinem größeren Schwesternschiff an mich zu verkaufen«, erklärt Georg.
»Das blaue Hausboot daneben gehört auch dir?«, kombiniere ich blitzschnell.
»Ja, das ist meine bescheidene Bleibe.«
Ich schnappe nach Luft. »Du bist also nicht nur mein Vermieter, sondern auch mein Nachbar?«
»Du hast doch gesagt, du bist gekommen, um zu bleiben, oder?«, kommt prompt die Gegenfrage und er meint damit nicht nur die Wohnung. Demonstrativ legt er einen Stift auf den Vertrag.
Ja, das bin ich. Trotzdem ist das jetzt der Moment, in dem ich doch ein wenig Angst davor habe. Oder besser gesagt davor, dass ich nicht weiß, wie diese Entscheidung sich auf mein restliches Leben auswirkt. Es ist, als wolle ein Schiff lossegeln, aber der Anker ist noch irgendwo verhakt. Ich würde in diesem Augenblick alles dafür geben, wenn ich nicht immer noch auf meine Vergangenheit Rücksicht nehmen müsste.
Georg bemerkt mein Zögern natürlich.
»Um es mit deinen Worten zu sagen: Überleg es dir einfach! Wenn du den Vertrag unterschreiben möchtest, weißt du ja jetzt, wo ich wohne. Komm vorbei, ich zeichne gegen und gebe dir sofort die Schlüssel. Schönen Abend, Sylvie!« Er hebt grüßend die Hand und lässt mich allein mit meinem Gedankenkarussell zurück.
Sylvie, du bist nicht den Weg bis hierher gegangen, um nun zu kneifen. Du hast alles aufgegeben, deine Wohnung, deinen Job, um hier neu zu starten. Und du hättest dir diesen Neustart drei-

mal öfter überlegt, wenn Lexi ihre Firma in einem anderen Teil des Landes gegründet hätte. Aber du hast gehört, dass sie in diese kleine Stadt an der Ostsee zieht, hast an Georg gedacht. Und all die unterdrückten Gefühle, die seit einem Jahr an die Oberfläche drängen, haben dich dazu bewegt, ja zu sagen und alles über den Haufen zu werfen. Du ziehst nicht bei ihm ein, sondern wirst nur seine Mieterin und Nachbarin. Das ist völlig harmlos.

Ich hole tief Luft und greife nach dem Stift.

Es dämmert schon, als ich mit dem unterschriebenen Vertrag und einem gefährlich hohen Puls vor Georgs blauem Hausboot stehe. Abgesehen von der Farbe sieht es meinem sehr ähnlich, nur hat es auf dem Oberdeck noch eine Art Hütte. Aufgeregt klopfe ich und es dauert nicht lange, bis sich die Tür öffnet.

»Ach«, stößt Georg hervor und lehnt sich an den Türrahmen. »Das ging schneller als ich dachte. Wie sieht es aus? Bekommt die gelbe Quietschente da drüben nun eine Bewohnerin oder machst du einen Rückzieher?«

Ich kann mir ein Grinsen nicht verkneifen. »Die Quietschente und ich haben uns ja schon angefreundet. Außerdem kann ich sie ja nicht mit dir und dem blauen Elefanten hier allein lassen.«

Georg lacht und deutet nach rechts, wo sich eine schmale Treppe befindet, die auf sein Oberdeck führt. »Ich habe mir eben ein Glas Wein eingeschenkt und wollte mich nach oben setzen. Sollen wir die Formalitäten gleich dort klären?«

Ich nicke und folge ihm. Eine Etage höher steht eine riesige, wetterfeste Lounge-Couch unter einem großen, dunkelblauen Sonnenschirm. Nachdem wir uns gesetzt haben, gehen wir den Vertrag gemeinsam nochmals durch, Georg unterschreibt und wenig später halte ich den Schlüssel zu meinem neuen schwimmenden Zuhause in Händen.

»Den Umbau des ersten Zimmers gebe ich morgen in Auftrag. Das Stockbett wird rausgenommen. Hast du einen Schreibtisch, den du reinstellen willst, oder soll ich einen liefern lassen?«, erkundigt sich Georg.

»Ich habe einen, danke!«

»Wenn irgendetwas nicht funktioniert, sag einfach Bescheid. Ich repariere das meiste selbst.«

»Sind das Fähigkeiten, die man als Leiter des Tourismusbüros heutzutage mitbringen muss?«, erwidere ich grinsend und nicke, als Georg ein zweites Glas hochhebt und auf die Flasche deutet. Nachdem er eingeschenkt hat, setzt er sich wieder zu mir.

»Nein, das stand nicht in der Stellenbeschreibung. Ich habe auf dem Internat einige technische und handwerkliche Kurse belegt. Man will sich ja allein ein wenig zu helfen wissen.« Kurz glaube ich, einen bitteren Unterton in seiner Stimme zu hören und überlege nachzuhaken. Doch die private Komponente zwischen uns ist immer noch ungeklärt, also lasse ich es lieber. Er hebt sein Glas und ich tue es ihm gleich.

»Auf gute Nachbarschaft und stets ruhige See«, formuliert Georg theatralisch einen Trinkspruch.

»Ach was, ohne ein wenig Wellengang wäre es ja langweilig, oder?« Ich zwinkere ihm zu.

»Also war das der Grund, weshalb du in die Quietschente einziehen willst?«

»Ich bin gern auf dem Wasser«, erkläre ich. »Außerdem bin ich nicht der Typ für Haus und Garten.«

»Kein grüner Daumen?«, zieht er mich auf.

»Rabenschwarz«, gebe ich zu. »Ich habe vor Kurzem sogar eine künstliche Pflanze umgebracht.«

Georg, der gerade von seinem Wein trinken wollte, verschluckt sich vor Lachen und muss husten. »Dafür gärtnere ich sogar auf dem Wasser«, erwidert er, nachdem er sich gefangen hat und deutet auf das Hochbeet ein wenig abseits der Couch, wo verschiedene Kräuter wachsen.

»Wow!« Ich bin beeindruckt. »Und warum hast du dich dann gerade für ein Hausboot entschieden?«

Er wird ernst und gerade, als ich glaube, in ein Fettnäpfchen getreten zu sein, sagt er doch noch etwas.

»Weil es ein Heim ist, das man notfalls mitnehmen kann, wenn es einen woanders hin verschlägt.«

Erneut traue ich mich nicht nachzufragen und sehe ihn nur abwartend an.

»Ich wurde als Kind früh aufs Internat geschickt und kam nicht besonders oft nach Hause. Allerdings wusste ich selbst dann nicht, ob zu Hause immer noch da war, von wo ich das letzte Mal in die Schule aufgebrochen bin. Es kam öfter vor, dass ich in den Ferien abgeholt wurde und mein Zimmer plötzlich in einer anderen Stadt war, weil meine Eltern einstweilen umgezogen waren.« Ich wüsste gerne, ob ich so schockiert aussehe, wie ich mich fühle. Georg lächelt mich an. »Deshalb das Hausboot. Wenn es mir hier nicht mehr gefällt, starte ich einfach den Motor und schippere mit meinem Zuhause in einen anderen Hafen.«

»Den Motor?«, bringe ich hervor, obwohl mich die übrigen Erzählungen noch völlig aus der Bahn geworfen haben.

Georg grinst und steht auf und geht die Treppe hinunter. Wenig später vernehme ich ein leises Brummen und Vibrieren und das Hausboot setzt sich tatsächlich in Bewegung. Als wir ein Stück aufs Meer hinausgefahren sind, stoppt der Motor wieder und Georg kommt zurück an Deck. Er setzt sich zu mir und macht die kleine Stereoanlage an, die in einer Box neben der Couch versteckt ist.

»Wenn jetzt *Sailing* von Rod Steward läuft, springe ich über Bord«, drohe ich scherzhaft. Stattdessen ertönen leise die ersten Töne von *Bridge over troubled water* von Simon & Garfunkel.

»Okay, das ist auch nicht besonders passend«, sage ich lachend und schlage die Hände vors Gesicht.

»So unpassend finde ich den Song nicht«, meint Georg dann leise. Ich sehe auf und sein Blick ist warm und unergründlich. Zu gerne würde ich jetzt seine Gedanken hören. Für einen Moment nimmt er meine Hand, streichelt mit dem Daumen darüber und lässt sie wieder los.

»Sylvie, du hast mir gesagt, dass du mich gerne als Freund in deinem Leben hättest, bis es etwas weniger kompliziert ist. Ich habe mir das sehr gründlich überlegt. Es ist okay für mich, solange dir bei diesem Arrangement klar ist, dass ich nicht nur mit dir befreundet sein will.« Sein Blick ist intensiv und ich nicke. Ja, das ist mir absolut bewusst.

»Ich habe keine Ahnung, was du da am Hals hast, das dich davon abhält, dein Leben so zu führen, wie du das willst. Vielleicht erzählst du es mir irgendwann, vielleicht auch nicht. Aber ich lasse dich damit nicht allein.«

Sprachlos starre ich ihn an. Ich hatte gehofft, dass er auf meine Bitte um seine Freundschaft eingeht, aber das übersteigt meine kühnsten Träume bei Weitem. Meine Gefühle fahren Achterbahn, meine Gedanken überschlagen sich.

Georg wertet mein Schweigen als Zustimmung und lenkt das Gespräch wieder auf ungefährlicheres Terrain. Die anstehende Stadtratssitzung, die Restaurant-Olympiade und die Geburtstagsfeier der Zwillinge. Doch auch als ich zwei Stunden später in meinem Bett im *L&P* liege, hallen seine Worte immer noch in meinem Kopf nach. Denn plötzlich fühlt es sich nicht mehr belanglos und unverbindlich an. Plötzlich ist es etwas Ernstes. Und das kenne ich nur zu gut.

Kapitel 7 – vor drei Jahren

Die Präsentation meiner Abschlussarbeit verläuft sehr gut und ich bin erleichtert und beschwingt, als ich nach Hause komme. Überrascht entdecke ich, dass die Wohnung leer ist und wie ungewohnt das inzwischen ist. In den vier Wochen unserer Beziehung war Max fast immer da. Heute hatte er am Vormittag ebenfalls einen Termin, doch eigentlich wollte er bei meiner Rückkehr wieder da sein. Als ich die Tür höre, laufe ich ihm entgegen, halte jedoch inne, als ich seine ernste Miene sehe.

»Hey, ist alles in Ordnung?«, frage ich ihn besorgt.

Er sieht mich ein paar Sekunden an, dann legt er meinen Wohnungsschlüssel auf die Kommode.

»Sylvie, unsere Beziehung ist doch keine gute Idee und ich möchte sie beenden.« Ich höre seine Worte, doch sie klingen hohl und einstudiert. Seine Stimme und die Art, wie er sie sagt, teilen mir etwas anderes mit. Ich glaube ihm keine Sekunde.

»Was ist los?«, frage ich ihn ruhig.

»Ich halte unsere Beziehung für keine gute Idee ...«

»Lass den Quatsch, Max! Sag mir lieber, was wirklich passiert ist, anstatt mir hier so einen Scheiß zu erzählen. Als ich heute Morgen die Wohnung verlassen habe, war noch alles gut zwischen uns. Was ist in den paar Stunden vorgefallen?«

Ich halte seinem intensiven Blick stand und merke, wie die Mauer, die er um sich gezogen hat, nach und nach bröckelt. Als ich nach seiner Hand greifen will, weicht er vor mir zurück.

»Ich habe Krebs«, bricht es aus ihm heraus. »Ich war heute Morgen beim Arzt, um die Befunde meiner Untersuchungen zu besprechen, die ich wegen der starken Kopfschmerzen habe vornehmen lassen. Das CT zeigt einen Hirntumor. Und ich will nicht, dass du einen Invaliden an der Backe hast. Du hast

Besseres verdient, als beschädigte Ware, die dir nur ein Klotz am Bein ist. Du hast ...«

»Vor allem habe ich das Recht, das selbst zu entscheiden«, falle ich ihm ins Wort. »Und ich werde dich damit nicht allein lassen.« Für diese Entscheidung habe ich keine Sekunde gebraucht. Ich umfasse sanft seinen Kopf und zwinge ihn so, mich anzusehen. »Hast du verstanden, was ich gesagt habe? Wir werden uns informieren, welche Maßnahmen eingeleitet werden können. Wir werden das zusammen durchstehen und wir werden alles dafür tun, dass du wieder gesund wirst. Wir!«

Er nickt nur und Tränen glitzern in seinen sonst so fröhlichen Augen. Ich ziehe ihn in meine Arme und halte ihn ganz fest.

Zu seinen nächsten Arztterminen begleite ich ihn. Nähere Untersuchungen zeigen, dass es sich um ein Meningeom Grad I handelt, einen gutartigen Hirntumor, der bei Max im Bewegungszentrum liegt, was bedeutet, dass einzelne Muskelgruppen an den Armen oder Beinen gelähmt werden können. Wir erfahren, dass dieser sich meist durch eine Operation komplett entfernen lässt, falls nicht, erledigt eine Strahlentherapie den Rest. Seine Prognose ist sehr gut, doch das minimale Risiko, dass Nerven und andere Hirnstrukturen durch die OP verletzt werden und bleibende Schäden entstehen, verunsichert Max.

»Was ist, wenn letztlich doch meine Arme oder Beine gelähmt sind?«, sorgt er sich, als wir abends gemeinsam im Bett liegen.

»Der Arzt hat gesagt, dass es mehr als unwahrscheinlich ist, dass so etwas passiert. So eine OP ist für die Chirurgen inzwischen ein Spaziergang«, versuche ich ihn zu beruhigen.

»Ja, ein Spaziergang in meinem Gehirn«, murmelt er.

»Sieh es doch so: Die OP birgt ein verschwindend geringes Risiko, ohne OP wird der Tumor auf kurz oder lang unter Garantie auf das Bewegungszentrum drücken und dich lähmen. Du hast keine Wahl«, bringe ich es auf den Punkt.

Von Max ist nur ein Seufzen zu hören.

»Aber wir können das doch gerne mal ausprobieren, dann sehen wir, ob du das auf Dauer haben willst«, schlage ich vor.

»Was willst du ausprobieren?«

»Dass du bewegungslos daliegst und ich alles mache, was ich möchte, ohne dass du mich aufhalten oder berühren kannst«, wispere ich an seinen Lippen, ehe ich mich an seinem Hals entlang nach unten küsse. Schon nach wenigen Minuten fleht er um Gnade und verspricht, dass er sich operieren lässt, wenn er mich dafür bitte jetzt berühren darf. Meine Überredungskünste sind unschlagbar.

Max stellt nur eine Bedingung. Er möchte mit mir in den Urlaub fahren, um meinen Abschluss zu feiern, bevor er sich unters Messer legt.

»Komm schon«, versucht er mich zu überreden. »Sommer, Sonne, Sand und Meer, bevor es mir ans Gehirn geht. Selbst wenn alles gut läuft, werde ich danach trotzdem eine Weile brauchen, um mich ganz zu erholen. Und wenn der Tumor nicht komplett entfernt werden kann, benötige ich noch eine Chemotherapie und werde auch keine Kraft haben, um mit dir über den Strand zu toben. Lass uns noch einmal frei sein …«

Ich seufze. »Wo willst du denn hin?«, lenke ich ein.

Max springt erfreut auf. »Das war kein Nein«, stellt er fest und erntet von mir ein Nicken.

»Überlass alles mir! Ich werde den kompletten Urlaub organisieren. Und um die Bezahlung brauchst du dir auch keine Sorgen machen, das wird mein Geschenk zum Abschluss für dich.«

Er lässt sich von mir den Termin geben, wann meine Abschlussfeier stattfindet und verspricht, dass wir bis dahin wieder zurück sein werden. Auch seine OP vereinbaren wir fix ein paar Tage nach meiner Feier, damit er noch dabei sein kann.

Kapitel 8 – heute

Etwa drei Tage nach der Unterzeichnung des Mietvertrages sitze ich nach einer Stadtratssitzung bei Livia im *Leckermäulchen* und genieße meinen Cappuccino. Sie hat Tische auf den Hauptplatz vor dem Lokal gestellt und ich lasse mich von den Sonnenstrahlen auf der Nase kitzeln. Lexi hatte am Vormittag einen Termin wegen der Taufe und muss später noch im Rathaus wegen des Umbaus ihres eigenen Hauses etwas regeln. Dazwischen treffen wir uns hier und bringen einander auf den neuesten Stand.

Mit einem lauten Seufzen lässt meine Freundin und Chefin sich auf den Stuhl neben mir fallen. »Es gibt Tage, da überlege ich, die gesellschaftlichen Normen über Bord zu werfen und schon mittags Alkohol zu trinken.«

Ich proste ihr mit der Kaffeetasse zu. »So schlimm?«

»Ich frage mich, wie die Familie das bei weiteren Meilensteinen im Leben des armen Kindes noch toppen will, wenn die Taufe schon so ein Spektakel wird.«

Livia, die den letzten Satz mitangehört hat, nickt. »Stimmt, eine fünfstöckige Tauftorte habe ich bisher noch nie gebacken.«

Lexi bestellt einen ihrer geliebten Schokoladenplunder und eine große Tasse schwarzen Kaffee.

»Ich hoffe, die Angelegenheit im Rathaus ist schneller geregelt. Niko und ich wollen die Renovierung noch vor dem Winter fertig haben und unser Agentursitz sollte auch langsam Formen annehmen. Im *L&P* wird es zu dritt in Lillys Büro langsam eng.« Lexi hat sich vor Kurzem ein Haus am Meer gekauft, das sie nun renoviert und ein kleines Nebengebäude auf dem Grundstück als Büro für die Agentur *Strandkorb* umbaut.

»Also auf der Sitzung heute gab es nicht viel Neues. Georg hat mir gestern den vorläufigen Plan für die Restaurant-Olympiade in diesem Jahr gemailt und ihn heute auch so vorgelegt. Er wurde angenommen und jetzt starten wir mal das Organisatorische. Ich persönlich finde ja, dass er zu spät dran ist, aber das können wir ja dann ab dem nächsten Jahr optimieren.«

Lexi beißt grinsend in den Plunder, den Livia gerade gebracht hat.

»Was?«, frage ich sie.

Livia fängt Lexis Blick auf, die stumm kaut.

»Sie amüsiert sich über die Zweideutigkeit der Meldung, dass er zu spät dran ist«, klärt Livia mich schließlich auf.

»Wir sind nur Freunde«, beharre ich auf der offiziellen Version. Lexi wendet sich an Livia. »Das behauptet sie schon seit einem Jahr und ich glaube ihr immer noch nicht«, erklärt sie ihr.

»Ah, verstehe«, meint Livia grinsend. »Da biegt dein *nur Freund* übrigens gerade um die Ecke.«

Mein Kopf schnellt herum in die Richtung, in die Livia deutet, und die beiden Frauen lachen. Tatsächlich kommt Georg zielsicher auf mich zu und Lexi drückt Livia einen Geldschein in die Hand, leert ihren Kaffee und steht auf.

»Ich muss dann auch mal los ins Rathaus.« Sie zwinkert mir zu. »Hallo, Georg. Ciao, Georg.« Sie lässt uns allein und Georg sieht ihr verwirrt nach.

»Ich wollte sie nicht vertreiben«, meint er dann.

»Sie hat noch einen Termin wegen des Umbaus«, antwortet Livia. »Kann ich dir was bringen?«

»Einen Milchkaffee to go, bitte«, bestellt Georg und deutet auf den freien Stuhl.

»Darf ich kurz?«

Ich nicke. »Ja, klar.«

»Nach der Sitzung hat mich leider einer der Stadträte noch aufgehalten. Ich hatte gehofft, dass ich dich hier finde. Die Handwerker sind fertig. Das Bett ist raus und der Raum wurde mit genügend Steckdosen und WLAN ausgestattet. Den Schrank habe ich drin gelassen, allerdings sind die Türen weg, damit du Bürokram und einen Drucker unterbringen kannst. »Wow, das ist toll, danke.« Das strahlende Lächeln stiehlt sich wie von selbst auf mein Gesicht.

»Wenn du Hilfe beim Übersiedeln brauchst, gib Bescheid. Ich muss wieder los.« Auch Georgs Mundwinkel zeigen steil nach oben.

Livia kommt mit dem Kaffee an den Tisch, den ihr Georg im Tausch gegen einen Geldschein abnimmt. Dann winkt er uns zu und geht. Livia sieht einen Augenblick zwischen ihm und mir hin und her. Dann klopft sie mir freundschaftlich auf die Schulter und meint: »Ja, klar! Nur Freunde …«

Auch ich zahle und scheuche sie wieder hinter die Kuchentheke.

Zwei Tage später schleppe ich Kiste um Kiste vom Parkplatz am Hafen zu meinem neuen Zuhause auf dem Wasser. Meinen Schreibtisch als einziges Möbelstück haben Paul und Gerd bereits am Tag davor aufs Hausboot gebracht. Einen besonders großen Karton mit Büchern und Fotoalben muss ich zwischendurch mal abstellen, um zu verschnaufen.

»Darf ich ihn dir abnehmen?«, höre ich plötzlich eine Stimme hinter mir und erschrecke. Als ich mich umdrehe und Georg sehe, klopft mein Herz gleich noch schneller. Seine Worte nach der Unterzeichnung des Mietvertrages spuken mir immer noch im Kopf herum.

»Danke, aber ich schaff das schon«, winke ich ab. »Ich bin keine dieser Prinzessinnen, die Angst davor haben, sich einen Fingernagel abzubrechen, nur weil sie mal wo zupacken müssen.« Mein Tonfall ist scherzhaft, um meine Unsicherheit zu überspielen.

Georg lächelt mich an, als er sanft sagt: »Hilfe anzunehmen, bedeutet nicht, schwach zu sein, sondern klug genug, zu wissen, dass man nicht alles allein schaffen muss.« Dann greift er sich die Kiste und bringt sie wortlos in mein quietschgelbes neues Heim. Genauso ergeht es auch den übrigen Dingen aus dem Lieferwagen, den ich mir von Lilly geborgt habe. Ich beginne einstweilen auszupacken und dirigiere Georg mit den Kartons in die richtigen Zimmer. Als alles auf dem Hausboot ist, sieht er sich überrascht um.

»Wow, du hast ja schon einiges ausgeräumt«, wundert er sich.

»Übung«, antworte ich nur. »Ist nicht mein erster Umzug.«

Einen Moment lang glaube ich, dass er etwas erwidern will, doch dann nickt er nur.

»Ich zeige dir noch schnell die wichtigsten Details«, meint er dann. Rasch erklärt er den Abwassertank, zeigt mir wo die Sicherungen sind, falls eine ausfällt, und wo ich die Heizung einschalten und regulieren kann.

»Wenn irgendetwas nicht funktioniert, melde dich einfach. Du musst nicht alles allein hinkriegen«, fügt er dann eindringlich hinzu und ich habe das Gefühl, dass er nicht nur technische Probleme meint.

»Danke«, sage ich und merke, wie die Spannung zwischen uns steigt. Um die Situation wieder etwas zu entschärfen, spreche ich weiter: »Ich werde wohl in nächster Zeit vermehrt hier arbeiten, weil Lillys Büro einfach zu eng ist für drei Personen. Und da es in der Agentur ebenfalls schwierig ist, bis Lexis Umbau fertig ist, sollen wir die Besprechung wegen der Olympiade lieber im Tourismusbüro machen.«

»Wir können sie auch auf einem der Boote machen. Ich nutze ebenfalls einen Raum als Arbeitszimmer. Natürlich nur, wenn das für dich okay ist.«

Es ist eine furchtbar, furchtbar schlechte Idee, doch um nicht erklären zu müssen weshalb, nicke ich nur.

Nachdem Georg sich verabschiedet hat, setze ich mich mit

einer großen Tasse Tee und Keksen aufs Oberdeck in meinen persönlichen Strandkorb auf dem Meer und genieße die Aussicht. Nebenan liegen typische Hausboote. Riesige Kähne mit stolzem Alter schaukeln auf den sanften Wellen der Ostsee, wie sie es bestimmt schon seit fünfzig Jahren tun. Sie sind alle gut in Schuss und sind sicher der ganze Stolz ihrer Besitzer. Mein schwimmender Untersatz ist kaum so viele Monate alt wie ich Jahre und doch steht er rotzfrech neben den ehrwürdigen Vorvätern und zeigt ihnen, was die neue Generation des schwimmenden Zuhauses draufhat. Doch in einem Punkt hat sich nichts geändert: Es ist die Mischung aus Heim und Freiheit, die Hausboote zu etwas ganz Besonderem machen. Hier wohnt man nicht nur an der Küste, hier lebt man mitten auf dem Wasser. Während mir diese Gedanken durch den Kopf gehen und ich tiefe Dankbarkeit dafür empfinde, dass ich mich hier so zu Hause fühle, geht die Sonne über dem Meer unter und taucht alles in gleißendes Orange, das langsam dunkler wird und schließlich dem Nachthimmel weicht.

Kapitel 9 – heute

Am nächsten Morgen habe ich zum ersten Mal seit meinem Umzug an die Ostsee Lust auf eine Joggingrunde. Also schlüpfe ich in Sportklamotten und Laufschuhe und trabe am Strand entlang. Dazu stecke ich die Kopfhörer meines MP3-Players in meine Ohren. Ich brauche unbedingt Musik beim Laufen, nehme aber absichtlich nicht mein Handy mit, damit ich telefonisch nicht erreichbar bin. Diese sportliche Auszeit gehört mir. Es ist noch früh, die Sonne hat ihre Kraft noch nicht voll entfaltet und das Meer plätschert in leichten Wellen ruhig vor sich hin. Die gleichmäßigen Schritte erden mich und der Wind fegt ein paar ängstliche Gedanken aus meinem Kopf. Ich bin umgezogen und habe ein neues Zuhause. Und Georg ist mein Vermieter und als Mitarbeiter der Stadtverwaltung ein Kunde der Agentur. Also habe ich gute Gründe, um mich mit ihm zu treffen. Was soll schon groß passieren? Alles ist in Ordnung.

Nachdem ich die salzige Luft am Hafen tief eingeatmet habe, biege ich um die Kurve zurück zu den Booten und stoße mit etwas Großem, Warmen zusammen. Taumelnd stürze ich und mein MP3-Player landet auf dem Boden.

»Hast du dir wehgetan?«, fragt mich Georg alarmiert, der sich neben mir ebenfalls auf dem Boden wiederfindet. Auch seine Sachen liegen rund um ihn verstreut. Vorsichtig bewege ich meine Gliedmaßen.

»Nein, alles noch dran. Und bei dir?«

»Auch alles okay.« Er rappelt sich auf und streckt mir die Hand entgegen, um mir hoch zu helfen. Ich lege meine hinein und spüre erneut ein leises Kribbeln bei seiner Berührung. Es scheint, als wäre er auch gerade zum Joggen aufgebrochen, denn er trägt wie ich leichte Sportkleidung. Ich lasse meinen

Blick von den Laufschuhen hinauf bis zu seinen Augen gleiten, an denen ich letztlich hängen bleibe. Für einen kurzen Moment vergesse ich, wie man atmet. Dann holt mich ein leises Lachen aus meiner Versunkenheit.

»Welcher ist deiner?«, fragt Georg ratlos und hält zwei genau gleiche MP3-Player hoch. Das nenne ich mal einen Zufall.

Ich greife mir einen und halte die Kopfhörer an meine Ohren. *Freedom* von George Michael dröhnt mir entgegen und ich blinzle überrascht. Schnell drücke ich auf den nächsten Song und erkenne den gleichen Sänger erneut.

»Interessante Songwahl«, meine ich verschmitzt und will nach meinem eigenen Gerät greifen, bei dem sich Georg aber gerade mit einem Grinsen die Stöpsel in die Ohren schiebt.

»Das ist doch keine Musik zum Laufen«, stellt er dann lachend fest.

»Aber George Michael?«, gebe ich zurück.

»Die Songs haben einen guten Rhythmus und ich kann dabei abschalten«, erklärt er.

Ich drücke erneut weiter und es ertönt eine langsame Ballade. »Ist das auch zum Laufen?«, frage ich und halte ihm einen der kleinen Lautsprecher hin.

»Ja, klar. Zum Runterkommen. Wenn man das Lauftempo immer dem jeweiligen Takt des Songs anpasst, ist das wie Intervalltraining, nur nicht so mühsam, weil man keine Minuten zählen muss.« Dann sieht er mich keck an. »Welche Entschuldigung hast du für dieses ... Etwas?«

Ich verenge meine Augen zu Schlitzen und funkle ihn zum Spaß an.

»Das sind fernöstliche Klänge, die vielleicht nicht so gut zum Laufen passen, aber normalerweise mache ich dazu auch andere Übungen. Die haben allerdings auch sehr viel mit Rhythmus zu tun.«

Georgs zweideutiges Grinsen lässt mich nochmals über

meine Worte nachdenken. Dann erkenne auch ich, dass man sie durchaus auch anders interpretieren könnte und beginne zu lachen.

»Nicht so, wie du denkst. Ich mache bewegte Meditation zu dieser Musik.«

»Ich dachte immer, bei Meditation darf man nur sitzen, atmen und an nichts denken«, wirft er ein.

Ich wiege den Kopf. »Dafür war ich immer schon zu quirlig. Wenn mein Yogalehrer sagte, dass wir die Gedanken kommen und gehen lassen und wir sie nicht festhalten sollen, dass wir an nichts denken und uns nur auf unser inneres Ich konzentrieren sollen, habe ich im Geiste Einkaufslisten geschrieben und überlegt, ob es vertretbar ist, das Bügeln noch um einen Tag zu verschieben. Und beim ewig langen Stillsitzen bin ich regelmäßig eingeschlafen und habe mit meinem Schnarchen die restliche Gruppe aus der tiefen Meditation geholt. Irgendwann hat er mich zur Seite genommen und mir die bewegte Meditation gezeigt. Und wenn ich mich auf die Musik und die Bewegungsabläufe konzentriere, denke ich wirklich mal ein paar Minuten an nichts anderes.«

»Und das kann man nur zu dieser eigenartigen Klangschalenmusik machen?«, erwidert Georg fassungslos.

Ich zucke die Schultern. »Keine Ahnung, ehrlich gesagt. Ich habe es noch nie mit anderer Musik versucht.«

»Ich könnte dir eine Playlist zusammenstellen«, bietet Georg an. »Dafür darf ich aber dann bei diesen Übungen zusehen.«

Ich gebe ihm einen tadelnden Klaps auf den Oberarm. »Du denkst immer noch, dass es etwas Schmutziges ist.«

Er grinst nur breit.

»Abgemacht«, willige ich ein und Georg nimmt meinen MP3-Player an sich. »Aber du setzt dich nicht einfach daneben hin, sondern machst mit. Erst ein paar leichte Yogaübungen und dann die bewegte Meditation.«

»Da bin ich gern dabei.« Georg lächelt mich an, als hätte er gerade eine Etappe der Tour de France gewonnen. Erst bin ich verwirrt, aber dann wird mir klar, dass er sich einfach nur über ein privates Treffen freut, ganz egal was wir machen. Und in mir breitet sich eine Wärme aus, die ganz sicher nichts mit der strahlenden Sonne am blauen Himmel zu tun hat.

Am Vormittag habe ich eine Teambesprechung mit Lexi, bei der meine Freundin völlig von der Dekadenz der jungen Eltern geflasht ist, die zur Taufe ihrer Erstgeborenen über hundert Personen einladen und für die Feier danach eine Band buchen wollen. Aber ich erinnere sie, dass das alles für uns auch eine Erhöhung des Honorars bedeutet. Nachdem Lilly uns zum Mittagessen in die Pension eingeladen hat, mache ich mich satt und zufrieden wieder auf den Weg in mein Homeoffice. Doch noch ehe ich den Laptop hochfahren kann, klopft es.

Vor meiner Tür steht Georg. »Sorry, dass ich dich störe, aber es gibt ein Problem bei der Buchung der Karaoke-Maschine für die Restaurant-Olympiade. Und ich habe nur die Nummer der Agentur, aber nicht deine private. Da dachte ich, dass ich es erst mal in der Quietschente versuche.«

»Du störst nicht«, stelle ich klar. »Wir arbeiten immerhin beide an diesem Projekt.«

»Ich habe alle Unterlagen drüben«, meint er vorsichtig. »Ist es okay für dich ...« Er lässt den Satz im Raum stehen.

»Klar!« Es ist rein beruflich, beruhige ich mich selbst. Dann packe ich Laptop und Handy in meine Tasche und folge Georg.

Auf dem blauen Hausboot sieht es aus wie auf meinem. Die gleichen hellen Holzwände und auch die Zimmeraufteilung scheint ähnlich zu sein. Georg hat denselben Raum wie ich als Büro umgebaut. Er deutet mir, meine Sachen dort abzulegen und geht selbst weiter in die Küche, wo er die Kaffeemaschine startet. Ich folge ihm und reiche ihm dann meine nagelneue Visitenkarte.

»Mein Geschäftspartner sollte mich in Notfällen wie diesem auch telefonisch erreichen können«, scherze ich, doch Georg dreht die Karte lange zwischen den Fingern.

»Vor einem Jahr hätte ich alles dafür gegeben, dass du mir deine Handynummer gibst«, sagt er dann. In seinem Blick erkenne ich den Schmerz von damals, als ich wortlos geflüchtet bin. Ich hasse mich dafür, ihm wehgetan zu haben. Doch es ging nicht anders.

»Vor einem Jahr dachte ich auch noch, dass es keine gute Idee wäre, einem Urlaubsflirt meine Nummer zu geben«, antworte ich mit brüchiger Stimme.

»Und jetzt ist die Idee gut, weil wir zusammenarbeiten?«, schlussfolgert er, doch ich schüttle den Kopf.

»Nein, weil ich weiß, dass es kein einfacher Urlaubsflirt war.« Wir stehen eineinhalb Meter voneinander entfernt, aber mit unseren Blicken waren wir einander nie näher. Es knistert so sehr, dass man zwischen uns vermutlich ein Streichholz entzünden könnte. Ich möchte die Distanz zwischen uns überwinden, ihn anfassen, spüren, riechen, seine Lippen auf meinen schmecken und mich in ihm verlieren. Doch das darf jetzt nicht geschehen.

»Kann ich mir den Rest des Hausbootes ansehen?«, frage ich stattdessen.

»Fühl dich wie zu Hause.« Georg macht eine einladende Handbewegung. »Darf ich der Dame eine Führung geben?«

Die Stimmung wird wieder lockerer. Vielleicht kriegen wir diese Freundschaftssache doch irgendwie hin.

Bad und Toilette sind exakt wie meine. Der erste Raum wurde ebenfalls wie bei mir zum Arbeiten umgebaut, ist jedoch wesentlich chaotischer. Hinter der zweiten Tür entdecke ich eine Hantelbank und weitere Geräte für ein Workout.

»Ein kleines Fitnessstudio auf einem Hausboot?«, frage ich überrascht.

Georg kann sich ein Lachen nicht verbeißen. »Wieso nicht? Das ist ja keine Nussschale.«

»Haha«, erwidere ich nur und verlasse den Raum.

Die Küche hat eine dunkelrote, hochglänzende Front, die mich an jene in der WG erinnert, in der ich mit Lexi gewohnt habe. Sie ist funktional und aufgeräumt, doch man merkt, dass sie auch genutzt wird. Sessel und Couch sind in hellem und dunklem braun gehalten und geben dem Raum viel Wärme.

An seinem CD-Regal bleibe ich stehen und lasse den Finger über die Rücken gleiten. Die meisten Namen kenne ich und bemerke einen Hang zu Oldies und Rock.

»Apropos Musik«, fällt Georg ein. »Ich habe etwas für dich.« Er reicht mir meinen MP3-Player. »Damit du vernünftige Musik zum Joggen hast.« Ich stecke die Kopfhörer in meine Ohren und lausche gespannt. Der erste Song ist *Don't stop me now* von Queen und bringt mich zum Grinsen. Dann sehe ich ihn prüfend an und teste, was in seinem CD-Player liegt. Die Stimme von Elton John ertönt und ich pruste los.

»Was ist los?«, fragt Georg mich irritiert.

»Also langsam mache ich mir wirklich Gedanken«, gebe ich immer noch lachend zu.

»Weshalb genau?«

»Bei den Liedern, die ich bis jetzt bei dir gehört habe, ist ein eindeutiges Muster zu erkennen.«

Er überlegt einen Moment. »Männer mit großartigen Stimmen?«

»Mhm, und alle schwul ...«

»Und schwule Männer sind ein Problem für dich?«, fragt er.

»Ich habe natürlich *kein* Problem mit homosexuellen Männern. Mein bester Freund Johnny ist auch schwul«, erkläre ich schnell. »Aber ich frage mich, ob bei deiner Vorliebe für schwule Sänger nicht mehr dahintersteckt …«

»Du hättest also ein Problem damit, wenn *ich* schwul wäre?«, kombiniert er. Nun liegt in seiner Stimme ein Schmunzeln.

»Ähm, ja … also nein. Bei dir wäre es was anderes. Weil … also ich meine nur, dann habe ich etwas falsch verstanden …« Ich rede mich in diesen Schlamassel immer weiter hinein, bis ich endlich den Mund halte und Georg nur Hilfe suchend ansehe. Er kommt langsam durch den Raum, knapp vor mir bleibt er stehen. Sein Blick aus dunkelbraunen Augen ist auf mich geheftet. Sanft zeichnet er mit seinem rechten Zeigefinger eine Linie von meinem Oberarm bis zu den Fingerspitzen. Dann stiehlt sich ein Lächeln auf seine Lippen.

»Eigentlich dachte ich, dass du die Person bist, die am besten weiß, dass ich nicht schwul bin.« Ich nicke nur und schlucke schwer. »Aber schön zu erfahren, dass es dir anscheinend einiges ausmachen würde, wenn ich für die Frauenwelt nicht zu haben wäre.«

Mein Herz stolpert und ich habe das Gefühl, als würde ein unsichtbarer Sog mich zu Georg ziehen. Seine Augen, sein Lächeln, seine Hände, seine Lippen … Ich bin nur Millimeter davon entfernt, die Kontrolle zu verlieren. Rasch löse ich meinen Blick von ihm und sehe mich nach etwas um, das uns wieder auf eine ungefährlichere Gesprächsebene bringt.

»Du hast ja da noch eine Treppe«, entdecke ich und mache einen Schritt darauf zu. »Wohin führt die?«

»Ins Schlafzimmer mit Blick auf die Ostsee und die Sterne«, dringt Georgs Stimme von hinten in mein Ohr. »Aber ich glaube, das siehst du dir besser allein an.«

Mit einem Seufzen lasse ich den Kopf hängen und fange schließlich an, laut zu lachen.

»Wenn das jetzt bei jedem Geschäftstermin so läuft, sind

wir spätestens in vier Wochen nervlich am Ende«, orakle ich kopfschüttelnd.

»Ich gebe uns maximal drei, also sieh zu, dass du deine Angelegenheiten so schnell wie möglich regelst«, bittet er mich.

»Wenn ich das nur beeinflussen könnte …«

»Dann schlage ich vor, du wirfst allein einen Blick nach oben und ich warte als braver Geschäftspartner im Büro auf dich«, meint Georg und ich nicke.

Das Schlafzimmer besteht aus einem großen Doppelbett in einem Alkoven mit Blick in drei Richtungen. In der Nacht muss es hier atemberaubend sein. Schnell verdränge ich den Gedanken, wie es wäre, hier mit Georg zu liegen. Ich räuspere mich, schalte auf Businessmodus und folge ihm ins Büro.

Dort erklärt mir Georg, dass wir die Karaoke-Maschine am geplanten Abend doch nicht bekommen und schiebt auf einer weißen Magnettafel die einzelnen Programmpunkte hin und her.

»Lass mich mal«, dirigiere ich ihn zur Seite und nehme alles herunter. »Den Sommerball machen wir gleich als Erstes. Ist der Stadtsaal an diesem Wochenende frei?«

Georg sieht in seinem Laptop nach und bejaht.

»Dann müssen wir Band und Catering anfragen, sehr viel Zeit bleibt uns nicht mehr. Somit verschiebt sich das Volleyballturnier auf das darauffolgende Wochenende. Den Wettbewerb machen wir wie gewohnt am Samstag und die Gäste lassen wir dann am Sonntag spielen. Die Gäste-Teams können Extrapunkte für ihre Unterkünfte einspielen. Dann wird es spannender«, schlage ich vor und Georg überlegt kurz.

»Das könnte gut ankommen«, räumt er ein.

»Beim Hindernisparcours machen wir das auch und Karaoke dürfen die Gäste ebenfalls ausprobieren. Immer Samstag die Lokale und Sonntag die Gäste.«

»Das löst aber mein Problem mit der Karaoke-Maschine

nicht«, gibt Georg zu bedenken. Ich trete zu ihm an den Schreibtisch und beuge mich mit ihm gemeinsam über den Kalender. Ich höre, wie er scharf einatmet.

»Karaoke gleich im Anschluss an den Sommerball?«, schlägt er dann vor.

»Da ist der große Saal im *Strandblick* durch eine Taufe blockiert«, winke ich ab. »Lexi plant sie gerade.«

»Und an dem Wochenende des Geschicklichkeitswettbewerbs ist der Verleih völlig ausgebucht. Ich habe auch schon andere Firmen kontaktiert, aber im Sommer ist offenbar durch die vielen Feiern Hochbetrieb im Karaoke-Geschäft.« Georg rauft sich das Haar.

»Dann häng Karaoke hinten dran«, sage ich kurzerhand. Georg tippt schnell eine Mail mit dem neuen Terminvorschlag an die Verleihfirmen.

»Und was machen wir in der freien Woche?« Er sieht mich von unten an und ich habe Angst, gleich schwach zu werden. Rasch schließe ich die Augen und konzentriere mich.

»Zwischen Volleyball und Geschicklichkeit … etwas Gemütliches für die Urlauber, die zwei Wochen bleiben und nicht so sportlich sind …«, murmle ich vor mich hin und rufe schließlich: »Ein Hafenfest!«

Georgs Augen sind riesengroß. »Ein was?«

»Ein Hafenfest!«, wiederhole ich und in meinem Kopf setzt sich der Plan wie ein Puzzle zusammen. »Es startet gegen Mittag. Alle Geschäfte und Lokale in der Hafenstraße werden aufgefordert mitzumachen. Sie können kleine Verkaufsstände auf die Straße stellen, nicht nur die Restaurants und Cafés, sondern auch die anderen Läden. Souvenirs, Blumen, Kunsthandwerk, Bücher – wir bauen zusätzliche Stände auf für jene Geschäftsinhaber, die nicht in der Hafenstraße ansässig sind. Die Gäste können bummeln, einkaufen, sich kulinarisch verwöhnen lassen und eine gemütliche Zeit verbringen. Für die

Kinder stellen wir eine Hüpfburg auf, organisieren Kinderschminken und jemanden, der aus Ballons Tiere bastelt, oder so. Das Ganze läuft bis in den Abend hinein und endet mit Essen und Tanzen – am Hauptplatz ganz idyllisch für die älteren Gäste, unten am Strand etwas Cooles für die jungen. Eine Strandparty war doch ohnehin geplant. Lässt die sich verschieben?«

Georg nickt verwundert. »Ja, kein Problem. Der DJ ist ein Bekannter von mir und nicht besonders ausgebucht. Zelt sollte auch passen und der *Leuchtturm* übernimmt die Bar.«

»Sehr gut! Also, was sagst du? Es ist ein bisschen Arbeit, aber ich finde, die Hafenstraße ist wie gemacht für so eine Veranstaltung.« Ich sehe ihn fragend an.

»Da suche ich nach einem Notfallplan, weil es ein kleines Terminproblem gibt und du hast innerhalb von Minuten so einen riesigen Einfall?« Er kann es nicht fassen.

»Eventmanagement ist schon seit Langem mein Job«, erinnere ich ihn.

»Dann ist dieses Fest hiermit dein persönliches Baby«, entscheidet Georg. »Schaffst du es, dass wir das Konzept morgen im Rathaus schriftlich vorlegen können, denn es bedarf einiger Genehmigungen. Aber wenn die Chefs ihr Okay geben, ist das ein eigener Auftrag für die Agentur *Strandkorb*.«

»Im Ernst?« Überrascht sehe ich auf. »Aber das Hafenfest gehört doch zur Olympiade.«

Doch Georg schüttelt den Kopf. »Nein, es gibt keinen Wettbewerb und keine Punkte. Es ist eindeutig eine eigene Veranstaltung und nicht Teil des Vertrages über die Zusammenarbeit mit euch im Rahmen der Olympiade.« Das bedeutet Extrakohle für die Agentur. Lexi wird jubeln. Ich strahle ihn an und erneut verfangen sich unsere Blicke ineinander. Doch ein leises Pling lenkt unsere Aufmerksamkeit auf Georgs Laptop.

»Der neue Termin für das Karaoke-Wochenende passt für

den Verleiher, mit dem wir immer zusammenarbeiten«, teilt mir Georg mit.

»Perfekt! Laut deinem Plan müsste auch der Saal im *Strandblick* frei sein. Ich würde sagen, reservier bei beiden sofort und dein Problem ist vom Tisch.«

»Danke für deine Hilfe, Sylvie!« Er lächelt mich an.

»Kein Thema, dafür hat uns die Stadt ja engagiert«, bleibe ich rein geschäftlich. »Ich komme dann morgen mit ins Rathaus, um die Idee des Hafenfestes vorzulegen.«

Georg nickt. »Klingt gut, dann hol ich dich ab.«

»Ich setze mich gleich an das Konzept und wenn morgen alles in trockenen Tüchern ist, kann ich mit der Planung starten«, antworte ich und greife nach meinen Sachen. Zum Abschied winke ich kurz und atme draußen auf, dass ich stark geblieben bin.

Bis zum Abend brüte ich über dem Konzept für das Hafenfest. Es ist bereits dunkel, als ich beschließe, mir noch etwas Essbares bei Frederik zu besorgen. Gerade als ich in meinen Fischburger beißen will, kommen Lexi und Niko herein.

»Ich muss dir was erzählen«, sagen Lexi und ich gleichzeitig und müssen beide lachen.

»Du zuerst«, beschließt meine Freundin und Geschäftspartnerin und ich berichte von meiner Idee für ein Hafenfest. Auch Niko und Frederik hören aufmerksam zu. Wie erwartet fällt mir Lexi um den Hals.

»Das ist so toll! Ein komplettes Fest zu organisieren bringt uns mächtig was ein«, freut sie sich. Nicht eine Sekunde zweifelt sie daran, ob ich die Planung hinkriege, was mich ein wenig stolz macht.

»Respekt«, meint auch Frederik. »Dieses Olympia-Ding läuft nun schon einige Jahre, aber bis jetzt ist noch keiner auf die Idee gekommen, auch mal etwas einfließen zu lassen, von dem die Läden und Lokale hier profitieren. Ja klar, die paar Unterkünfte, die sich in den Wettkampf werfen, natürlich, aber wir kleinen Fische gehen leer aus. Endlich mal jemand, der auch an unsere Kassen denkt. Ich bin auf jeden Fall mit meinen Fischburgern dabei.« Er klatscht mit mir ab und verschwindet in der Küche, um nach Lexis und Nikos Essen zu sehen.

»Was wolltest du mir erzählen? Möchten unsere Tauf-Kunden auch noch ein Feuerwerk und dass der Tag landesweit zum Feiertag ausgerufen wird?«, scherze ich. Doch Lexi grinst mich nur an.

»Johnny hat gebucht! Er kommt wirklich!«, teilt sie mir mit und entlockt mir ein aufgeregtes Kreischen. Ich vermisse meinen besten Freund schrecklich. Wir schreiben zwar regelmäßig, denn zum Telefonieren fehlt ihm neben seiner geliebten Bar *Watermelon* die Zeit, aber mir fehlen das Lächeln und aufmunternde Zwinkern von unserem Herzchen. Lexi stand unserem Lieblingsbarkeeper anfangs näher als ich, da sie in seiner Küche gearbeitet hat, während sie in den letzten Zügen ihres Studiums lag. Doch als sie zu Lilly ins *L&P* gefahren und später hierhergezogen ist, wurde Johnny für mich zu einer engen Bezugsperson und meinem besten Freund.

»Ich fasse es nicht! Wann war er denn das letzte Mal im Urlaub? Lebten da die Dinosaurier noch?«

»Hey, du brauchst da gar nicht so groß tönen!« Meine beste Freundin hebt mahnend den Finger. »Wann warst du denn vor deinem Besuch hier im Vorjahr das letzte Mal im Urlaub?«

Kapitel 10 – vor drei Jahren

In der nächsten Woche macht Max ein riesiges Geheimnis um unsere Reise. Ich bekomme von ihm eine Packliste, aber keine Information in welchen Teil der Welt er mich entführt. Und dass es nicht einfach nur Malle ist, dämmert mir schon langsam. Schließlich ist es so weit. Nachdem ich mich bei meinen Eltern für die nächsten zehn Tage abgemeldet habe, wuchte ich meinen vollgestopften Koffer in den Flur, wo Max bereits in der Eingangstür steht.

»Los komm, das Taxi wartet schon«, drängt er mich vergnügt.

Am Flughafen erwarte ich, dass ich beim Check-in endlich erfahre, wohin die Reise geht, doch Max hat uns bereits online eingecheckt und kümmert sich nur mehr rasch um das Gepäck. Als wir zum Gate schlendern, sehe ich auf die Tafel mit dem Zielflughafen und mir klappt der Mund vor Überraschung auf.

»Wir fliegen nach San Francisco?«, stoße ich hervor.

Max wiegt den Kopf. »Jein! Das ist nur ein Zwischenstopp.«

»Nach?«, bohre ich weiter.

Er beginnt etwas zu summen, das mich irritiert. Es ist … ein Weihnachtslied. Was? Wie heißt das noch mal … Mele kalikimaka oder so … Und der Text …

»Hawaii?« Ich schnappe nach Luft. Max strahlt mich übers ganze Gesicht an.

»Bist du verrückt geworden?« Ich schlage die Hände vor den Mund. »Das muss ein Vermögen kosten.«

»Ich hab etwas Geld von meiner Großmutter bekommen und zur Seite gelegt«, beruhigt er mich. »Für eine besondere Gelegenheit. Und was ist besonderer, als mit dir diese Reise zu machen?«

Fast vierundzwanzig Stunden später stehe ich vor einem riesigen Hotel-Resort auf Hawaii und fühle mich wie in einem Traum.

»Max, das ist nicht dein Ernst, oder?«, flüstere ich ehrfürchtig, als ich dieses wunderschöne Anwesen erblicke. Doch da kommt schon ein Page heraus, der uns freundlich begrüßt und unsere Koffer zur Rezeption bringt. Dort werden wir mit Lei, also dem traditionellen Blumenschmuck, begrüßt und Max checkt uns ein, während man mir eine Erfrischung reicht. Eine sehr freundliche Mitarbeiterin bringt uns wenig später auf unser Zimmer. Wobei Zimmer eine schamlose Untertreibung ist. Unsere Unterkunft ist so riesig, dass meine gesamte Wohnung darin Platz finden würde und hat über die große Terrasse einen direkten Zugang zum Strand. Im Schlafzimmer steht ein Himmelbett von gigantischem Ausmaß und das Bad verfügt nicht nur über die größte Wasserfalldusche, die ich je gesehen habe, sondern auch über eine Schwimmbecken-ähnliche Badewanne, in der wir bequem zu zweit Platz hätten.

»Gefällt es dir?«, fragt Max mich unsicher. Seit unserer Ankunft habe ich vor lauter Staunen noch keinen Ton herausgebracht.

»Machst du Witze?« Meine Augen müssen groß wie Untertassen sein. Ich suche einige Sekunden nach den richtigen Worten. »Ich träume das alles, oder?«, flüstere ich dann.

Max schüttelt den Kopf und nimmt lächelnd meine Hand. »Komm, wir sehen uns den Traum mal genauer an.«

Danach schlendern wir über die gesamte Anlage. Alles ist saftig und grün und die Wellen rauschen laut. Das Meer hier ist nicht einfach nur da, es macht auf sich aufmerksam, es lockt uns und will mit uns spielen. Ein großer Pool lädt zum Entspannen ein und wir finden immer wieder versteckte Plätze zum Verweilen und Wohlfühlen. Man spürt die Gastfreundschaft und die Liebe, mit der alles hier gestaltet ist. Nachdem wir eine Kleinigkeit gegessen haben, ergeben wir uns dem Jetlag und ziehen uns zurück in unser Himmelbett.

Kapitel 11 – heute

Am nächsten Morgen kommt die Präsentation unserer neuen Idee im Rathaus gut an, sodass alle Genehmigungen für das Hafenfest erteilt werden und die Agentur *Strandkorb* den neuen Vertrag dafür aufsetzen kann. Lexi und ich stoßen mit einer Tasse Kaffee darauf an und während sie sich gleich an die Papiere setzt, mache ich mich auf den Weg nach Hause, um im Homeoffice sofort mit der Planung zu starten. Ich grenze den Festbereich auf dem Stadtplan genau ein, suche jene Lokale und Geschäfte heraus, die nicht im Einzugsgebiet liegen, kontaktiere alle, ob Interesse an der Teilnahme besteht, lege Listen an und suche nach Verleihen für Verkaufsbuden und Hüpfburgen. Gabi und Gerd, die beiden Kellner aus dem *L&P*, übernehmen Kinderschminken und Ballontiere. Als ich alles einigermaßen ins Laufen gebracht habe, ist es bereits Abend. Müde recke ich mich. Auf meinem Handy blinkt eine Nachricht auf. Lexi schreibt, dass Niko und sie zum Grillen auf den Bootssteg ihres neuen Hauses einladen und ich nehme nur zu gerne an. Niko ist ein Ass am Grill und ein gemütlicher Abend mit Freunden ist genau das, worauf ich jetzt Lust habe.

Rasch schlüpfe ich in ein Sommerkleid und Sandalen und mache mich zu Fuß auf in Richtung *L&P*, in dessen direkter Nachbarschaft Lexis neues Heim liegt. Im Vorbeigehen entdecke ich, dass Post in meinem Briefkasten steckt, doch die kann warten bis morgen.

Neben mir sind auch Lilly, ihr Mann Paul und Töchterchen Lucy eingeladen, genau wie die restliche Crew des *L&P*, bestehend aus Souschef Rainer mit seiner Frau Inge, die gemeinsam mit Sandy an der Rezeption arbeitet. Michaela, die neue Kellnerin, kenne ich aus dem Vorjahr, da war sie allerdings nur als Aushilfe hier, nun unterstützt sie Gabi und Gerd fest angestellt im Service. Nur Monique fehlt, die neben ihrer Tätigkeit als Zimmermädchen im *L&P* abends noch in der Bar *Leuchtturm* arbeitet. Wir schmausen Gegrilltes und trinken Wein, bis der Himmel sich dunkel gefärbt hat und nicht mehr von der plätschernden Ostsee zu unterscheiden ist. Nur der Mond spiegelt sich im Wasser und gibt allem den Anschein einer Kitschpostkarte. Ich bin satt und entspannt. Endlich habe ich ein Zuhause gefunden, in dem ich mich sicher fühle. Neben meinem ehemaligen Mitbewohner Michael und meinem besten Freund Johnny weiß nur eine Person aus meinem alten Leben, wo ich jetzt bin und das finde ich gerade sehr beruhigend.

Am nächsten Morgen sitze ich spät mit einer Tasse Kaffee auf der hinteren Terrasse der Quietschente und genieße die Sonne auf dem Meer. Eine leichte Brise lässt mich genüsslich die Augen schließen.

»Guten Morgen, schöne Frau«, erklingt eine Stimme und ich fahre hoch, sodass ich fast meinen Kaffee verschütte.

»Georg«, stoße ich dann hervor und versuche, mich wieder zu beruhigen. Mein Nachbar sitzt wie ich auf der hinteren Terrasse seines Hausbootes und sieht zu mir herüber.

»Tut mir leid, ich wollte dich nicht erschrecken«, meint er zerknirscht.

»Schon gut«, winke ich ab. »Dir auch einen guten Morgen.«

»Ich hätte noch ein herrenloses Schokocroissant anzubieten«, lockt er mich.

»Danke, aber es war vielleicht ein bisschen zu viel Wein gestern«, gebe ich zu. »Ich bleibe lieber erst mal nur bei Kaffee.«

»Ah, verstehe!« Er grinst mich an und mir fallen sofort die kleinen Grübchen in seinen Wangen auf. »Was hast du heute noch so vor?« Es ist Samstag, also ist seine Frage wohl eher privater Natur.

»Meine Mails checken, ob sich wegen dem Hafenfest schon

etwas getan hat und dann …«Ich überlege einen Moment und sehe ihn dann spitzbübisch an. »Kommst du in einer Stunde rüber?«, frage ich ihn. »In leichter Sportkleidung?«

»Was hast du vor?«, will er argwöhnisch wissen. »Joggen?«

»Du wolltest doch bei der bewegten Meditation zusehen«, erinnere ich ihn.

»Ach, so nennt man das jetzt?«, zieht er mich auf.

»Man könnte auch sagen, ich will erst abchecken, ob du beweglich genug für mich bist«, spiele ich den Ball zurück. »Erst ein wenig Yoga, dann die Meditation.«

»Brauche ich auch noch ein Stirnband und Pulswärmer in Neonfarben?«

»Ich sagte Yoga und nicht Aerobic in den Achtzigern. Oder machst du dir Sorgen, dass dir in meiner Gegenwart nicht warm genug wird?«

»Touché«, gibt er zu. »Also in einer Stunde.«

Ich nicke, hebe grüßend die Hand und verschwinde ins Büro. Die ersten Anmeldungen sind eingetrudelt und meine Idee für das Hafenfest wird begeistert angenommen. Es scheint so bunt zu werden, wie ich es mir erhofft habe.

Gut gelaunt schließe ich eine halbe Stunde später den Laptop, ziehe mich um und wandere mit Handy und MP3-Player aufs Oberdeck, wo ich zwei Yogamatten vorbereite. Da höre ich auch schon ein Klopfen. Ich lasse Georg herein, der Sportshorts und ein relativ enges Shirt trägt.

»Ich wusste nicht, was man zum Yoga anzieht«, gibt er zu.

»Etwas Bequemes, nicht zu weit, aber auch nichts, das dich einengt«, erkläre ich ihm und recke meinen Daumen hoch.

Auf dem Oberdeck weise ich ihm eine Matte zu und erkläre die Grundzüge der Übungen, die ich mit ihm machen will. Wir starten mit dem Sonnengruß, der typischen Übung zu Beginn einer Yogaeinheit. Langsam zeige ich ihm alle Stellungen vor, erkläre worauf er achten und wo die Spannung sein muss und wie zu atmen ist. Als ich wieder in der Ausgangsstellung angekommen bin, deute ich ihm, dass er mitmachen soll. Nach der fünften Wiederholung schnauft er und nach der zehnten bittet er um Gnade. Ich muss so sehr lachen, dass ich in der Stellung des herabschauenden Hundes beinahe umfalle.

»Jaja, erst über Yoga lächeln und dann schlappmachen«, ziehe ich ihn auf.

»Ich habe noch Muskelkater vom gestrigen Training«, redet Georg sich raus. »Und ja, dieses Herumgedehne habe ich eindeutig unterschätzt.«

»Dann zeig mal, wie lang du die bewegte Meditation durchhältst.« Ich starte meine übliche Klangschalenmusik.

»Habe ich dir nicht schon ein paar gute Songs auf deinen MP3-Player gespielt?«, fragt Georg augenrollend.

»Die muss ich erst selbst mal ausprobieren. Und jetzt schweig, Schüler«, erwidere ich lachend.

»Habe ich dir schon gesagt, dass ich diesen Befehlston irgendwie sexy finde?« Er erntet einen vernichtenden Blick von mir, ehe ich mich wieder konzentriere.

»Es gibt hunderte Varianten der bewegten Meditation, aber für mich hat sich diese gut bewährt. Du hast einen Ausgangspunkt, an den du immer wieder zurückkehrst. Damit du ein Gefühl für den Bewegungsablauf bekommst, starten wir einmal nur mit den Beinen. Du machst mit dem rechten Fuß einen Wiegeschritt nach vorn, dann einen zur rechten Seite, dann einen nach hinten. Anschließend dasselbe mit dem linken Fuß.«

Georg sieht mich fragend an. »Einen was?«

»Wiegeschritt«, wiederhole ich. »Du machst einen Schritt nach vorne, verlagerst das Gewicht auf den vorderen Fuß, während der hintere seinen Platz nicht verlässt. Dann das Gewicht wieder auf den hinteren Fuß und den anderen dazustellen.« Ich zeige es vor und Georg versteht, was ich meine.

»Danach das Gleiche mit der Seitwärtsbewegung und dann nach hinten. Im Anschluss wechselst du den Fuß. Also bleibt der rechte statisch und der linke wird dynamisch. Immer schön im Rhythmus.«

Konzentriert prägt sich Georg den Ablauf ein. Vor, zur Mitte, seitlich, zur Mitte, zurück, zur Mitte, Fußwechsel. Als das nächste Lied beginnt, erhöhe ich den Level.

»Die Hände liegen auf dem Bauch links und rechts des Bauchnabels als Grundstellung. Jetzt folgen sie dem Fuß. Also auch die Hände gleichzeitig vor, zur Seite und nach hinten strecken. Dazwischen immer wieder zurück zum Ausgangspunkt. Der Blick folgt den Händen.«

Kurz habe ich das Gefühl, dass Georg gleich einen Knoten in seine Gliedmaßen bekommt. Zigmal startet er wieder von vorne, weil er sich total verhaspelt hat.

»Und das machst du zur Entspannung?«, stößt er irgendwann hervor.

»Nein«, winke ich ab. »Entspannend finde ich es erst, wenn ich die Musik auf den Kopfhörern höre und die Augen dabei schließe.«

Georg sieht mich an, als wolle er abschätzen, ob er mich gerade auf den Arm nehme. Dann versucht er den Ablauf mit geschlossenen Augen und es passiert das Gleiche wie bei fast jedem Anfänger. Er verliert den Ausgangspunkt, wandert über Deck und merkt es nicht einmal. Ich stoppe ihn amüsiert, ehe er noch über die Treppe purzelt. Er verliert allerdings das Gleichgewicht und reißt mich versehentlich mit sich zu Boden.

Lachend erkläre ich seine erste Yogastunde für beendet. »Bevor du noch unfreiwillig baden gehst.«

Plötzlich spüre ich ein Streicheln auf meinem Rücken und mir wird schlagartig bewusst, wie nahe wir uns sind. Wir liegen halb nebeneinander, halb übereinander auf dem Deck und ich wage kaum zu atmen. Meine Haut kribbelt, in meinem Bauch flattert es wie verrückt und meine Hand macht sich selbstständig und streichelt Georgs Oberarm entlang. Ich kann seinen Blick richtig spüren, wie er meine Augen festhält, über mein Gesicht wandert und schließlich an meinen Lippen stoppt.

»Was passiert, wenn ich dich jetzt einfach küsse?«, flüstert er. Mein Herzschlag beschleunigt sich voller Vorfreude und in meinen Ohren singen die Krebse der Ostsee »Schalalalala, küss sie doch« aus dem Disneyfilm *Arielle, die Meerjungfrau*. Nur mein Kopf merkt leise an, dass das keine gute Idee wäre.

»Dann kann ich für nichts mehr garantieren«, wispert mein Mund wider besseren Wissens.

»Das höre ich sehr gerne«, murmelt er leise. »Aber ich wollte wissen, ob ich dich damit in Schwierigkeiten bringe.«

Der Krebsgesang in meinem Kopf endet, ich setze mich ein wenig auf und sehe Georg überrascht an. Ich fasse es nicht, dass er in diesem Moment vernünftiger ist als ich, die beinahe alle Vorsicht buchstäblich über Bord geworfen hätte.

»Ich weiß es nicht«, antworte ich ihm dann völlig ehrlich. »Vielleicht passiert gar nichts, vielleicht wirst du aber auch in diesen ganzen Schlamassel mit reingezogen.«

Er nickt und nimmt sanft meine Hand.

»Erzählst du mir irgendwann, in welcher Sache du da steckst?«, fragt er mich ernst.

»Nicht, wenn ich es vermeiden kann.«

Georg schweigt für einen Moment. »Du hast aber keine Bank überfallen und versteckst dich vor den Bullen, oder?«, scherzt er.

»Dann würde ich doch kein Hausboot mieten, sondern mir einen Palast unter Wasser bauen«, steige ich darauf ein.

»Das klingt gut«, meint er verschmitzt.

»Ein eigenes kleines Reich, wo wir tun und lassen können was wir wollen ...«, locke ich ihn und lasse die Worte so stehen.

Georg kommt näher und gerade als es in meinem Magen

wieder zu flattern beginnt, sagt er mit diabolischem Grinsen: »Das meinte ich eigentlich nicht …«

Blitzschnell ist er auf den Beinen, hebt mich hoch und stürmt die Treppe hinunter. Noch ehe mir klar wird, was er vorhat, ist er mit mir auf seinen Armen schon von der hinteren Terrasse aus ins Wasser gesprungen. Das Meer schwappt in einer großen Welle über mir zusammen, ich spüre, wie Georg mich auch unter Wasser immer noch locker in seinen Armen hält und fühle für eine Sekunde seine Lippen auf meinen. Es ist … anders als bei Max. Es ist nicht aufregend und magnetisch, sondern eher wie nach Hause kommen oder ein Puzzleteil finden, das man ewig gesucht hat. Und doch will ich sofort mehr. Mehr Küsse, mehr Nähe, mehr Georg. Als wir auftauchen, schnappe ich nach Luft und sehe ihn überrascht an.

Georg legt nur seinen Zeigefinger auf den Mund. »Was im Meer passiert, bleibt im Meer. Ist wie mit Vegas.« Er zwinkert mir zu, schwimmt ein paar kräftige Züge und zieht sich an der Leiter hoch zu seinem Hausboot.

»Danke für die Yogastunde!«, ruft er dann noch über seine Schulter. »Das nächste Mal sehe ich dir aber lieber zu. Und probier meine Musik aus!«

Er winkt und ich bleibe stumm wie ein Fisch im Wasser zurück. Fassungslos über die Entwicklung der letzten zehn Minuten starre ich ihm hinterher. Um wieder zur Ruhe zu kommen, schwimme ich noch ein wenig und genieße, dass die Ostsee mein Garten ist.

Den Nachmittag verbringe ich damit, Kühlschrank und Vorratsschränke mit Essbarem aufzufüllen, das man nicht groß kochen muss. Irgendwie muss ich mich ja ernähren und immer bei Lilly oder Frederik zu speisen ist auf Dauer auch nicht leistbar. Danach treffe ich mich mit Lexi im *Leckermäulchen*, um ausgiebig mit ihr zu tratschen.

Auch am Sonntag arbeite ich den Vormittag über, denn es ist noch viel zu organisieren, bevor das Hafenfest über die Bühne gehen kann. Nach einem kleinen Mittagssnack setze ich mich mit einer Tasse Kaffee in die Sonne. Von meiner Terrasse aus fällt mein Blick auf das blaue Hausboot und die Erinnerung an den gestrigen Kuss unter Wasser holt mich wieder ein. Automatisch lecke ich über meine Lippen, dabei hatte ich aufgrund der Kürze des Kusses und des Meerwassers ja gar keine Gelegenheit, um ihn zu schmecken. Doch auch wenn es nur ein Streifen war, eine Sekunde, so bekomme ich Gänsehaut, wenn ich daran denke. Es ist wie der kurze Einblick in ein Leben, das ich führen könnte. Ein Aufblitzen. Eine Illusion, denn noch kann ich es nicht haben. Aufgewühlt streiche ich mir das Haar nach hinten und beschließe, eine große Runde zu joggen, damit mein Kopf etwas freier wird.

Als ich zurückkomme, ist es schon früher Abend und ich nehme auch die Post endlich mit ins Boot. Nachdem ich geduscht habe, werfe ich einen Blick auf die Briefe. Ein Absender sticht mir sofort ins Auge und ich öffne das Schreiben aufgeregt.

»Nein, bitte nicht«, flüstere ich nach wenigen Momenten und lasse mich kraftlos an den Tisch auf der hinteren Terrasse sinken. Ich hatte so gehofft, dass alles endlich ein Ende hat und ich mein Leben wieder zurückbekomme. Doch erneut macht man mir einen Strich durch die Rechnung. Hört es denn nie auf? Kann ich denn keine Ruhe finden? Verzweiflung und Hoffnungslosigkeit überrollen mich. Heiße Tränen steigen in mir hoch. Ich stütze den Kopf in meine Hände und lasse ihnen freien Lauf.

Keine Ahnung, wie lange ich schon so sitze, als es klopft. Ich rühre mich nicht. Mir fehlt die Kraft dazu.

»Sylvie?«, höre ich Georg vor der Türe rufen. »Ist alles in Ordnung?«

Nein, gar nichts ist in Ordnung. Erneut brennen meine Augen und ich schluchze leise.

»Sylvie, du sitzt nun schon ewig wie versteinert da. Hast du nicht gehört, dass ich gerufen habe? Geht es dir nicht gut?« Seine Fürsorge rührt mich so sehr, dass ich einen weiteren Heulkrampf bekomme.

»Sylvie, ich habe einen Reserveschlüssel und komm jetzt rein«, warnt er mich vor, ehe ich höre, dass er aufsperrt. Es dauert nur Sekunden, da spüre ich eine warme Hand auf meiner Schulter.

»Was ist passiert?«, fragt Georg alarmiert. »Bist du verletzt?«

»Nein«, bringe ich erstickt hervor.

Schweigend trägt er mich auf die Couch, bettet meinen Kopf auf seinen Oberschenkel und streichelt über mein Haar. Erneut fließen die Tränen.

»Ich habe keine Kraft mehr, um immer die Starke zu sein«, sage ich leise. »Ich möchte auch mal schwach sein dürfen und mich an jemanden anlehnen. Einfach nur ich sein.«

»Dann lehn dich an mich an«, bittet Georg mich. »Ich verspreche dir, dass du bei mir immer so sein kannst, wie dir gerade zumute ist.«

»Versprich nichts, wenn du nicht weißt, worauf du dich einlässt«, erwidere ich nur schmerzerfüllt.

»Unterschätz mich nicht. Ich kann ganz schön zäh sein«, versichert er mir und greift nach seinem Handy. Kurz darauf erklingen die ersten Noten von *Tougher than the rest* von Bruce Springsteen.

»Das dachte ich auch mal«, flüstere ich.

Kapitel 12 – vor drei Jahren

Die Tage auf Hawaii sind herrlich. Max und ich genießen jede Sekunde unseres Aufenthalts, wir schnorcheln und lassen uns das Boogieboarden zeigen. Am Abend überredet mich Max, am nächsten Tag auch das Surfen zu probieren. Meiner Erfahrung beim Windsurfen und dem trainierten Gleichgewichtssinn habe ich es zu verdanken, dass ich gegen Mittag tatsächlich auf einer kleinen Welle ein Stück reiten kann. Max applaudiert mir vom Strand aus, auch er hat schon einen ersten Erfolg verbucht und ruht sich nun aus. Gemeinsam liegen wir anschließend im Sand und lassen uns von der Sonne trocknen.

»Weißt du, was ich hier am meisten liebe?«, fragt Max mich mit geschlossenen Augen.

»Was denn?«

»Die Freiheit! Hier ist alles möglich, aber nichts ein Muss.«
Ich drehe mich auf die Seite und stütze mich auf dem Ellbogen ab. »Du klingst so, als würdest du zu Hause in Ketten liegen, Mr DJ«, ziehe ich ihn auf und ernte einen ernsten Blick.

»Oder willst du mir irgendetwas sagen?«
Doch Max lächelt mich nur an.

»Lass uns einen Happen essen. In zwei Stunden habe ich uns eine Paarmassage am Strand gebucht.« Er weicht meiner Frage aus, so wie er es meistens tut, wenn es um etwas Persönliches von ihm geht. Max ist ein liebevoller, aufmerksamer und großzügiger Mann, aber einen Teil von sich verschließt er vor mir und ich weiß nicht, wie ich auch diesen kennenlernen kann.

Zwei Tage später sitzen wir nach dem Abendessen noch mit einem Glas Wein auf einem großen Felsen direkt am Wasser. Das Meer ist ruhig und rauscht leiser als sonst, die Sonne geht unter und taucht alles in oranges Licht. Max hat seinen Arm um mich gelegt und ich lehne an seiner Brust.

»Danke!«, sagt er plötzlich.

»Wofür denn?«

»Für alles. Nicht nur für deine Unterstützung und deinen unermüdlichen Optimismus wegen meiner Krankheit. Sondern für alle Tage, Stunden, Minuten und Sekunden seit wir uns im Club getroffen haben. Als ich deine Hand berührt habe, das war …« Er sucht nach den passenden Worten.

»Magisch«, helfe ich ihm aus.

»Ja! Es hat keine zwei Sekunden gedauert, bis ich wusste, dass du zu mir passt. Mit dir kann ich frei sein, nein mit dir *bin* ich frei. Du bist mir das Liebste auf der ganzen Welt!«

Das kommt einer Liebeserklärung näher als alles andere, was er bisher mit Worten ausgedrückt hat. Ich küsse ihn innig.

»Sylvie, ich möchte dich um etwas bitten. Vielleicht ist es zu viel, aber es ist mir wahnsinnig wichtig.« Seine Stimme ist eindringlich.

»Klar, worum denn?«

Er rückt ein Stück von mir ab, damit er mich ansehen kann.

»Sollte die OP schiefgehen, lass bitte nicht zu, dass man mich in einen Metallsarg steckt und in einer Gruft verrotten lässt.«

Überrascht weiten sich meine Augen. »Max, was soll das? Du hast doch gehört, was die Ärzte gesagt haben. Du musst dir um so etwas keine Sorgen machen«, versuche ich ihn zu beruhigen.

»Keine Gruft, kein Sarg, kein Gefängnis. Ich will verbrannt werden und dass die Asche im Meer bestattet wird. Ich will frei sein. Kannst du mir versprechen, dass du alles dafür tust, Sylvie? Bitte!«, drängt er mich.

Seine Hände ruhen auf meinen Schultern und er sieht mich flehend an, bis ich nicke.

»Ich verspreche es dir! Aber ich bin sicher, dass ich diese Information für sehr lange Zeit nicht brauchen werde, weil alles gut verlaufen wird.« Ich streichle über seine Wange und spüre, wie er sich langsam entspannt.

»Danke!«, flüstert er dann und zieht mich wieder in seine Arme, um mich zu küssen.

Aus einem Kuss werden mehrere, bis wir kichernd beschließen, die Größe der Badewanne darauf zu testen, ob wir tatsächlich beide darin Platz finden.

Kapitel 13 – heute

Als ich am nächsten Morgen aufwache, liege ich immer noch auf der Couch. Georg hat Kissen und Bettdecke für mich aus meinem Schlafzimmer geholt. Er selbst ist verschwunden. Ich mache mich frisch, putze meine Zähne und überlege, ob ich meine vom Weinen verquollenen Augen heute auf der Stadtratssitzung hinter einer Sonnenbrille verstecken soll. Ich verlasse gerade das Bad, als es klopft.

»Guten Morgen«, grüßt Georg mich freundlich, nachdem ich die Türe geöffnet habe.

»Guten Morgen …« Ich bin ein wenig befangen. So wie gestern habe ich mich noch nie vor einem anderen Menschen gehen lassen. Es ist mir furchtbar unangenehm.

»Georg, wegen gestern …«, beginne ich, doch er stoppt mich. »Heute geht es dir offenbar besser und das freut mich sehr. Aber du kannst bei mir immer so sein, wie dir gerade zumute ist«, erinnert er mich an seine Worte. »Wenn du über irgendetwas reden willst, bin ich gerne für dich da, aber fühl dich nicht dazu verpflichtet.«

»Es tut mir trotzdem wahnsinnig leid, dass ich dich so vollgeheult habe«, entschuldige ich mich.

»Möchtest du mit zur Sitzung oder soll ich eine Ausrede für dich erfinden?«, fragt Georg nur und geht gar nicht auf meine Worte ein.

»Nein, ich komme mit. Es reicht, dass ich ein Jammerlappen geworden bin, aber mangelnde Professionalität im Job lasse ich mir nicht zuschulden kommen.« Ich straffe meine Schultern.

Georg lächelt und reicht mir meinen MP3-Player.

»Den habe ich gestern mitgenommen. Ich hatte schon so ein Gefühl, dass dir dein Zusammenbruch heute peinlich sein würde.« Er deutet auf das Gerät und ich stecke die Kopfhörer in meine Ohren. Ohne ihn aus den Augen zu lassen, drücke ich auf Play. *Lean on me* von Bill Withers ertönt und versichert mir, dass ich mich an ihn lehnen kann, wenn ich nicht stark bin. Noch während ich dem Song lausche, deutet Georg mit seinen Fingern zehn und auf meine Tür. Er holt mich also um zehn Uhr hier ab. Ich nicke und er geht mit einem Winken. Immer noch die Stöpsel im Ohr schließe ich die Tür, setze mich aufs Sofa und schlinge meine Arme um mich. Georgs Worte, seine Fürsorge und seine Art, mir mit Musik Dinge zu sagen, fühlen sich an wie ein warmer Mantel an einem kalten Wintertag. Er macht den Tag nicht wärmer, aber er hält ihn von einem fern und schützt vor der klirrenden Kälte, die einem in die Knochen kriechen möchte. Erneut sehe ich den Brief auf dem Couchtisch liegen und greife nach meinem Handy. Ich wähle und nachdem sich am anderen Ende der Leitung jemand gemeldet hat, sage ich ohne Umschweife: »Wir müssen etwas unternehmen, damit das endlich aufhört.«

Als Georg mich abholt, trete ich ihm wieder mit erhobenem Haupt gegenüber. Auch wenn ich gestern hingefallen bin, so habe ich mich heute wieder aufgerappelt und meiner Vergangenheit den Kampf angesagt.

Der Bürgermeister und die Stadträte nehmen die feinen Änderungen im Ablauf der Restaurant-Olympiade begeistert an und sind voll des Lobes für mein Engagement. Auch das Hafenfest wird hierbei nochmals erwähnt, an dem ich ja schon auf Hochtouren arbeite.

»Ihr beide seid wirklich ein tolles Team geworden«, meint der Bürgermeister, der auch bei mir inzwischen – wie hier offenbar üblich – zum Du übergegangen ist. »Deshalb würden wir es sehr begrüßen, wenn ihr als Organisatoren gemeinsam den Sommerball mit einem Tanz eröffnet. Wäre doch mal was anderes als die x-te Rede von mir.«

Erschrocken sehe ich auf. Ich? Tanzen? Mit Georg? Miteinander arbeiten ist inzwischen ja kein Problem und auch beim Yoga war ich ganz entspannt. Da kann ich körperlich auf Abstand bleiben, aber beim Tanzen bleibt mir keine Wahl, als ihn zu berühren. Und es reicht offenbar aus, meine Hand auf seine Schulter zu legen, um völlig aus der Bahn zu geraten. Schon im Vorjahr musste ich vom Ball flüchten, weil ich mich auf der Tanzfläche beinahe willenlos in seine Arme gestürzt hätte. Und auf der Geburtstagsfeier der Zwillinge haben wir beim Tanzen Raum und Zeit vergessen, bis alle anderen schon lange weg waren. Wie soll ich die Anziehung zwischen uns verheimlichen, wenn hunderte Menschen beim Eröffnungstanz ihre Augen auf uns richten? Da kann ich ja gleich eine Nachricht an die Lokalredaktion der Zeitung rausgeben: *Die Organisatoren der Restaurant-Olympiade können privat ihre Finger nicht voneinander lassen.* Doch ehe ich mich geschickt aus der Affäre ziehen kann, antwortet Georg lächelnd mit einem:»Natürlich, das machen wir gerne.« Ich erdolche ihn mit meinen Blicken.

»Sehr gut, dann ist das ja geklärt«, freut sich das Stadtoberhaupt und löst die Sitzung auf, dessen letzter Tagesordnungspunkt unsere Veranstaltung war.

»Georg«, zische ich ihm zu, als wir den Saal verlassen.»Könnte ich dich heute bezüglich der Balleröffnung noch sprechen?«

»Klar«, kommt fröhlich zurück.»Aber erst muss ich noch ins Büro. Ich komm dann später bei dir vorbei, in Ordnung?«
Ich schnaube nur und rausche an ihm vorbei.

Auf dem Hausboot werfe ich meine Unterlagen genervt auf den Schreibtisch und beschließe, erst mal was zu essen. Ich suche eine Tiefkühlpizza aus dem Gefrierfach und will den Backofen vorheizen. Doch nichts passiert. Erneut drehe ich an allen Knöpfen, doch der Herd zeigt sich unbeeindruckt.
»Verdammt!«, brülle ich mir den Frust aus der Seele.»Erst

werden wir zum Tanzen verdonnert und jetzt das? Kann denn heute gar nichts klappen?«

Mit einem Glas Mineralwasser setze ich mich auf die hintere Terrasse und atme tief durch. Die salzige Luft tut mir gut und der leichte Wind treibt die Wut ein wenig aus meinem Kopf. Ich beobachte eine Weile die Möwen, die sich ihr Mittagessen fangen, und komme langsam wieder zur Ruhe. Es hilft nichts, ich weiß, wen ich anrufen muss, wenn auf dem Boot etwas nicht funktioniert.

»Bist du noch so sauer, dass du es gar nicht erwarten kannst, mir die Bratpfanne um die Ohren zu hauen?«, kommt statt einer Begrüßung aus dem Handy. Ich muss bei Georgs Worten trotz allem grinsen.

»Wenigstens wäre sie kalt, denn der Ofen streikt leider«, gebe ich zurück.

»Ach, daher weht der Wind«, versteht er sofort. »Ich bin gleich da.«

Wenig später steht er mit seiner Werkzeugkiste vor der Tür.

»Du weißt, dass du damit einen Touch des Heimwerkerkings aus *Hör mal wer da hämmert* hast, oder?«, ziehe ich ihn auf.

»Du darfst mich natürlich gerne King nennen.« Georg zwinkert mir zu. Ich mag es, wenn jemand auf meine scherzhaften Kommentare sofort einsteigt und mache munter weiter.

»Na ja, eigentlich jagt der ja immer alles in die Luft.«

»Na dann bete, dass ich es besser mache als Tim. Oder ich bringe das Teil zum Explodieren. Dann besorg ich ein ordentliches Stück Fleisch und wir grillen!«

»Offenes Feuer weckt in euch Männern immer noch den Höhlenmenschen, oder?«

»Ganz genau! Und nun schweig Frau, wenn du heute noch etwas Warmes zu essen haben willst.«

Lachend gehe ich Georg aus dem Weg und lasse ihn durch

zum Sorgenkind Herd. Eine halbe Stunde später steht das Urteil fest.

»Ich brauche ein Ersatzteil, das ich aber erst morgen besorgen kann«, stellt Georg fest.

»So viel zum Thema heute noch warmes Essen«, erwidere ich trocken.

»Der Herd auf dem blauen Elefanten funktioniert tadellos«, meint er. »Komm doch später rüber und ich koche etwas für uns. Dann können wir auch gleich für den Sommerball üben.«

»Darüber wollte ich ohnehin noch mit dir reden«, knurre ich ihn an.

»Na dann passt das ja ganz wunderbar«, erwidert Georg heiter. »Uns bleibt ja auch nicht mehr viel Zeit bis zum Ball.«

Damit hat er zweifellos recht und ich weiß, dass ich aus der Nummer wohl nicht mehr rauskomme.

»Halb sieben. Kein offenes Feuer und wage es nicht, Pizza zu machen.«

»Keine Sorge, die Queen der Tiefkühlpizza bist und bleibst du!«

Fünf Minuten zu früh stehe ich vor der Nachbartür und versuche, mein laut pochendes Herz zu beruhigen, bevor Georg es noch bis in seine Küche hört. Ich atme tief durch und streiche mein blaues Shirt und die weiße Leinenhose glatt, die ich zu weißen Sandalen trage. Dazu silberne Creolen, einen Armreifen und die Kette, die ich immer um den Hals trage. Für dieses Outfit habe ich mich nach dreimaligem Umziehen entschieden, weil ich mich für gewöhnlich darin wohl und hübsch fühle. Das sollte mir Sicherheit geben, wenn ich Georg gegenübertrete. Doch es hilft alles nichts: Ich bin nervös und voller Vorfreude den Abend mit diesem Mann verbringen zu dürfen. Schließlich gebe ich auf und klopfe.

»Komm rein, das Essen ist bald fertig«, sagt er rasch, als er die

Tür öffnet. Während er nachsieht, ob das Wasser in dem großen Topf schon kocht, folge ich ihm unschlüssig in die Küche. Bis jetzt habe ich noch keinen Ton gesagt. Der Mann, der barfuß, nur mit Jeans und einem engen T-Shirt bekleidet am Herd steht, hat mir schlicht den Atem geraubt. Meine Gedanken fahren Karussell und ich versuche verzweifelt, irgendwo auszusteigen. Georg hat seine Wirkung auf mich nicht bemerkt.

»Was ist los?«, fragt er nach einem kurzen Seitenblick.

»Wir können diesen Eröffnungstanz nicht durchziehen«, platzt es aus mir heraus.

Georg lacht nur. »Ganz im Gegenteil! Wir *müssen* das durchziehen. Hast du schon mal eine der Reden unseres Bürgermeisters gehört? Die Leute werden uns auf ewig dankbar sein, wenn wir ihnen das ersparen«, erwidert er gelassen, während er Basilikumblätter zupft und in einen Mörser gibt.

»Georg!«, rufe ich schrill, damit er mir seine Aufmerksamkeit schenkt. Sofort dreht er sich um und sieht mich mit tellergroßen Augen an.

»Okay, du scheinst echt ein Problem damit zu haben, mit mir tanzen zu müssen«, meint er dann trocken.

»Nein, aber … du weißt, was passiert, wenn wir tanzen. Wir werden … uns verraten, … man wird uns anmerken, dass mehr zwischen uns ist als nur Freundschaft«, stottere ich herum. So, nun ist es raus. Georgs Augen leuchten auf, als hätte man Leuchttürme darin entzündet. Er macht einen kleinen Schritt auf mich zu und berührt wie zufällig mit seinem Zeigefinger meine Hand.

»Es tut gut, das aus deinem Mund zu hören«, gibt er mit rauer Stimme zu.

»Georg«, flehe ich nur.

»Hey, ich hab dir schon mal gesagt, sieh zu, dass du deine Angelegenheiten regelst, lange halten wir das nicht mehr aus.«

Ich schlucke und sehe ihn traurig an.

»Da lag gestern ein Brief vor dir auf dem Tisch«, erinnert er sich. »Du hast schlechte Nachrichten wegen deines Problems bekommen, oder?«

Mit einem Nicken beantworte ich seine Frage.

»Es dauert also länger als du gehofft hast?«, kombiniert er weiter.

»Ja«, sage ich nur.

»Dann sollten wir üben«, meint Georg pragmatisch.

»Was üben?« Ich bin verwirrt.

»Tanzen, ohne uns zu verraten.« Er dreht den Herd ab und geht zu seiner Stereoanlage. Sekunden später ertönt *My hometown* von Bruce Springsteen und Georg streckt mir auffordernd die Hand hin.

»Etwas noch Langsameres konntest du nicht finden?«, frage ich sarkastisch.

»Es geht um seine Heimatstadt, also passt es perfekt. Los jetzt, Frau Becker, ab in meine Arme.«

Bei seinem letzten Satz muss ich lachen und wage mich näher an ihn heran. Doch es kommt, wie ich es befürchtet habe. Sobald seine Hände mich berühren, bin ich ihm hoffnungslos ausgeliefert. Ich atme seinen Duft ein wie eine Drogensüchtige und genieße seine Nähe, von der ich nicht genug bekommen kann. Nach einem Blick in seine Augen sehe ich, dass es ihm genauso geht wie mir. Trotz meiner erprobten schauspielerischen Fähigkeiten wird uns niemand abnehmen, dass wir nur Kollegen sind. Da das Experiment ohnehin schon gescheitert ist, dränge ich mich noch näher an ihn, schlinge meine Hände um seinen Nacken und lasse zu, dass er seine Stirn an meine legt. Ich muss nicht überlegen, welche Schritte ich machen muss, sondern bewege mich intuitiv synchron mit Georg, als wären wir eins geworden.

»Siehst du jetzt, dass es nicht geht?«, flüstere ich, als der Song vorbei ist. Ich löse mich von ihm und mache einen Schritt zurück Richtung Eingang.

»Sylvie, du haust jetzt nicht wieder ab«, erwidert Georg bestimmt und ich halte inne. »Wir wollten Freunde sein und ich finde das gut so. Auch wenn zwischen uns noch andere Gefühle mitschwingen und wir vielleicht irgendwann in Richtung Beziehung gehen wollen, ist eine Freundschaft eine gute Basis dafür. Also lass uns mal ein wenig Zeit miteinander verbringen und uns besser kennenlernen, okay?«

Sein Vorschlag klingt vernünftig, also nicke ich.

»Außerdem habe ich dir ein warmes Essen versprochen«, fügt Georg hinzu und sieht mich fragend an.

»Ja, schon gut! Ich bleibe«, stimme ich zu und er widmet sich wieder dem Herd.

»Was hältst du von dem Song für den Eröffnungstanz?«, beginnt er ein Gespräch.

»Na ja, der Titel passt, aber wenn du dir den Text anhörst ...«

Ich lasse die Aussage so im Raum stehen.

Georg hält inne. »Stimmt, aber das ist bei vielen Songs von Bruce so. Die Musik täuscht über den oft recht ernsten Text hinweg. Ist bei meinem Lieblingssong von ihm auch so.« Ich weiß, dass Georg erzählt, damit ich ruhiger werde, und es funktioniert.

»Welcher ist das?«, frage ich interessiert.

»Die Nummer drei auf dem Album«, kommt sofort die Antwort.

Nachdem ich mich am CD-Player zu schaffen gemacht habe, warte ich gespannt. Von *The Boss* gibt es ja so einige testosterontriefende Songs, die gar nicht zu dem Georg passen würden, den ich inzwischen zu kennen glaube. Und ich erkenne erfreut, dass ich mich nicht in ihm getäuscht habe. Schon beim Intro wippen meine Hüften wie von selbst mit. Rasch streife ich auch meine Sandalen ab, sodass ich barfuß wie Georg bin und tanze zu *Darlington County* quer durchs Hausboot. Auch Georg shaked, während er Nudeln in den Topf gibt und eine

Soße anrührt. Laut, falsch, aber mit Begeisterung singen wir unsere eigene Textvariante mit, da keiner von uns den Song auswendig kann.

»Also beim Karaoke-Wettbewerb sollten wir beide uns besser dezent im Hintergrund halten«, meine ich lachend und lasse mich außer Atem auf die braune Couch fallen.

»Ja, besser wäre es«, gibt er mir lächelnd recht. Ich entspanne mich zusehends in seiner Gegenwart und merke, dass ihm das ebenso gefällt wie mir.

»Es gibt gleich etwas zu essen. Linguine mit Basilikum Pesto und Pinienkernen. Das Basilikum stammt aus meinem eigenen Hochbeet«, erklärt er stolz, und ich recke den Daumen hoch.

Als ich mir wenig später die ersten Nudeln in den Mund schiebe, schließe ich genießerisch die Augen. Wir sitzen auf der hinteren Terrasse und das Meer plätschert leise zu unseren Füßen, während die Sonne schon fast untergegangen ist.

»Ist nichts Besonderes, aber es musste ja schnell gehen«, entschuldigt sich Georg.

»Bist du verrückt? Das schmeckt traumhaft«, bin ich voll des Lobes. »Woher kannst du so gut kochen?«

Wir hatten während meines Urlaubes hier schon über dieses Thema gesprochen und ich hoffe, diesmal mehr zu erfahren.

»Ich musste mich früh um mich selbst kümmern«, erhalte ich jedoch eine ähnliche Antwort wie damals. Bei Max hätte das bedeutet, dass ich nicht weiter nachfragen darf, doch bei Georg wage ich es trotzdem.

»Erzählst du mir wieso?«

Ein wehmütiger Zug erscheint um seinen Mund und ich bereue, etwas gesagt zu haben. Doch dann nickt er.

»Meine Eltern waren beruflich immer sehr eingespannt. Unfallchirurgen im Krankenhaus haben nun mal andere Arbeitszeiten als Landärzte. Ich kam früh ins Internat und als ich achtzehn wurde, haben sie sich Ärzte ohne Grenzen angeschlossen und waren von da an fast nur noch im Ausland unterwegs. Und ich lebte allein.« Sein Blick ist auf sein Glas geheftet und seine Stimme klingt fast unbeteiligt, doch ich spüre die Verbitterung zwischen den Worten.

»Seht ihr euch ab und zu?«, frage ich vorsichtig nach.

»Sie sind beide vor einigen Jahren bei einem Anschlag in Afghanistan ums Leben gekommen.« Er nimmt einen Schluck Wein und ich wünschte, ich hätte den Mund gehalten.

»Georg … Das tut mir so leid.«

»Schon gut«, winkt er ab. »Die Medizin war ihnen ihr ganzes Leben lang wichtiger als ich. Wir haben uns kaum getroffen und hatten nie ein besonders enges Verhältnis zueinander.«

»Hast du noch Geschwister?«

Er lacht sarkastisch auf. »Nein. Ich schätze, dass sie nach dem Unfall, aus dem ich entstanden bin, peinlichst genau auf die Verhütung geachtet haben.« Autsch, das klingt wirklich nicht nach einem harmonischen Familienleben. Ich schweige einen Moment.

»Die beiden tun mir leid«, sage ich dann ruhig.

»Weil sie gestorben sind? Mach dir keine Gedanken, sie sind so von uns gegangen, wie sie es sich gewünscht hätten – in einem Krisengebiet während der Ausübung ihres Berufes.«

»Das meinte ich nicht«, unterbreche ich ihn. »Sie tun mir leid, weil sie ihren Sohn nie wirklich kennengelernt haben und sich die Gelegenheit entgehen ließen, ihre Zeit mit einem so wunderbaren Menschen zu verbringen.«

Georg sieht mich einen Moment stumm an. »Jetzt hast du mich tatsächlich sprachlos gemacht«, gibt er dann zu.

»Dabei hast du den Abend so offensiv geplant«, erwidere ich augenzwinkernd.

»Offensiv?«

»Also bitte! Abendessen und tanzen – das ist ja schon fast

ein Date, zu dem du mich hier eingeladen hast«, necke ich ihn und auf sein Gesicht kehrt ein verschmitztes Grinsen zurück. »Du willst es offensiv?« Er legt eine neue CD in die Stereoanlage. »*Das* wäre eine offensive Songwahl gewesen.« Elton Johns *Can you feel the love tonight* schallt aus den Lautsprechern und ich muss lachen.

»Und jetzt versuchen wir das mit dem Tanzen noch mal«, fordert er mich auf.

Diesmal bin ich auf das Kribbeln vorbereitet, das seine Berührung verursacht, und es wirft mich nicht mehr so aus der Bahn. Wir probieren einige Figuren aus, damit wir uns nicht ständig so nahe sind und im Großen und Ganzen bin ich mit unserer Performance zufrieden.

»Also, dass wir bei *My hometown* unsere Gefühle nicht im Griff haben und bei diesem Schmachtfetzen die Coolness in Person sind, muss uns aber auch mal wer nachmachen«, meine ich lachend und Georg stimmt mit ein.

Wir trinken noch ein Glas Wein zusammen und Georg berichtet von seinen Freunden im Internat, die ihm in all den Jahren Familie geworden sind. Zu den meisten hat er bis heute Kontakt. Ich genieße seine Offenheit und dass er keiner meiner Fragen ausweicht, sondern alle klar beantwortet. Auch er erkundigt sich nach Freunden und Familie und ich erzähle von Johnny und Michael und natürlich von meinen Eltern. In meinem Kopf beruhige ich mich selbst, dass ich ihn nicht anlüge, nur etwas verschweige. Es ist schon spät, als ich nach Hause aufbreche. Georg bringt mich noch zu seiner Tür, doch ehe er sie öffnen kann, drehe ich mich nochmals um.

»Danke für den schönen Abend«, sage ich leise.

»Danke für das, was du vorhin über meine Eltern gesagt hast«, erwidert er.

Ich zucke mit den Schultern. »Die reine Wahrheit!«

Er sieht mich so intensiv an, dass ich kaum wage zu atmen. Ich kann seinen inneren Kampf in seinen Augen sehen.

»Sylvie, du kannst mir gleich eine kleben oder mich beschimpfen und glaube mir, ich würde es niemals tun, wenn ich nicht wüsste, dass du es innerlich genauso willst wie ich. Aber ich werde dich jetzt küssen, weil ich es nicht eine Sekunde länger ertragen kann, es nicht zu tun!«

Mein Herz macht einen kleinen Hüpfer. Er sieht mich einen Moment fragend an und ich weiß, dass er mir die Chance lässt, zu gehen oder etwas zu sagen. Doch ich bleibe, wo ich bin. Seine Worte haben mir gezeigt, dass es mir so geht wie ihm. Seit dem Hauch seines Kusses will ich wissen, wie es ist, seine Berührung bewusst zu erleben, darauf vorbereitet zu sein. Gott, ja! Ich will, dass er mich küsst. Langsam kommt er näher und seine samtigen Lippen treffen die meinen. Es ist kein schneller, kurzer Überfall wie sein Kuss unter Wasser. Es ist ein vorsichtiges Herantasten, ein Abwarten, ein Kosten. Und doch spüre ich sofort, dass ich danach süchtig werden könnte. Als er sich von mir löst, suchen seine Augen nach einer Reaktion in meinem Gesicht. Keine Ahnung, was er gesehen hat, denn meine Gefühle und Gedanken benehmen sich, als wären sie im Cocktailshaker. Ich bin unfähig, mich zu bewegen, der Moment überfordert mich total. Doch er nimmt mich vorsichtig in den Arm und senkt seinen Mund erneut auf meinen. Und dann stürzen meine mühevoll errichteten Barrikaden ein. Die Vernunft hat verloren und mein Herz sagt meinem Gewissen, dass es die Klappe halten soll. Ich schlinge meine Arme um Georgs Nacken, komme ihm entgegen und schmiege mich in seine Umarmung. Meine Lippen öffnen sich und laden ihn ein, eine Erkundungstour zu starten, und als seine Zunge auf meine trifft, beginnen die beiden einen Tanz, der uns nur immer weiter anstachelt. Ich dränge mich an ihn und seufze in seinem Mund, als er mich noch näher zu sich zieht.

Schwer atmend löse ich mich nach einigen Minuten von ihm. Die Erregung ist uns beiden deutlich anzusehen, doch wir wissen, dass es eine schlechte Idee wäre, jetzt noch mehr zuzulassen.

»Ich gehe besser nach Hause«, flüstere ich, hauche noch einen letzten Kuss auf Georgs Mund und verschwinde so schnell ich kann.

In den nächsten Tagen bleibe ich etwas auf Abstand zu Georg. Die Vorbereitungen für den Sommerball sind abgeschlossen und den Aufbau überwacht er allein. Es ist nicht so, als würde ich den Abend mit ihm bereuen – ich würde alles genauso wieder machen – aber es ist doch viel Gedankenfutter und ich brauche ein wenig Zeit, um alles auf die Reihe zu bekommen. Und um einen Plan zu schmieden, wie ich ihn in mein Leben integrieren kann, ohne dass meine Probleme noch größer werden.

Die Organisation des Hafenfestes verbraucht den Großteil meiner Zeit. Und wenn ich nicht am Laptop sitze, treffe ich mich mit Lexi, plaudere mit Livia oder verbringe Zeit bei Frederik in seiner *Fischkneipe*. Abends lese ich viel im Strandkorb auf dem Oberdeck meines schwimmenden Hauses oder jogge eine Runde barfuß am Strand entlang.

Vor dem Sommerball durchforste ich meinen Kleiderschrank und frage letztlich Livia und Lexi, ob sie mit mir shoppen gehen möchten. Gemeinsam suchen wir ein goldenes, weich fließendes Ballkleid für mich aus mit dazu passenden Sandaletten. Die Farbe harmoniert perfekt mit meinem Haar.

»Du fungierst immerhin als Gastgeberin, da kann dich ruhig jeder schon von Weitem sehen«, beschließt Lexi und Livia gibt ihr recht. Also zücke ich meine Kreditkarte und kaufe diesen Traum von einem Kleid.

Doch trotz perfekt sitzendem Outfit, in dem ich mich total wohl fühle, bin ich am Abend des Sommerballs ein Nervenbündel. Der Start der Restaurant-Olympiade muss reibungslos verlaufen, die Agentur *Strandkorb* braucht diesen Auftrag auch in den nächsten Jahren. Und ich muss die Fassade aufrechterhalten und meiner Zusammenarbeit mit Georg eine rein berufliche, professionelle Note geben. Das kostet mich vermutlich meine ganze Willenskraft.

Wir haben nicht mehr über unseren gemeinsamen Abend auf seinem Boot gesprochen und ich fürchte insgeheim, dass er unseren Kuss als Zeichen dafür sieht, dass wir unsere Gefühle offen zeigen können. Ich muss vor unserem Tanz unbedingt noch klarstellen, dass wir nach außen nur Kollegen sein dürfen. Als ich zum Stadtsaal komme, schaue ich mich suchend nach Georg um, doch die Security-Firma, die den Einlass regelt, nimmt mich sofort in Beschlag. Wir gehen die VIP-Liste noch mal durch und klären offene Fragen. Danach sehe ich in der Garderobe nach dem Rechten und entdecke Georg bei der Band. Er macht sich auf den Weg zu mir, wird jedoch vom Caterer abgefangen und Anna, die Inhaberin der Gärtnerei *Blatt & Blüte,* braucht noch eine Unterschrift von mir auf dem Lieferschein der Blumenarrangements.

»Du siehst wunderschön aus«, raunt plötzlich jemand in mein Ohr. Ich drehe mich um und sehe in Georgs braune Augen, die mich bewundernd mustern. Er selbst trägt einen mitternachtsblauen Anzug mit weißem Hemd und blauer Krawatte und sieht verdammt heiß aus.

»Danke, mit dir kann man sich aber auch sehen lassen«, gebe ich keck zurück. »Georg, wir müssen noch reden …«

»Später, jetzt müssen wir die ersten Ehrengäste begrüßen.«

Sofort werden wir vom Bürgermeister vereinnahmt, der uns reihum allen wichtigen Größen von Sterenholm und aller umliegenden Städte vorstellt. Und ehe ich es mich versehe, startet die Olympiade mit dem Tanzwettbewerb. Als hätten wir es geübt, erklären Georg und ich abwechselnd die Spielregeln für die Gäste, die als Jury dienen. Als der Wettbewerb vorüber ist, soll der Ball beginnen. Doch zuvor ist der große Scheinwerferkegel erneut auf Georg und mich gerichtet. Er ergreift das Wort: »Sehr verehrte Damen und Herren, in diesem Jahr habe ich mit meiner bezaubernden Kollegin Sylvie Unterstützung an meiner Seite. Und um die hervorragende Zusammenarbeit zwischen Tourismusbüro und der neu gegründeten Agentur *Strandkorb* hervorzuheben, dürfen wir zwei Hauptverantwortlichen gemeinsam den Sommerball mit einem Tanz eröffnen.« Applaus brandet auf und mein Puls rast.

Wenn wir unsere Gefühle füreinander jetzt nicht verbergen können, ist das eine Katastrophe für mich.

»Entspann dich«, flüstert Georg mir zu. »Ich habe eine Überraschung für dich.«

Ich beginne zu beten, obwohl ich seit jeher mit der Religion nicht viel am Hut habe. Doch dann setzt die Musik ein und ich erkenne seinen Plan sofort, dass wir mit einem Boogie so gut es geht auf Abstand bleiben. Georg bleibt Bruce Springsteen treu, doch diesmal schmettert dieser beschwingt *Dancing in the dark*. Georg wirbelt mich gekonnt herum, sodass die Blicke auf mein schillerndes Kleid fallen, anstatt die Nähe zwischen uns zu entdecken. Ich jedoch lese seine Nachricht zwischen den Zeilen, oder besser gesagt in jener Zeile, in der *The Boss* singt, dass man ein Feuer nicht ohne Funken entzünden kann. Und ich denke an das letzte Mal, als ein Mann eine Überraschung für mich hatte. Diese war jedoch ganz anders.

Kapitel 14 – vor drei Jahren

Max und ich liegen ausnahmsweise am Pool des Hotels, als er mich kurz allein lässt, um eine Überraschung für mich mit der Rezeption zu klären. Ich sehe ihm kopfschüttelnd nach und lächle. Keine Ahnung, womit er diesen Urlaub noch schöner machen könnte. Es ist paradiesisch hier. Doch als er zurückkehrt, ist nichts aus ihm rauszukriegen. Das Abendessen verläuft genauso ruhig wie sonst und danach schlendern wir noch Hand in Hand über den Strand.

Plötzlich bleibt Max stehen und zieht mich in seine Arme.

»Sylvie, du hast mir nach einer Woche gesagt, dass du den DJ liebst.« Es klingt mehr nach einer Frage.

»Ja, ich weiß, das war kein ruhmreicher Moment meines Lebens«, weiche ich aus und vergrabe mein Gesicht beschämt an seiner Brust.

»War es dein Ernst? Liebst du mich?«, fragt er unvermittelt.

Ich fühle tief in mich hinein, obwohl ich die Antwort seit ebendiesem Tag genau kenne.

»Ja, Max! Es ist verrückt, weil wir uns ja kaum gekannt haben, als es mir klar wurde, aber ja, ich liebe dich«, gebe ich mit fester Stimme zu.

»Mir war bereits nach unserer ersten Berührung im Club klar, dass ich dich nicht mehr gehen lassen will«, gesteht er mir dann. »Willst du mit mir gemeinsam noch ein wenig verrückter sein?«

Ich habe das Gefühl, dass mir ein Mosaiksteinchen fehlt, um zu verstehen, was er meint, aber als er auf die Knie sinkt und ein Samtkästchen aus der Tasche seiner Bermudashorts zieht, wird mir klar, worauf er hinauswill.

»Sylvie, willst du mich heiraten?«

Ich schlage überrascht die Hände vor den Mund, unfähig

auch nur einen Ton von mir zu geben. Max sieht zu mir hoch.

»Die Anziehung zwischen uns ist fast schon unerträglich stark und es passt einfach alles. Ich muss nicht länger darüber nachdenken und vielleicht habe ich auch gar nicht mehr so viel Zeit dazu. Du hast mir gezeigt, dass du auch die schwierigen Wege ohne mit der Wimper zu zucken mit mir gehst und du bist die Einzige, die ich dabei an meiner Seite haben will. Und zwar nicht als meine Freundin oder Lebensgefährtin, sondern als meine Frau. Bitte sag ja!«

Seine Worte haben mir die Tränen in die Augen getrieben, die nun hemmungslos über meine Wangen fließen. Ein warmes Gefühl steigt aus meinem Inneren empor und bahnt sich mit einem gehauchten »Ja« seinen Weg über meine Lippen. Ich kann kaum glauben, was ich gerade getan habe. Max geht es wohl ebenso. Wir fallen uns in die Arme und küssen uns leidenschaftlich, als wären wir die einzigen Menschen auf der Welt. Es dauert einige Minuten, bis er ein wenig Distanz zwischen uns bringt und schließlich das Schmuckkästchen öffnet. Darin steckt ein silberfarbener Ring mit einem großen grünen Stein, der von vielen kleinen weißen Steinen eingefasst ist.

»Oh mein Gott, der ist ja wunderschön«, flüstere ich. »Der Stein in der Mitte hat exakt die Farbe deiner Augen.«

Max lächelt. »Es freut mich, dass er dir gefällt.« Er löst den Ring aus der Schatulle und streift ihn mir sanft über den Ringfinger. Sekundenlang starre ich meine Hand an, verzaubert von so viel Schönheit. Ich bin verlobt. Wir werden heiraten. Ich werde Max' Frau. Dann fällt mir etwas an seinen Worten auf.

»Du hast eben gesagt, du willst mich auf deinem schwierigen Weg an deiner Seite haben. Als deine Frau.« Fragend sehe ich ihn an. »Wann genau willst du denn heiraten?«

Er lächelt verschmitzt. »Das war es, was ich heute Nachmittag organisiert habe. Wenn es dir recht ist, heiraten wir in drei Tagen.«

»*Was?*«

»Wir heiraten hier, ganz allein, nur du und ich. Auf einer Klippe über dem Meer, mit nackten Füßen und Sand zwischen den Zehen während wir *ja* sagen. Das Hotel hat einen eigenen Hochzeitsservice, der sich um alles kümmert. Von der Heiratslizenz bis zu den Blumen.«

Überrumpelt schweige ich.

»Sylvie, alles in Ordnung?«

Ich blicke in sein aufgeregtes Gesicht, sehe die Liebe in seinen grünen Augen und plötzlich hört sich alles ganz hervorragend an.

Kapitel 15 – heute

Den Sommerball können wir als vollen Erfolg verbuchen. Der Bürgermeister war zufrieden, der Tanzwettbewerb ist bei allen gut angekommen und die Gäste haben bis in die frühen Morgenstunden getanzt und gefeiert. Ich bin wahnsinnig erleichtert, dass Georg und ich unseren Tanz gut über die Bühne gebracht haben. Sogar von meinen kritischen Freundinnen Lexi und Livia kam die Rückmeldung, dass sie enttäuscht waren, weil sie mehr Gefühl von uns erwartet hätten. Während mein Umfeld also darauf wartet, dass Georg und ich einen Gang höher schalten, bin ich heilfroh, dass alles nach außen noch so harmlos aussieht.

Georg hat mich nach unserem Tanz in die Bar mitgenommen, da wir dort aufgrund der lauten Musik nicht belauscht werden konnten.

»Worüber wolltest du mit mir reden?«, fragte er dann neben meinem Ohr.

»Ich wusste nicht, wie du reagierst. Auf unseren Kuss meine ich …«

»Ich glaube eher, es war nicht zu übersehen, wie ich auf den Kuss reagiert habe«, gab er mit einem Zwinkern zu. Ja, es war durchaus zu spüren, wie erfreut er über die Wendung war. Ich grinse ihn an.

»Du hattest solche Angst, dass wir uns auf dem Ball verraten, hast du wirklich geglaubt, ich mache dann etwas, das dich in eine unangenehme Situation bringt?«

Nein, natürlich nicht. Weil er ein Mensch ist, der immer erst an die anderen denkt. Ich schämte mich fast ein wenig, dass ich ihm nicht vertraut hatte.

»Gut, ich bin eine Idiotin«, gestand ich dann ein.

»Aber in dem Kleid siehst du umwerfend aus!«

Damit war das Thema erledigt.

Ich fühle mich gut. Georg ist nach unserem Gefühlsausbruch neulich wieder auf den Freundschaftsmodus umgestiegen und bedrängt mich in keiner Weise. Derzeit sehen wir einander allerdings nur wenig. Er hält die Fäden für das Volleyballturnier in den Händen, während die Organisation des Hafenfestes auf die Zielgerade geht und mir aufgrund der Kurzfristigkeit alles an Zeit und Energie abverlangt. Ich nehme meine Checklisten sogar mit ins Bett.

Als am Freitagabend vor dem großen Tag die Buden verteilt wurden und auch noch die letzten Probleme mit der Stromversorgung behoben sind, zwinge ich mich, mir eine Stunde Ruhe zu gönnen. Ich beschließe, Georgs Songauswahl für die bewegte Meditation zu testen. Nach dem üblichen Sonnengruß starte ich die Playlist. Er muss sich in den letzten Tagen erneut daran zu schaffen gemacht haben, denn als erster Song ertönt *Kiss me* von Sixpence None the Richer. Was er mir damit sagen will, ist mehr als eindeutig und vor lauter Lachen über seine Offensive verhaple ich mich tatsächlich bei den altbekannten Schritten und muss von vorne anfangen.

Das Fest startet am nächsten Tag mittags und ich habe schon seit Wochen das richtige Outfit dafür im Kopf. Als Georg mich abholt, trage ich ein rotes Kleid mit kleinen weißen Punkten im Rockabilly Stil der Fünfzigerjahre. Es wird im Nacken durch ein Band gehalten, hat auf Brusthöhe eine kleine Schleife und einen weit ausgestellten Rock in Knielänge. Dazu trage ich weiße Ballerinas, eine weiße Umhängetasche und den Strohhut, den Georg mir vor unserer Bootstour gekauft hat. Georg ist für einen Augenblick sprachlos, beginnt jedoch laut zu lachen, als ich ihm zuraune:»Diesmal sogar mit Unterrock.«

Er deutet mir, einen Augenblick zu warten und verschwindet nochmals kurz in seinem Boot. Zurück kommt er mit einem runden Kreissäge Strohhut und einem weißen, zusammengeklappten Regenschirm, den er als Spazierstock verwendet. Ich verstehe die Anspielung auf den Kinderreim »Ein Hut, ein Stock, ein Damenunterrock«, hänge mich bei ihm ein und weiß mit einem Mal nicht, ob mein klopfendes Herz von Georgs Nähe kommt oder von der Nervosität, ob das Hafenfest gut läuft.

Es wird ein langer Tag. Gemeinsam besuchen wir jedes einzelne Geschäft und jede Verkaufsbude, trinken Kaffee, Saft und Cocktails, essen Fischburger, Spiralen aus Kartoffeln, Eis, Torte und hausgemachte Gummitiere und schmökern in Büchern, Bildern, Strickwaren, Blumenarrangements, Duftkissen und Porzellanfiguren. Bis auf wenige Fragen und kleine Problemchen sind alle zufrieden, die Hüpfburg ist gut gefüllt mit bunt geschminkten Kids und für Gabi und Gerd bringen wir noch Nachschub an Ballons für die Ballontiere.

»Wie hast du das alles in so kurzer Zeit gebacken bekommen?«, flüstert Georg mir ins Ohr, als wir zum Hauptplatz aufbrechen, wo am Abend der große Abschluss stattfinden soll.

»Ich habe keine Ahnung«, wispere ich zurück und zucke mit den Schultern.

In seinen Augen sieht man sein unterdrücktes Lachen, als sein Blick meinen findet und festhält. Ich spüre ein Ziehen in der Magengegend. Es ist der Wunsch, ihm jetzt näher kommen zu dürfen. Doch ich räuspere mich und deute Richtung Hauptplatz.

Dort werden wir von vielen Gastgebern aus Sterenholm begrüßt, die ihren Urlaubsgästen erklären, dass wir alles organisiert haben. Von da an zieht man uns von einem Tisch zum anderen. Ständig drückt mir jemand ein Glas Wein in die Hand, dabei hätte ich mich mehr über etwas Handfestes zu essen gefreut. Gerade als ich den Alkohol deutlich spüre, kommt Georg an meine Seite und meint entschuldigend zu den Inhabern des Hotels *Dünenhof*: »Darf ich euch meine Kollegin kurz entführen? Wir müssen auch auf der Strandparty noch nach dem Rechten sehen.«

»Du bist mein Ritter in glänzender Rüstung«, versichere ich ihm, als wir außer Hörweite sind.

»Ich wollte nur dafür sorgen, dass Dornröschen morgen ihren Rausch ausschlafen kann und sich nicht die Seele aus dem Leib kotzt«, kommt trocken zurück.

Auf der Strandparty kann ich mich etwas entspannen. Der Jugend ist es egal, wer die Fete geplant hat, solange Musik, Getränke und Stimmung passen. Ich erkundige mich bei Monique, die hinter der Bar arbeitet, ob alles in Ordnung ist, und sie reckt beide Daumen hoch.

»Damit ist meine Pflicht erfüllt und mein Dienst hiermit beendet, Chef«, erkläre ich Georg übermütig. Es werden Partyhits gespielt, zu denen ich tanze, laut mitsinge und Georg nötige, dass er mitmacht. Er tut es mit einem erfreuten Grinsen. Doch als der DJ auf Clubmusik umsteigt, flüchte ich überfordert.

Georg holt mich nach wenigen Schritten ein. »Alles in Ordnung?«

»Ja …«, sage ich schnell. »Nur die falsche Musik.«

»Warum habe ich das Gefühl, dass das nicht die ganze Wahrheit ist?«

»Weil du mich inzwischen kennst?« Aus mir spricht ein wenig der Alkohol, der mich unvorsichtig und ehrlich macht. Mit diesen Worten lasse ich ihn stehen und schlendere am Strand entlang in Richtung Hafen.

Es ist Neumond und die Ostsee liegt in völliger Dunkelheit. Nur das leise Plätschern der Wellen verrät, dass neben mir das Meer beginnt. Ich spüre Georgs Anwesenheit, ehe ich ihn höre oder sehe. Wortlos greift er nach meiner Hand und nimmt sie in seine. Im schützenden Schwarz der Nacht lasse ich ihn gewähren, nein ich halte mich an ihm fest, damit ich nicht völlig in den Sumpf der Erinnerung kippe. Eine Weile gehen wir so Hand in Hand, bis ich ein Geräusch höre.

»Jemand hat vergessen, das Gebläse der Hüpfburg auszuschalten«, stelle ich fest.

»Oder jemand hat den Zuständigen gesagt, dass sie das noch nicht machen sollen …« Es dauert einen Moment, bis ich verstehe, was er meint. Dann quieke ich auf, lasse mit einem »Wer als Erstes drin ist« seine Hand los und beginne zu laufen. Jauchzend werfe ich mich wie ein Kleinkind in die Kunststoffburg. Georg folgt mir auf dem Fuße und hüpft neben mir auf und ab. Als ich es ihm gleichtue, lacht er und meint: »Spätestens jetzt hätte ich entdeckt, dass du einen Unterrock trägst.«

»So lange du meine Unterwäsche nicht siehst, springe ich noch nicht hoch genug«, gebe ich frech zurück. Ich schließe die Augen und lasse mich einfach auf den Rücken fallen. So frei habe ich mich schon ewig nicht mehr gefühlt – keine Fassade, keine Lügen, keine Vorsicht. Weit weg von allem am Meer in einer Hüpfburg. Mit Georg. Meine Vernunft, die mir rät, schleunigst von hier zu verschwinden, ehe uns in diesem federnden Ding noch anderes einfällt, kämpft mit dem Pfeifdrauf-Gefühl, das einfach schauen will, was passiert. Doch ehe sich ein Sieger herauskristallisieren kann, hören wir Kinderlachen. Offenbar hat die Beleuchtung der aufblasbaren Spielwiese noch einige wache Kids angelockt. Wir sehen zu, dass wir rauskommen und tun so, als wären wir nur hier, um das Gebläse auszuschalten. Fürsorglich begleiten wir die jungen Gäste zurück zu ihren Eltern aufs Hafenfest, ehe wir uns auf den Heimweg machen.

Kurz vor den Hausbooten schmerzt mein rechter Fuß.

»Halt mal«, bitte ich Georg und drücke ihm Tasche und Hut in die Hand, damit ich den Stein aus meinem Schuh schütteln kann. Auf einem Bein wackle ich herum, bis Georg mich mit seiner freien Hand am Ellenbogen festhält, ehe ich noch stürze. Und da ist er wieder, der gefährliche Moment. Seine Berührung zaubert mir augenblicklich ein Lächeln ins Gesicht. Ich rücke näher zu ihm, er zieht mich an sich und bis zum Kuss sind es nur Millisekunden. Dann umtanzen unsere Zungen einander erneut in einem erotischen Spiel und fachen das Feuer zwischen uns immer mehr an. Ich fühle mich so wohl bei Georg, er akzeptiert mich, wie ich bin, auch wenn er nicht alles von mir kennt und weiß. Ich lasse den Schuh fallen und dränge mich an ihn, spüre wie willkommen ich hier bin, wie sehr er sich nach mir sehnt, nach mehr. Doch mit einem Mal wird mir bewusst, wo wir uns befinden, dass wir uns auf offener Straße küssen und ich mache einen Satz zurück. Aufgebracht sehe ich ihn an, drehe mich um und laufe zurück auf das Hafenfest. Ich weiß, welches Gesicht ich suchen muss und dass ich es erst vor wenigen Minuten gesehen habe. Da, ich habe Glück. Lexi steht immer noch an Livias Stand und will eben gehen.

»Ich brauche deine Hilfe«, sage ich ohne Umschweife.

»Machst du einen auf Aschenputtel?«, fragt Lexi amüsiert und deutet auf meine Füße, von denen nur einer in einem Schuh steckt.

»Schläfst du heute bei Niko?«, gehe ich nicht auf ihr Geplänkel ein und sie erkennt, dass die Lage ernst ist.

»Ja, so wie jede Nacht ...«

»Kann ich in deinem Zimmer schlafen?«

Nun ist sie endgültig verwirrt. »Klar, aber hast du nicht dort drüben ein ganzes Hausboot für dich?«

»Das ist zu nah ...«

»Am Wasser?«

»An Georg!«

Ein fragender Blick.

»Ich traue mir selbst nicht über den Weg«, versuche ich aufgebracht eine Erklärung.

»Sylvie«, beginnt meine Freundin in ruhigem Ton. »Du magst Georg doch und er mag dich.«

»Ja … nein … ich meine doch …«

»Was zur Hölle ist eigentlich dein Problem? Ihr umkreist euch jetzt schon seit einem Jahr gegenseitig wie hungrige Raubtiere eine Herde Antilopen. Warum machst du denn nicht endlich den nächsten Schritt?«

»Weil es nicht geht …«

»Warum nicht?«

»Weil … weil …«

»Was weil?«

»Weil ich verheiratet bin, verdammt!«

Die Stille nach meinem Geständnis ist ohrenbetäubend. Ich schließe erschrocken die Augen. Ich hätte mich niemals so in die Ecke drängen lassen dürfen, ich hätte diesen Satz niemals aussprechen dürfen. Ängstlich warte ich, was meine beste Freundin dazu sagt, doch die Stimme, die ich vernehme, gehört nicht Lexi.

»Wow …«

Entsetzt drehe ich mich um. Vor mir steht Georg, der mir offensichtlich Schuh, Hut und Handtasche bringen wollte, damit ich ins Hausboot kann. Ich bringe keinen Ton heraus. Für diese Situation habe ich mir nie eine Ausrede zurechtgelegt, denn sie sollte – verdammt noch mal – niemals passieren.

»Die Wahrheit kommt eben doch immer ans Licht«, meint er ruhig. Seine Enttäuschung ist ihm deutlich anzusehen und ich muss fassungslos zusehen, wie er meine Sachen auf einen der Tische legt, sich umdreht und geht.

Und das Schlimmste ist, dass ich genau weiß, wie er sich fühlt.

Kapitel 16 – vor drei Jahren

Der Termin mit dem Herrn vom Hochzeitsservice des Hotels hält eine weitere Überraschung für mich bereit. Bei der Frage nach dem Familiennamen nach der Eheschließung sehen Max und ich uns an. Und mir wird klar, dass ich im Begriff bin jemanden zu heiraten, dessen Nachnamen ich nicht kenne. Ich überlege nochmals angestrengt. Max hat die Reise ohne meine Hilfe gebucht und uns sogar schon vorab online eingecheckt. Nicht einmal im Hotel war ich beim Check-in dabei. Er hat auch nie in meiner Gegenwart mit Karte bezahlt oder sich am Telefon mit seinem Namen gemeldet. Ich habe *wirklich* keine Ahnung, wie er heißt. Unser Gegenüber scheint unser Zögern jedoch von anderen Paaren zu kennen.

»Kein Problem, Mr von Buren, das kann auch nachträglich in Deutschland noch eingetragen werden«, winkt er ab.

»Von Buren?«, frage ich ungläubig. Der Hochzeitsplaner entschuldigt sich nun doch höflich und lässt uns allein.

»So wie das Papierimperium? Aber das ist nur eine zufällige Namensgleichheit, oder?«

Max sieht mich ernst an. »Ich fürchte nicht«, gibt er dann zu und mir entfährt ein sarkastisches Lachen.

»Du willst mir sagen, ich verliebe mich in einen DJ, der ab dem ersten Tag bei mir einzieht und mir seine Wohnung so lange nicht zeigt, dass ich schon den Verdacht habe, er haust unter einer Brücke, und dann stellt sich heraus, dass er Max *von Buren* heißt und dem Clan dieses Papiermillionärs angehört?« Ich kann es nicht fassen.

»Wenn ich dich in meine Wohnung mitgenommen hätte, hätte ich dir meine Herkunft nicht mehr verschweigen können. Das zweihundert Quadratmeter große Penthouse in der Innenstadt hätte dir wohl verraten, dass ich nicht auf das kleine

Gehalt angewiesen bin, das ich mit dem Auflegen verdiene.«
Betreten senkt er den Kopf.

»Und was wäre daran schlimm gewesen?«, frage ich ihn fassungslos.

»Du hast den kleinen, mittellosen DJ geliebt. Den Mensch Max. Nicht den Nachnamen, das Geld und den Status. Erst war ich mir nicht sicher, ob sich nicht doch etwas zwischen uns ändern würde, wenn du alles weißt und dann war es irgendwann zu spät, um abends bei der Pizza so nebenbei fallen zu lassen: Übrigens Schatz, meine Familie ist millionenschwer und mein Nachname wird regelmäßig kreuz und quer durch alle Klatschblätter gezogen.« Er wirkt geknickt, als würde ein schwerer Stein auf seinen Schultern lasten. Doch in meinem Kopf schwirrt derzeit zu viel durcheinander, um einen klaren Gedanken fassen zu können. Wortlos stehe ich auf und gehe.

Ich laufe ziellos durch die Anlage, bis ich mich am Strand in den Sand fallen lasse. Das waren sehr viele Informationen auf einmal. Eine Weile sitze ich da und male Kreise, ehe ich spüre, dass jemand hinter mich tritt.

»Darf ich mich setzen?«, fragt Max vorsichtig.

Ich atme tief durch. »Wenn du versprichst, dass alles was du sagst die reine Wahrheit ist – ohne Geheimnisse.« Meine Stimme klingt bitter.

Max lässt sich neben mir nieder. »Ich habe zwei Leben«, beginnt er. »Auf der einen Seite bin ich Max und arbeite als DJ in diversen Clubs, halte mich aber ansonsten aus der Öffentlichkeit fern. Ich liebe Sport, vor allem solchen, bei dem ich mich frei fühlen kann. Denn genau das ist mein sehnlichster Wunsch – Freiheit. So hast du mich kennengelernt. Locker, witzig und mit beiden Beinen auf dem Boden. Dieses Leben ist meiner Familie ein Dorn im Auge, denn meine Zukunft war schon bei meiner Geburt als Maximilian Hubertus von

Buren vor fünfundzwanzig Jahren in Stein gemeißelt. Als ältester Sohn des Papiermagnaten werde ich ins Familiengeschäft einsteigen und es später weiterführen. Ich werde den Namen von Buren von allen Skandalen sauber halten und mit der passenden Frau einen weiteren Erben zeugen, dem dann dasselbe vorgefertigte Schicksal wie mir blüht.« Er lässt Sand zwischen seinen Finger hindurch laufen und meine anfängliche Wut auf ihn verraucht langsam.

»Ich habe bisher brav mitgespielt, war ein mustergültiger Schüler, habe studiert, was mein Vater wollte, und einen ausgezeichneten Abschluss gemacht. Doch vor ein paar Monaten habe ich die Reißleine gezogen und mir eine Auszeit als von Buren genommen. Seither tingle ich als schwarzes Schaf durch die Diskotheken des Landes, wie meine Mutter es ausdrückt. Mein alter Herr meinte, ich soll mir eine Weile die Hörner abstoßen – noch so ein sinnfreier Spruch. Aber vor ein paar Wochen hat er mich zu sich beordert, um mir mitzuteilen, dass er mir einen Teil der Firmenanteile überschrieben hat.«

»Einfach so?«

»Er dachte, so würde ich Interesse an der Firmenleitung bekommen.«

»Und? Hatte er recht?«

»Erst mal muss ich meinen eigenen Weg zu Ende gehen«, weicht Max aus.

»Weiß deine Familie von dem Tumor?«, frage ich vorsichtig, obwohl ich die Antwort schon ahne.

Wie erwartet schüttelt er den Kopf. »*Du* weißt es. Das genügt mir.« Ernst sieht er mich an. »Und wie sieht es aus? Bist du immer noch bereit, mich zu heiraten?«

Obwohl ich nun seine Geschichte kenne, bleibt er für mich einfach nur Max. Lächelnd nicke ich.

»Werde ich dann auch eine von Buren?«, meine ich grinsend.

Er lacht. »Ja, wenn du willst, gerne. Du kannst deinen Namen aber auch behalten, oder ich kann Herr Becker werden, wenn dir das lieber ist?«

Wahrscheinlich würde ihm das sogar gefallen, aber ich bin in diesen Dingen eher traditionell. Also einigen wir uns auf seinen Namen und setzen den Termin mit unserem Hochzeitsplaner fort.

Kapitel 17 – heute

Von meiner Fassade ist ein großer Teil weggebrochen und es ist nur noch eine Frage der Zeit, bis meine Freunde und Georg auch den Rest herausfinden. Ich habe keine Ahnung, wie ich jetzt jenen Menschen, die ich im Herzen trage, gegenübertreten soll und haue ab. Ich beginne zu rennen, reiße mir irgendwann auch den zweiten Schuh von meinem Fuß und schleudere ihn von mir. *Das war so nicht geplant. Das war so nicht geplant*, läuft es auf Dauerschleife durch meine Gedanken. Die Tränen laufen mir in Bächen über die Wangen und machen mich fast blind. Der Sand zwischen meinen Füßen verrät mir, dass ich am Strand bin. Dort, wo ich vor weniger als einer Stunde noch mit Georg Händchen haltend geschlendert bin. Ich mache einen Umweg um die Strandparty herum, drossle mein Tempo aber nicht. In der Nähe des *L&P* stolpere ich und falle hin. Von einem Weinkrampf geschüttelt bleibe ich regungslos liegen. Ich fühle mich ohne jede Hoffnung, als wäre der Einschlag der Bombe unausweichlich und es ist nur noch eine Frage des Zeitpunktes. Als ich Stimmen höre, rapple ich mich hoch und schleppe mich zu einem der Strandkörbe, in dem ich mich verstecke. Irgendwann schlafe ich ein.

Die ersten Sonnenstrahlen wecken mich und ich setze mich auf. Um meine Schultern liegt eine Decke. Man hat mich also entdeckt. Meine Augen fühlen sich an, als wären sie leer geweint und ich habe Kopfschmerzen. Gerade als ich aufstehen will, setzt sich jemand neben mich und hält mir wortlos ein Glas mit trüber Flüssigkeit vor die Nase.

»Was machst du denn hier?«, rufe ich vor Überraschung.

»Urlaub«, kommt die trockene Antwort. »Ich hatte mir die Begrüßung allerdings etwas freudiger vorgestellt.«

»Ja, aber … wann bist du denn von zu Hause losgefahren, dass du jetzt schon hier bist?« Ich trinke das Glas mit der aufgelösten Brausetablette in einem Zug leer. »Gleich nach Lexis Anruf heute Nacht.« Sie hat also sofort Verstärkung geholt. Erneut treten Tränen in meine Augen. »Na komm, Herzchen, jetzt ist aber mal genug geheult«, meint Johnny leise und legt seinen Arm um mich. Er streichelt meinen Rücken, bis ich mich wieder beruhigt habe. »Was hat sie dir erzählt?«

Er schweigt einen Moment. »Ich würde sagen, alles was sie mir gesagt hat, würde ich gerne in einer ruhigen Stunde mal von dir selbst erfahren.«

»Das war so nicht geplant …«, flüstere ich wieder, wie an die tausendmal letzte Nacht.

»Die Heirat?«

»Dass ihr davon erfahrt.«

»Die Frage ist doch viel mehr, wieso wir, als deine besten Freunde, es nicht schon längst *wissen*«, bringt Johnny es auf den Punkt. »Aber das ist nichts, was wir zu so früher Stunde auf nüchternen Magen klären sollten. Komm, wir gehen zu Lilly was frühstücken.«

»Bist du verrückt?«, stoße ich hervor. »Ich kann doch da jetzt nicht rein.«

Johnny sieht mich strafend an. »Schätzchen, jetzt hörst du mir mal zu! Keine Ahnung, welche Scheiße du da am Hacken hast, dass du aus einem beschissenen Jawort so ein Drama machst, aber könntest du deiner besten Freundin und Onkel Johnny jetzt bitte mal vertrauen? Wir lieben dich! Und jetzt kneif deinen hübschen Arsch zusammen und lass uns was futtern gehen, denn der Tag deines geliebten Barbesitzers dauert schon über zwanzig Stunden.«

Ich gebe mich geschlagen und stolpere kurz darauf hinter meinem besten Freund in Richtung *L&P*. Wir nehmen an einem freien Tisch Platz und als Gabi mich sieht, bringt sie mir unaufgefordert eine Tasse Kaffee. Wenig später kommt auch Lexi in den Speisesaal und setzt sich wortlos neben mich. Auf den Tisch legt sie meine Handtasche und beide Schuhe.

»Es tut mir leid, dass ich abgehauen bin«, sage ich kleinlaut.

»Wir haben dich über zwei Stunden lang gesucht. Du warst so panisch und aufgelöst, dass wir echt Angst bekommen haben. Dann habe ich die Kavallerie gerufen.« Sie wirft einen Seitenblick auf Johnny, der ihr die Hand tätschelt. »Er hatte dann die Idee, dass wir dich in den Strandkörben suchen sollen, weil die ja im vergangenen Jahr für mich auch immer ein Zufluchtsort waren.« Das erklärt die Decke.

»Wenn du sagst, *ihr* habt gesucht ...«

»Ich war bei Georg, nachdem ich auf deinem Hausboot nachgesehen habe, aber er hat mir die Tür nicht geöffnet. Wahrscheinlich hat er mein Klopfen nicht mal gehört, weil er in voller Lautstärke *I don't wanna talk about it* von Rod Stewart gehört hat.«

»Scheiße ...« Ich stütze meinen Kopf in meine Hände.

»Möchtest du was essen?«, fragt Lexi sanft.

»Nein!«

»Doch!«, mischt Johnny sich ein. »Liebeskummer ist auf leeren Magen nur noch schwerer zu ertragen.«

Ich habe schon die Frage auf den Lippen, ob er aus Erfahrung spricht, da fällt mir etwas auf.

»Bist du allein angereist?«

Johnny senkt den Blick und verrät mir damit mehr, als seine folgenden Worte es tun.

»Julio ist zurück nach Spanien. Das war doch nur ein kleiner Snack für zwischendurch«, winkt er ab.

»Johnny, der Mann heißt *Julian*«, tadelt ihn Lexi lachend.

Doch ich sehe in Johnnys Augen, dass er sich den Namen

seines Koches, den er anfangs immer Juan oder José genannt hat, inzwischen sehr gut gemerkt hat.

»Für ihn oder für dich?«, ignoriere ich Lexis Worte und erkenne die Botschaft zwischen den Zeilen.

Johnny spielt mit einer Serviette und ist plötzlich ernst geworden. »Für mich hätte er der Hauptgang werden können«, erwidert er dann leise. Lexi und ich rutschen zu ihm und umarmen ihn fest. Er schlingt für einen Moment seine beiden Arme um uns und drückt uns.

»Schon gut, Mädels! Ist ja nicht meine erste Trennung. Ich werde es überleben«, versichert er uns. »Also, auf welchen klingenden Namen hört in dieser edlen Hütte ein Spiegelei mit Speck und Zwiebeln?« In Johnnys Bar *Watermelon* haben alle Speisen Namen von Figuren aus dem Film *Dirty Dancing* und die Cocktails sind nach den Liedern daraus benannt. Im letzten Jahr waren wir dort Stammgäste und Lexi hat die gesamte Speisekarte auch zigmal rauf und runter gekocht.

»Johnny-Schatz, hier nennt man es einfach nur Frühstück«, erwidert Lexi sarkastisch.

»Wie einfallslos«, spielt er den Ball zurück und muss lachen.

»Das Büfett wird erst in einer halben Stunde fertig sein, aber Niko macht dir deinen Sonderwunsch sicher gern persönlich.« Lexi sieht mich auffordernd an. Ich komme hier wohl nicht ohne vollen Magen raus und ordere Rührei

Nach dem Frühstück braucht Johnny erst mal eine Runde Schlaf, doch wir wollen am Abend gemeinsam mit Lexi und Niko zu Frederik.

Ich mache mich auf den Weg nach Hause, doch als ich vor meiner Quietschente stehe, gehe ich noch ein paar Schritte weiter und klopfe an Georgs Tür. Drinnen ist es mucksmäuschenstill und nach wenigen Minuten gebe ich auf und gehe rüber zu mir.

Als ich mich aus meinem Outfit von gestern geschält habe, steige ich unter die Dusche und wecke ein paar meiner Lebensgeister. Frisch gemacht und in bequemer Kleidung tigere ich unruhig auf dem Boot herum. Ich schleiche um mein Telefon und beginne aufzuräumen und Wäsche zu waschen. Immer wieder wandert mein Blick durch die Fenster zu Georgs Bleibe hinüber, doch es rührt sich nichts. Gegen Mittag habe ich das Hausboot auf Hochglanz poliert und auf dem Oberdeck stehen so viele Wäscheständer, dass man vermuten könnte, dass eine halbe Kompanie hier wohnt. Es ist gut, dass die liegen gebliebene Hausarbeit endlich erledigt ist, aber ruhiger hat sie mich nicht gemacht. Mittags schlendere ich wie zufällig bei Frederik in der Fischkneipe vorbei und schaue auch bei Livia rein. Beide waren natürlich bei der nächtlichen Suchaktion dabei, sind aber so diskret, dass sie mich nicht darauf ansprechen. Georg ist jedoch nirgends zu entdecken. Vorsichtig frage ich bei beiden nach, ob sie ihn heute schon gesehen haben, doch sie schütteln den Kopf. Am Nachmittag kehre ich wieder nach Hause zurück, nicht ohne vorher an der Tür des blauen Elefanten geklopft zu haben, doch erneut öffnet mir niemand. Gerade als ich mich durchringe, Georg anzurufen, klingelt mein Handy. Ein Blick auf die Anruferkennung verrät mir, dass es meine Mutter ist. Wir telefonieren eigentlich jeden Sonntag und so erzählen wir einander auch heute, was es Neues gibt. Diesmal rückt Mama jedoch mit einer Überraschung heraus. Meine Eltern kommen mich an der Ostsee besuchen. Sie nennt mir den Zeitraum und bittet mich, ein nettes Hotel oder eine Pension zu buchen. Natürlich werde ich sie im *L&P* unterbringen, dort sind sie bestens aufgehoben.

Nach dem Telefonat beschließe ich, sofort dorthin zu joggen und mache mich auf den Weg. Lexi entdeckt mich, als ich Inge an der Rezeption gerade die Daten meiner Eltern gebe.

»Genau, Ralf und Gudrun Becker«, bestätige ich.

Meine Freundin sieht mich fragend von der Seite an. »Sylvie … muss ich als deine Arbeitgeberin irgendwas wissen?«

»Was meinst du?«

»Na ja, ich habe dich als Sylvie Becker angemeldet. Aber deine Eltern heißen auch Becker?«

Nun weiß ich, worauf sie hinauswill. Ich bin verheiratet, in meinen Papieren steht jedoch noch mein Mädchenname.

»Moderne Frauen müssen nicht zwangsläufig den Namen des Mannes annehmen«, erwidere ich ruhig.

Sie sieht mich forschend an und für einen Augenblick glaube ich, dass sie noch etwas sagen will. Dann nickt sie. »Alles klar.«

»Ich muss jetzt auch los, noch duschen und mich umziehen bevor wir uns bei Frederik treffen.«

Wir verabschieden uns und ich bin froh, als ich wieder an der frischen Luft bin. Dass meine Eltern gerade jetzt zu Besuch kommen, wo einige Menschen hier mehr wissen als sie, passt mir gar nicht in den Plan. Auf dem Rückweg denke ich zurück an jenen Tag, an dem meine Eltern hätten dabei sein sollen.

Kapitel 18 – vor drei Jahren

Als der große Tag gekommen ist, bin ich doch etwas nervös. Was werden meine Eltern sagen, wenn ich ohne sie heirate? Im Spiegel sieht mir eine bildschöne junge Frau entgegen. Mein Haar fällt in weichen Wellen über meine Schultern, nur zwei Strähnen sind mit einer Blume am Hinterkopf festgesteckt. Mein Make-up ist natürlich gehalten und ich trage ein luftiges, weißes Kleid mit V-Ausschnitt und einem tiefen Rückenausschnitt. Der Rock fällt fließend bis zum Boden und um meine Taille ist ein seidener Gürtel geschlungen, der am Rücken zu einer lockeren Schleife gebunden ist. Wie Max es sich gewünscht hat, bin ich barfuß und trage einen kleinen Kugelstrauß aus weißen einheimischen Blüten, die zart duften.

Max hat sich in den letzten Tagen immer wieder für eine Weile zurückgezogen. Ich denke, er plant schon wieder irgendwas. Doch jetzt wird erst einmal geheiratet. Ein Blick auf die Uhr verrät mir, dass es Zeit wird und ich mache mich auf den Weg.

Auf einer Klippe, auf der zwei Bäume wachsen, wartet die kleine Hochzeitsgesellschaft bereits auf mich. Max trägt ein weißes Hemd, das leicht aufgeknöpft ist, eine graue Hose, die er hochgekrempelt hat, und graue Hosenträger. Wie ich ist auch er barfuß und strahlt mich an, als ich zu ihm trete.

»Bereit?«, flüstert er und ich nicke glücklich.

Wenige Minuten später sind wir Mann und Frau und Max küsst mich leidenschaftlich.

»Jetzt wird alles gut«, flüstert er mir zu.

Es gibt keine Feier. Mit wem auch? Zu zweit nehmen wir unser Abendessen an einem traumhaft dekorierten Tisch am Strand ein und stoßen beim Sonnenuntergang mit einem Glas Champagner über einem Stück Hochzeitstorte auf uns an. Der Ring, den Max mir zur Verlobung geschenkt hat, ist von der linken an meine rechte Hand gewandert. Ich wollte keinen zusätzlichen Ehering. Nur Max trägt einen schmalen silberfarbenen Ring als äußeres Zeichen unserer neuen Verbindung. Hand in Hand wandern wir anschließend den Strand entlang und lassen uns die auslaufenden Wellen des warmen Wassers um die nackten Füße spülen. Mein Kleid wird nass und schmutzig, doch es kümmert mich nicht. Erst als es so vollgesogen ist, dass ich es kaum noch tragen kann, machen wir uns auf den Weg in unser Zimmer.

Den nächsten Tag verbringen wir zwischen Bett und Whirlpool mit Sex, schlafen und essen. Erst am Abend ziehen wir uns etwas Vernünftiges an und gehen zum Abendessen ins Hotelrestaurant. Anschließend fragt Max mich an der Cocktailbar grinsend: »Etwas Fruchtiges oder etwas Sahniges?«

Ich verstehe die Anspielung auf unser Kennenlernen sofort.

»Vom Fruchtsaft wird einem am nächsten Morgen schlecht und für Sahne habe ich schon zu viel Alkohol getrunken. Was glaubst du, was das für eine Schweinerei wird, falls ich kotzen muss?«, wiederhole ich lachend, was ich damals sagte.

»Also einen Cuba Libre«, bestellt er für mich.

»Du hast damals nichts getrunken«, fällt mir auf und er schüttelt den Kopf.

»Deine Nähe hat mir gereicht, um mich schwindelig zu fühlen.«

Ich sehe verlegen auf meine Hände und sein Blick folgt meinem, der an meinem Ehering hängen geblieben ist.

»Genau das gleiche Grün wie deine Augen ...«, flüstere ich.

»Wo hast du den nur so schnell aufgetrieben?«

Mein Ehemann lacht geheimnisvoll, ehe er mich küsst.

Kapitel 19 – heute

Pünktlich erscheine ich in legeren, weißen Caprihosen und einem dunkelgrünen Leinenshirt in der *Fischkneipe*, wo Lexi, Niko und Johnny kurz nach mir eintreffen. Mein bester Freund ist auf den ersten Blick total verliebt in das Lokal, so wie ich es geahnt hatte. Er bestellt einmal quer durch die Speisekarte, als hätte er seit Tagen nicht viel gegessen und ich frage mich, ob es vielleicht auch genauso ist, denn oft rückt seine eigene Nahrungsaufnahme in den Hintergrund, wenn er sich um das *Watermelon* kümmert.

»Herzchen, es tut mir wahnsinnig leid, dass ich es nicht zu eurer Geburtstagsfeier geschafft habe«, entschuldigt sich Johnny mit Dackelblick bei Lexi. »Aber in der Bar war in letzter Zeit sehr viel los …«

Lexi versichert ihm, dass sie das versteht und wir schwelgen in Erinnerungen. Johnny erzählt lebhaft von dem Abend, als Niko in unsere Heimatstadt gekommen ist und nach einem Missverständnis den ganzen Abend lang ABBA-Songs auf der Jukebox gespielt hat, damit Lexi endlich aus der Küche kommt und mit ihm redet.

»An den Haaren musste ich sie fast rausschleifen. Dabei waren die übrigen Gäste schon so weit, dass sie mit Mistgabeln auf die Sahneschnitte losgehen.« Mit ausladenden Gesten untermalt er seine blumig geschilderte Geschichte. »Und als ich die beiden zum ersten Mal gemeinsam gesehen habe, wusste ich gleich, dass das die große Liebe ist.«

»Klar, weil *du* so was ja erkennst«, zieht Lexi ihn auf.

»Nur weil sie mir selbst noch nicht begegnet ist, heißt das nicht, dass ich sie bei anderen nicht sehen kann«, gibt er zurück. »Immerhin bin ich Barkeeper und schon allein von Berufswegen darauf spezialisiert, die Gemütszustände und Gefühlsregungen meiner Gäste zu erkennen.«

Ich lache nur, halte mich aber aus dieser Diskussion heraus. Wenig später stupst Johnny mich an.

»Da ist eben dein Georg reingekommen und sucht nach dir«, raunt er mir zu. Ich werfe ihm einen genervten Blick zu.

»Erstens ist es nicht *mein* Georg und zweitens kennst du ihn ja gar nicht, also woher willst du wissen, wie er aussieht?«

»Weil da gerade ein verdammt gut aussehender Typ das Lokal betreten hat. Und als er dich gesehen hat, hat sein Gesicht zu strahlen begonnen, als hätte jemand die Flutlichtanlage eines Fußballstadions angemacht. Also, wenn du nicht mehrere glühende Verehrer in der Stadt hast, ist das Georg.«

»Woher kennst du dich denn auf einmal mit Fußball aus?«, wirft Lexi ein und Johnny verteidigt sich, dass er sich durchaus für ein Spiel interessiert, bei dem zweiundzwanzig junge, sportliche Männer verschwitzt über den Rasen laufen. Niko verschluckt sich vor lauter Lachen.

Ich will mich gerade umdrehen und nachsehen, ob Johnny recht hat, da ist Georg schon an unseren Tisch gekommen.

»Guten Abend zusammen«, grüßt er die Runde. »Entschuldigt, wenn ich störe, aber kann ich dich kurz sprechen, Sylvie?«

Er klingt distanziert und wirkt angespannt. Ich nicke und folge ihm nach draußen. Mir schwant Böses. Will er die Zusammenarbeit mit der Agentur kündigen? Schmeißt er mich aus dem Hausboot? Er schlägt den Weg zum Strand ein.

»Georg …«, beginne ich, doch er hebt die Hand.

»Bitte lass erst mich reden.« Man sieht ihm an, dass er seit gestern auch nicht viel geschlafen hat. »Ich habe verdammt viel Zeit im Auto verbracht, weil ich gestern nach deinem … Geständnis … jemanden zum Reden gebraucht habe. Also bin ich zu einem alten Freund gefahren und habe Sven mein Gefühlsleben vor die Füße gekippt.«

»Du hattest aber auch einiges getrunken«, werfe ich ein.

»Ich weiß und ich bin auch nicht stolz darauf, mich hinters

Steuer gesetzt zu haben. Sven hat mir gehörig den Kopf gewaschen. Nicht nur wegen der Fahrt.« Er sieht mich eindringlich an. »Sylvie, ich möchte mich bei dir entschuldigen.«

»Was?«, stoße ich hervor. Mit allem hätte ich gerechnet, aber damit?

»Ich bin gegangen, ohne dir die Möglichkeit zu geben, etwas dazu zu sagen. Ich habe mir eine Meinung gebildet, obwohl ich nicht die ganze Faktenlage kenne und ich habe dich verurteilt, obwohl ich der Letzte bin, der das tun sollte und darf.«

Dabei hat er noch gar keine Ahnung davon, wofür er mich wirklich verurteilen könnte. Georg holt tief Luft.

»Ich habe nur das Wort verheiratet gehört und habe mich verraten gefühlt. Dabei steht mir das überhaupt nicht zu, denn immerhin weißt du auch nicht, dass ich ebenfalls schon mal verheiratet war.«

Nun ist es an mir, ein überraschtes »Wow!« von mir zu geben.

»Sarah und ich waren zwei Jahre zusammen. Wir haben uns im Studium kennengelernt und danach beschlossen zu heiraten. Sie hat ein riesiges Fest geplant mit allen Extras, die ihr eingefallen sind. Schloss, Kutsche, weiße Tauben, meterlanger Schleier und ein Kleid mit so vielen Lagen Stoff, Rüschen, Perlen und anderem Zeug, dass ich sie in der Hochzeitsnacht kaum darin finden konnte. Geld spielte keine Rolle, denn ihre Eltern haben ihr die Traumhochzeit großzügig geschenkt. Allerdings war es das dann auch schon mit der Harmonie. Die beiden konnten mich nicht leiden, allerdings frage ich mich, wieso sie das Sarah nicht schon vor der Hochzeit gesagt haben. Wir führten eine Ehe zu viert. Bei jeder Entscheidung hat sie ihre Eltern miteinbezogen, egal ob es um ein neues Auto, eine andere Wohnung oder den nächsten Urlaub ging. Und es waren immer drei gegen einen oder besser gesagt: sie gegen mich. Als wir nach einigen Monaten auf das Thema Kinder zu sprechen kamen, wollte sie das allen Ernstes erst mit ihrer Mutter besprechen. Aber sogar das habe ich geschluckt. Sie ist ein Wochenende über zu ihnen gefahren, ich konnte nicht mit, weil wir in dem Hotel, das ich zu dieser Zeit geleitet habe, einen großen Kongress hatten. Als Sarah wiedergekommen ist, hat sie mir ohne um den heißen Brei herumzureden gesagt, dass sie sich von mir scheiden lässt. Ihre Eltern hatten den Sohn eines befreundeten Ehepaares eingeladen und die beiden haben sich beim Abendessen unsterblich ineinander verliebt. Außerdem würde der sich so viel besser in die Familie integrieren.«

Er berichtet völlig ruhig und die Art und Weise passt zu dem, wie er mir von seinen Eltern erzählt hat. Er hat schwarze Flecken in seiner Vergangenheit, Dinge, die nicht perfekt gelaufen sind und ihn verletzt haben, aber er hat sie akzeptiert, angenommen und macht weiter.

»Sylvie, ich sage dir das, weil ich ehrlich zu dir sein möchte. Und ich will dir damit zeigen, dass du das auch zu mir sein kannst. Du hättest mir erzählen können, dass du geschieden bist.«

Mir stockt der Atem.

»Ich …« Okay, jetzt kann ich mich nicht irgendwie rausreden. Es gibt nur Lüge oder Wahrheit. Nach einem tiefen Atemzug schließe ich die Augen.

»Ich bin nicht geschieden«, sage ich dann leise.

»Du bist immer noch verheiratet?«

Ich nicke.

»Das heißt, du steckst gerade mitten in der Scheidung?«

»Nein, es gibt keine Scheidung«, gebe ich zu.

Überraschung und Enttäuschung blitzt in seinen Augen auf.

»Oh!«, erwidert er dann nur.

»Georg, es ist nicht so wie du denkst«, versuche ich zu retten, was zu retten ist.

»Doch … ich denke, diesmal ist es so.« Er zieht sich innerlich vor mir zurück, das merke ich deutlich und es schmerzt mich sehr.

»Nein, du verstehst das nicht.«

»Was gibt es da nicht zu verstehen?« Seine Stimme wird lauter. »Hast du zu einem Mann ja gesagt?«

»Ja.«

»Lässt du dich von ihm scheiden?«

»Nein.«

»Dann bist du verheiratet und bleibst es auch.«

»Ja … also nein, also schon, aber …«

»Was denn? Man kann nicht nur ein bisschen verheiratet sein.«

Kapitel 20 – vor drei Jahren

Schlaftrunken fahre ich hoch. Irgendetwas hat mich geweckt. Es klopft und eine dumpfe Stimme ruft:»Mrs von Buren?« Ich sehe mich nach Max um, doch seine Betthälfte ist leer. Er ist wohl gerade im Badezimmer.

»Augenblick«, rufe ich und streife mir rasch das Kleid von gestern Abend über, ehe ich die Türe öffne. Vor mir steht der Hotelmanager, der mich mit ernster Miene ansieht. »Entschuldigen Sie, dass ich Sie wecke, Mrs von Buren«, beginnt er höflich.»Aber ich muss Sie dringend bitten, mit mir zu kommen.«

Ich nicke.»Ja, natürlich. Was ist denn los? Sollen wir noch auf meinen Mann warten, er ist wohl gerade im Badezimmer.«

Einen Moment lang herrscht Stille.»Bitte begleiten Sie mich.«

Verwirrt laufe ich hinter dem Mann her in Richtung Meer. In der Nähe der Strandliege mit Baldachin wird mein Begleiter langsamer. Doch ich beschleunige meinen Schritt, denn ich erkenne die Gestalt, die dort liegt.

»Max? Was machst du denn hier draußen?«, rufe ich. Als er mir nicht antwortet, beginne ich zu laufen.»Max?« Ich rüttle an seinem Arm, um ihn zu wecken, doch merke bei der ersten Berührung, dass hier etwas nicht stimmt. Die Magie zwischen uns ist weg.

»Nein«, stoße ich entsetzt hervor.»Bitte nicht …« Meine Stimme bricht. Kraftlos sinke ich neben ihm auf die Knie. Er liegt da und sieht aus, als würde er schlafen und doch weiß ich, dass nichts ihn mehr wecken kann. Was ist passiert? Der Tumor war doch nicht lebensbedrohlich. Hat der Krebs gestreut und niemand hat es bemerkt? Aber er hatte keine Beschwerden, das hätte er mir gesagt. Das ergibt alles keinen Sinn.

Der Hotelmanager tritt zu mir.

»Ein Mitarbeiter hat ihn heute Morgen gefunden«, teilt er mir leise mit.

Ich reiße den Blick von meinem Mann los und sehe mich um. Ein halb leeres Cocktailglas steht neben ihm. Ein Fruchtcocktail, als hätte er gewusst, dass ihm am nächsten Tag nicht mehr übel sein könnte davon. Doch ich entdecke noch etwas. Ein kleines Röhrchen mit dem Namen eines Arzneimittels. Und erst jetzt erkenne ich, was hier wirklich geschehen ist und schlage mir mit einem Schluchzen die Hand vor den Mund. Oh Gott! Auch der Manager sieht das Medikament. »Schlaftabletten«, flüstert er erschrocken. »Mrs von Buren, ich muss unter diesen Umständen auf jeden Fall die Polizei rufen. Und jemanden vom deutschen Konsulat.«

Ich nicke nur, zu mehr bin ich nicht fähig. Der Schock über die Wahrheit lähmt mich. Mir will einfach nicht in den Kopf, was passiert ist. Wir waren so glücklich, wir haben gerade den Start in unser gemeinsames Leben gewagt. Der OP-Termin stand fest und er war so optimistisch in den letzten Tagen. Warum macht er so etwas?

In diesem Moment wird mir etwas klar: Seit dem Moment, als Max mir von seiner Krankheit erzählt hat, habe ich nicht eine Sekunde daran gedacht, dass er sterben könnte. Behandlungspläne, Medikamente, OP-Termine, Ärzte – alles war in meinem Kopf, aber den Tod habe ich ausgeblendet. Nie war mir in den Sinn gekommen, dass ich ihn verlieren könnte. Und jetzt sitze ich neben der Leiche meines Mannes.

Wie durch einen Nebel erlebe ich die Ankunft der Polizei, beantworte Fragen und spreche mit dem Vertreter des Konsulats, der die Überführung von Max' Überresten koordinieren wird.

Es ist Abend, als ich wieder in unser Zimmer zurückkehre. Auf meinem Nachttisch finde ich ein Kuvert, auf dem ein Zettel des Zimmermädchens mir verrät, dass sie es auf Max'

Betthälfte gefunden hat. Ich öffne es und finde, wie erwartet, seinen Abschiedsbrief.

»Liebste Sylvie, zunächst möchte ich mich bei dir entschuldigen, dass unser gemeinsames Leben ein so kurzes war und *bis dass der Tod uns scheidet* nicht lange auf sich warten ließ. Sei dir aber für alle Zeit sicher, dass du mir das Liebste auf der Welt warst. Ich weiß, dass du mein Vorgehen in diesem Moment nicht verstehen kannst, doch ich habe dir etwas verheimlicht. Kurz vor unserer Abreise war ich noch einmal bei meinem Arzt, weil ich oft ein Kribbeln in Armen und Beinen verspürte. Ein neues CT hat einen weiteren Tumor im Bewegungszentrum gezeigt. Eine Chemotherapie wäre unumgänglich gewesen. Mein Großvater hatte Krebs. Wir standen einander sehr nahe. Und während der Behandlung habe ich miterlebt, wie aus einem kräftigen, lebensfrohen Mann ein Pflegefall wurde, der innerhalb von Wochen um Jahre gealtert ist. Seinem langsamen Verfall tatenlos zusehen zu müssen, hat vor allem meine Großmutter extrem belastet und mitgenommen. Als es mit ihm zu Ende ging, war er froh und erleichtert darüber, nicht mehr leiden zu müssen. Das sollte nicht mein, nicht *unser* Schicksal werden. Ich wollte in Freiheit leben bis zum Schluss. Und da ich in den letzten Tagen immer öfter ein Taubheitsgefühl in meinen Armen und Beinen hatte, habe ich diesen Schlussstrich jetzt selbst gesetzt. Verzeih mir!

Diesem Brief liegt ein Testament bei, das ich eben verfasst habe. Meine Wohnung und alle darin befindlichen Dinge vermache ich dir, ebenso wie mein Aktiendepot. Damit wirst du gut versorgt sein. Wende dich an Toni, meinen Anwalt und guten Freund, der dir zur Seite stehen und alles nach deinem Willen regeln wird. Die Anteile der Firma gehen zurück an meinen Vater. Ich möchte nicht, dass du dich deshalb mit meiner Familie herumschlagen musst.

Ich erkläre hiermit auch ausdrücklich, dass ich verbrannt

werden möchte und meine Asche im Meer bestattet werden soll. Vergiss nicht, dass du mir versprochen hast, nicht zuzulassen, dass sie mich in einen Metallsarg stecken und in die Gruft sperren.

Ich danke dir für alles, mein Liebstes! Die Zeit mit dir war die beste in meinem Leben und ich habe jede Sekunde davon genossen.

Auf ewig dein Max«

In dem Kuvert finde ich einen weiteren Umschlag, auf dem »Testament« zu lesen ist, sowie eine Visitenkarte eines Anwalts namens Dr. Anton Weidekamp. In diesem Moment realisiere ich, dass er wirklich weg ist. Meine zweite Hälfte, mein Magnet ist nicht mehr da. Er hat mich allein gelassen und er hatte es komplett durchgeplant. Mein Kopf droht zu zerplatzen und tausend Fragen drehen sich darin im Kreis. Warum hat er das getan? Waren wir nicht glücklich? Wieso hat er nicht mit mir gesprochen? Wieso bringt man sich drei Tage nach seiner Hochzeit um? Was habe ich falsch gemacht?

Irgendwann gibt mein Körper auf und ich schlafe ein, da die Vorkommnisse der letzten Stunden meine Kräfte aufgebraucht haben.

Kapitel 21 – heute

Georgs Gesicht zeigt pures Unverständnis und in meine Augen steigen Tränen. Aus dieser Nummer komme ich nicht mehr raus. Wenn ich nicht wieder weglaufen und wo anders von vorn anfangen will, muss ich die Wahrheit sagen. Und zwar diesmal nicht abgeändert oder nur zur Hälfte, sondern wirklich alles. Ich bin überrascht, dass mir die Entscheidung nicht schwerer fällt, aber Georg ist mir zu wichtig, als dass ich ihn einfach gehen lasse. Es wird Zeit, jemanden in mein Leben einzuweihen, doch ich habe Angst vor seiner Reaktion und davor, dass er sich von mir abwendet. Ich schließe die Augen und versuche, mir selbst Mut zu machen.

»Ich bin …«

Noch nie habe ich dieses Wort ausgesprochen. Es passt nicht zu mir. Es passt zu Frauen, die ihren Mann nach einem langen glücklichen gemeinsamen Leben verloren haben. Denen er durch ein Unglück oder Krankheit entrissen wurde oder deren Männer in hohem Alter friedlich entschlafen sind. Aber nicht zu mir, deren Ehe nur Tage gedauert hat, die ihrem Mann nicht genug Stütze sein konnte, damit er sein Leben nicht wegwirft, die versagt hat. Und doch spreche ich es aus: »Ich bin Witwe.«

Georgs Miene versteinert und ich kann fühlen, wie sein Ärger mit einem Schlag verraucht.

»Oh mein Gott! Sylvie, ich … das tut mir so leid.« Es ist offensichtlich, dass er nicht weiß, wie er jetzt reagieren soll. »Hatte dein Mann einen Unfall?«, fragt er schließlich.

Klar, dass das für ihn naheliegend ist, nachdem er seine Eltern auf diese Weise verloren hat. Ich hole tief Luft. Nun ist es schon egal, die Katze ist ja bereits aus dem Sack. Es heißt, aufs Ganze zu gehen.

»Nein, er hat sich kurz nach unserer Hochzeit das Leben genommen«, gebe ich dann zu. Ich sehe Georg ins Gesicht, halte Ausschau nach etwas Verurteilendem, etwas Misstrauischem, etwas Abschätzigem. Doch stattdessen macht er einen Schritt auf mich zu und zieht mich in seinen Arm.

»Was für ein Idiot«, flüstert er in mein Haar und hält mich fest. Ich warte, doch mehr kommt nicht. Offenbar ist das alles, was er dazu sagen will. Schließlich beginne ich, mich in seiner Umarmung zu entspannen, schlinge meine Hände vorsichtig um ihn und lege meinen Kopf an seine Schulter. Langsam atme ich wieder und merke erst jetzt, dass ich die Luft angehalten habe.

»Hast du deinen Freunden davon erzählt?«, fragt Georg und ich schüttle den Kopf.

»Deinen Eltern?«

»Ich habe mit niemandem darüber geredet. Die Menschen, die wissen, dass Max tot ist, haben es von der Polizei erfahren.«

Georg löst sich von mir und sieht mich eindringlich an.

»Und wie lange ist das her?«

»Drei Jahre …«

»Was? Du hast seit drei Jahren mit niemandem über dieses traumatische Erlebnis geredet?«

Ich blicke in seine besorgten Augen, spüre seine Hände auf meinen Armen, die mich halten und beschützen. Seine Zuneigung ist greifbar und ich erkenne, dass es Menschen gibt, denen ich vertrauen kann, egal in welchen Belangen. Also fasse ich einen Entschluss.

»Ja. Aber jetzt werde ich es tun!«, sage ich dann entschlossen.

Georg versteht sofort, was ich meine, und nimmt meine Hand.

Gemeinsam gehen wir zurück in Frederiks *Fischkneipe* und zu den dreien, die dort auf mich warten. Fragende Augen sehen mich an. Sie erhoffen sich, vom Happy End zwischen Georg und mir zu erfahren. Doch die Story, die ich ihnen jetzt erzählen werde, ist ganz und gar nicht happy und auch immer noch nicht zu Ende.

»Frederik, bring uns bitte mal eine Runde Schnaps«, bestelle ich und an meine Freunde gewandt:»Ich muss euch etwas erzählen.«

»Okay ...«, erwidert Lexi und tauscht einen Blick mit den beiden Männern an ihrem Tisch. Ich setze mich neben Johnny und Georg zieht sich wie selbstverständlich einen Stuhl vom Nebentisch heran. Als würde ihm nicht mal in den Sinn kommen, mich jetzt allein zu lassen.

»Bevor ich anfange, möchte ich mich in aller Form bei euch entschuldigen! Dafür, dass ich gestern einfach weggelaufen bin. Und dann noch für eine Sache: Ich habe euch ... nicht die ganze Wahrheit über mich gesagt, nein ... ich habe euch angelogen«, gebe ich zu und hole tief Luft.»Mein Leben ist kompliziert, weil ich vor drei Jahren einen Mann geheiratet habe, den ich nicht so gut gekannt habe, wie ich es damals dachte. Und der sich drei Tage nach unserer Hochzeit das Leben genommen hat.«

Niko sieht mich fassungslos an, Lexi kippt schnell den Schnaps hinunter, den Frederik inzwischen gebracht hat, und Johnny schweigt, was bei ihm selten ein gutes Zeichen ist. Doch heute will ich tapfer sein und erzähle die ganze Geschichte von der ersten Begegnung bis zu Max' Abschiedsbrief. Danach sehe ich nervös in die Runde, wie meine Freunde darauf reagieren werden.

»Süße, das ist ja furchtbar!«, bringt Lexi hervor. Niko greift nach meiner Hand und sieht mich mitfühlend an. Johnny schluckt nur sichtbar, sagt aber weiterhin kein Wort.

»Deine Eltern wissen auch von nichts, oder?«, erkundigt sich Lexi.»Deshalb warst du so angespannt, als du bei Lilly die Zimmer für ihren Besuch reserviert hast. Weil wir da im

Gegensatz zu ihnen schon wussten, dass du verheiratet bist oder warst.«

»Warum hast du mit niemandem geredet?«, will Niko wissen.

»Deine Eltern kommen?«, fragt Georg mit großen Augen.

Ich mache eine stoppende Handbewegung, weil alle gerade durcheinanderreden.

»Ja, meine Eltern kommen in Kürze. Ich habe es niemandem erzählt, und zwar weil die Frage, ob ich verheiratet bin oder war nicht so einfach zu beantworten ist. Genau hier liegt nämlich mein Problem, wegen dem ich mein Leben nicht so führen kann, wie ich gerne würde.«

Nach einem Seitenblick auf Georg erzähle ich weiter.

Kapitel 22 – vor drei Jahren

Max' Abschiedsbrief beschleunigt die behördlichen Vorgänge enorm. Der Leichnam wird von der Polizei freigegeben und unserer Abreise nach Hause steht nichts mehr im Wege. Das deutsche Konsulat hat wohl mit seinen Eltern Kontakt aufgenommen, denn man behandelt mich mehr als zuvorkommend und stellt uns einen Privatjet für einen Direktflug nach Frankfurt zur Verfügung.

Als ich am Flughafen nach unendlich langen Flugstunden aus dem Gate trete, erwartet mich dort ein in Schwarz gekleidetes Paar. Ich kann mich nicht erinnern, wie ich den ganzen Papierkram, das Auschecken aus dem Hotel und den Flug überstanden habe. Es ist ein stummes Funktionieren. Für Max. Die Trauer hat ein tiefes Loch in mich gerissen, als wäre ich nur mehr zur Hälfte vorhanden. Und auf mir lastet eine unendliche Müdigkeit. Ich seufze in der Vorahnung, dass dies kein positives Aufeinandertreffen wird.

»Herr und Frau von Buren?«, vermute ich, als ich zu den beiden trete.

Der Mann nickt. »Sie müssen Maximilians derzeitige Freundin sein«, meint er dann. »Vielen Dank, dass sie unseren Sohn zurück nach Deutschland begleitet haben. Wenn Sie uns Ihre Adresse geben, melden wir uns, wann die Beerdigung sein wird.«

Ich schlucke. »Max wollte verbrannt werden und dass seine Asche im Meer bestattet wird«, teile ich meinem Schwiegervater mit brechender Stimme mit.

»Mein Sohn wird in der Familiengruft ruhen, so wie es sich für einen von Buren gehört«, fährt Max' Mutter mich an.

Ich wusste ja, dass seine Familie mich nicht mit offenen Armen empfangen würde und habe auch vermutet, dass es wegen seinem Bestattungswunsch Probleme geben würde, aber Himmel, konnte man mir nicht einmal einen Tag Ruhe gönnen? »Diese Entscheidung liegt aber nicht bei Ihnen«, gebe ich ruhig zurück.

»Was erlauben Sie sich eigentlich?«, regt sich Herr von Buren nun auf. »Denken Sie, wir lassen uns von der aktuellen Flamme unseres Sohnes vorschreiben, wo seine letzte Ruhestätte sein soll? Was glauben Sie denn, wer Sie sind?«

»Seine Frau«, antworte ich schlicht. »Max und ich haben am Mittwoch geheiratet.« Ich ziehe die amerikanische Ehebescheinigung aus meiner Tasche und reiche sie Max' Eltern.

»Na, da haben Sie ja gleich Nägel mit Köpfen gemacht und den Goldfisch an Land gezogen«, murmelt mein Schwiegervater und studiert das Papier.

»Hören Sie«, werfe ich ein. »Ich liebe Max! Darum habe ich ihn geheiratet. Ich hatte bis Anfang der Woche nicht einmal eine Ahnung, dass er vermögend ist. Und es ist mir auch egal. Ich möchte nur, dass man seinen Wunsch nach einer Seebestattung seiner Asche erfüllt. Das Geld interessiert mich nicht.«

»Wer's glaubt«, faucht Frau von Buren aufgebracht. »Wir werden vor Gericht gehen und diesen Wisch anfechten.«

Vorsichtig nehme ich die Bescheinigung wieder an mich.

»Dann tut es mir leid, dass wir das nicht wie Erwachsene in Frieden klären können«, erwidere ich und lasse die beiden stehen.

Doch noch bevor ich den Flughafen verlasse, krame ich die Visitenkarte aus meiner Tasche, die in Max' Abschiedsbrief lag, und rufe seinen Anwalt an. Es erstaunt mich, dass dieser bereits auf meinen Anruf gewartet hat. Offenbar hat Max ihn in seine Pläne eingeweiht. Und Dr. Anton Weidekamp, der sich mir sofort als Toni vorstellt, ist fest entschlossen, dass wir gegen die von Burens gewinnen.

Er rät mir, mich zurückzunehmen, unauffällig zu bleiben

und über das laufende Verfahren nicht mit Dritten zu reden. Also erfährt kein Mensch in meinem Freundes- und Familienkreis, was vorgefallen ist. Nicht einmal meine Eltern, denen wir gemeinsam von unserer Hochzeit erzählen wollten. Und ich beschließe, auch danach niemandem etwas von diesem Teil meines Lebens zu erzählen. Denn der Satz, den meine Schwiegermutter mir im Vorbeigehen zuzischte, hat sich in mein Gehirn gebrannt: »Hast du dir schon einmal Gedanken darüber gemacht, was es über dich aussagt, dass mein Sohn sich drei Tage nach eurer Hochzeit umgebracht hat?«

Kapitel 23 – heute

Die vier sehen mich fassungslos an.

»*Was* hat diese Person von sich gegeben?«, stößt Lexi hervor.

»Du hattest Angst, wie wir reagieren, wenn du uns davon erzählst. Davor, dass wir dir auch die Schuld an seinem Tod geben«, fasst Georg die Lage zusammen.

»Er hat … mich einfach nicht genug geliebt«, flüstere ich und eine einzelne Träne tropft aus meinem rechten Auge. »Ich habe alles gegeben, ihn unterstützt und aufgebaut, die besten Ärzte gesucht und ihn überall hinbegleitet. Aber es hat einfach nicht dafür gereicht, dass er mit mir um sein Leben kämpfen wollte. Ich habe versagt …«

»Sylvie, nein, das darfst du nicht denken«, widerspricht Lexi mir sofort.

»Das war der Tumor, der ihn zu so einer Tat verleitet hat. Er war krank!«, meint auch Niko eindringlich.

Georg hält meine Hand fest und streichelt sie, doch ich sehe Johnny an. Er ist direkt und geradeheraus, er nimmt kein Blatt vor den Mund und wird nichts sagen, das er nicht genau so meint, nur damit der andere sich besser fühlt. Vielleicht ist mir gerade deshalb seine Meinung so wichtig.

»Johnny, du schweigst nun schon die ganze Zeit. Kannst du mal einen Ton sagen?«, bitte ich meinen besten Freund, der daraufhin tief Luft holt. Seine angespannten Kiefergelenke deuten darauf hin, dass er sich enorm zurückhält, was gar nicht seine Art ist.

»Ich glaube nicht, dass du meine momentanen Gedanken wirklich hören willst«, erwidert er dann mit kühler Stimme. Nun ist er also gekommen, der Moment, in dem einer meiner Freunde die Seite wechselt und mich verurteilt. Dass gerade Johnny es ist … Doch er kann mir nicht mehr Schuld geben, als ich es selbst tue, also halte ich seinem Blick Stand.

»Doch, ich will deine ehrliche Meinung hören«, sage ich dann fest.

»Dein werter verblichener Gatte war ein egoistisches, verlogenes Arschloch!« Er spukt die Worte praktisch hervor.

»Johnny!«, tadeln ihn Niko und Lexi wie aus einem Mund, doch ich deute ihnen, still zu sein.

»Ja, ja, regt ihr euch nur auf, dass Onkel Johnny harte Worte für das arme Kerlchen hat. Findet nur Ausflüchte, Erklärungen und Ausreden. Aber Selbstmord ist der egoistischste Zug, den man im Leben machen kann. Max hätte kämpfen können, er hatte eine Chance auf Heilung, auch mit dem zweiten Tumor. Ja, es wäre eine Chemotherapie nötig gewesen, aber auch die kann man überstehen und weiterleben. Und er hatte eine Frau an seiner Seite, die ihn geliebt und unterstützt hat. Die kurzfristige Hochzeit potenziert die Verwerflichkeit seiner Tat nur noch. Er hat Sylvie ein gemeinsames Leben versprochen, obwohl er zu diesem Zeitpunkt schon geplant hat, seinem Dasein ein Ende zu bereiten. Er hat sie seiner Familie – die er im Gegensatz zu ihr ja sehr gut gekannt hat und all die Probleme vorhersehen konnte – praktisch zum Fraß vorgeworfen und ihr zuvor noch dieses verrückte Versprechen abgenommen. Als ob es nach dem Tod darauf ankommt, ob die sterblichen Überreste begraben, verbrannt oder der medizinischen Forschung gespendet werden. Tot ist tot! Ihm hätte es egal sein können, was danach mit seinem Leichnam passiert, aber für seine Familie ist es wichtig. Er wusste, dass seine Eltern Himmel und Hölle in Bewegung setzen werden, damit er in die Familiengruft kommt, deshalb hat er seinen Anwalt ja auch schon im Vorfeld informiert. Das alles konnte er tun, aber kämpfen war nicht drin? Er hat sich klammheimlich aus dem Staub gemacht und Sylvie vor den Scherben stehen lassen. Es hat ihn einen Dreck gekümmert, wie sie den Verlust ihres frisch angetrauten Ehemannes verkraften soll und gleichzeitig noch den Streit mit seinen Eltern. Das ist für mich die Reinform eines Arschloches!« Es sind harte Worte gegen Max, doch ich akzeptiere Johnnys Standpunkt. Ich kann ihn sogar verstehen. Jetzt wo er Max' Tat in so rationalen Worten zusammengefasst hat, regt sich auch in mir Wut über meine Lage. Vielleicht habe ich bisher einfach zu sehr getrauert, um wirklich schwarz auf weiß zu sehen, was er *mir* damit angetan hat. Und wie kalkulierend es war. Doch es ändert nichts daran, dass ich diesen Mann geliebt habe und mein Versprechen halten werde. Auch wenn meine Freunde das nicht nachvollziehen können. Traurig sehe ich Johnny an.

»Sylvie«, fährt der nun sanft fort. »Ich bewundere dich zutiefst für deine Stärke und dein Durchhaltevermögen.« Er zieht mich in seine Arme und jetzt laufen meine Tränen ungehindert. Ich klammere mich an Johnny, schluchzend und heulend wie ein kleines Kind. Die Angst, dass ich die Menschen, die ich in mein Leben gelassen habe, wegen der ganzen Geschichte rund um Max verlieren würde, war wie ein ganzes Gebirge auf meinem Herzen. Die Erleichterung bahnt sich ihren nassen Weg an die Oberfläche. Mein bester Freund hält mich fest, bis ich wieder ruhiger atme.

»Du kommst heute mit zu mir«, bestimmt er dann. »Es ist nicht gut, wenn du nach so großer Aufregung allein bist.«

»*Ich* kümmere mich um sie«, wirft Georg ein.

»Keine Sorge, Süßer! Sylvie und ich sind nur Freunde, ich steh nicht auf Frauen«, will Johnny die Lage beruhigen, doch Georg hält seinem Blick stand.

»Keine Sorge, *Süßer*, das habe ich schon verstanden«, gibt er sarkastisch zurück. »Aber für mich ist Sylvie mehr als nur eine Freundin und ich werde für sie da sein, egal wann und wie lange sie mich braucht.«

Der große blonde Johnny und der etwas kleinere dunkelhaarige Georg sehen einander eindringlich an. Es ist ein Abschätzen auf beiden Seiten. Ich will etwas sagen, doch Lexi schüttelt kurz den Kopf und beobachtet die Szene weiter.

»Ja, das wirst du«, meint Johnny schließlich. »Aber sollte sie jemals wegen dir so weinen, bring besser Distanz zwischen dich und mich. Ich bin Barkeeper, ich kann dich abfüllen ohne dass du es merkst und deinen Tod wie einen Unfall aussehen lassen.«

Niko lehnt sich zu Georg und raunt ihm zu: »Einen ähnlichen Spruch musste ich mir damals auch anhören, als ich zu Lexi gefahren bin.«

»Ganz genau, Sahneschnitte«, fährt Johnny mit ernstem Blick dazwischen. »Und du hattest Glück, dass du dich sofort in die Bundeshauptstadt verzogen hast, nachdem du ihr doch das Herz gebrochen hast.«

»Verzeihst du mir, Onkel Johnny?«, fragt Niko mit frechem Grinsen.

»Hast es ja wiedergutgemacht.« Johnny zwinkert ihm zu.

»Wenn ich auch mal was sagen darf?«, werfe ich ein. »Ich wäre heute Nacht lieber allein. Das war alles ziemlich viel für mich in den letzten zwei Tagen und muss erst mal bei mir ankommen.«

Ich sehe in die Runde. Begeistert ist niemand von meinem Wunsch, doch er wird respektiert.

»Okay, aber morgen Früh treffen wir uns alle im *L&P* zum Frühstück«, schlägt Lexi vor. Ich nicke. Sie und Niko stehen auf, ziehen mich wortlos in ihre Arme und drücken mich zum Abschied.

»Du kannst dich jederzeit melden«, versichert mir Johnny und küsst mich auf die Wange.

Wenig später bin ich mit Georg an meiner Seite auf dem Weg nach Hause. Mir schwirrt der Kopf. Vor meiner Tür fragt er noch einmal, ob ich sicher bin, dass ich allein zurechtkomme und ich nicke.

»Wenn du es dir anders überlegst, ich bin nur wenige Meter entfernt. Sag Bescheid und ich bin da!« Zum Abschied nimmt auch er mich in den Arm. Ich bemerke, wie perfekt ich dorthin passe. Für einen Moment schmiege ich mich an ihn und genieße die Ruhe, die er ausstrahlt. Das Meer plätschert leise an die beiden Hausboote und eine kühle, salzige Brise streichelt meine nackten Arme. Ich könnte ewig mit ihm hier stehen bleiben, doch ich weiß, dass die Vernunft gewinnen muss. Sachte löse ich mich von ihm und sehe ihm tief in die Augen.

»Danke, dass du mir zugehört hast«, flüstere ich eindringlich.

»Danke, dass du mir alles erzählt hast«, kommt zurück.

»Du hast kaum etwas dazu gesagt …«, stelle ich fest.

»Doch! Max hatte dich und hat dich losgelassen. Er war ein Idiot! Ich gebe Johnny in allen Punkten recht.« Sanft streicht er eine Haarsträhne hinter mein Ohr. Diese Geste hat mich schon als Jugendliche schwach werden lassen, also entschließe ich mich, dass es Zeit für mich ist, zu gehen. Ich lächle ihn an, dann verschwinde ich auf mein Boot.

Nach einer traumlosen Nacht wache ich immer noch müde auf. Die letzten Tage haben mich ganz schön mitgenommen. Doch es wird Zeit, mich fürs Frühstück fertig zu machen. Ich dusche und schlüpfe in ein Sommerkleid, denn die Wettervorhersage prophezeit einen heißen Tag. Danach mache ich es mir mit einer Tasse Tee im eigenen Strandkorb auf dem Oberdeck gemütlich und sehe der Ostsee zu, wie sie glitzernd und funkelnd von der Sonne wach geküsst wird. Die Möwen kreischen und streiten sich um einen Fisch. Einige kleine Wolken werden von der stetigen Brise, die hier am Meer weht, über den Himmel getrieben. All diese Dinge, die für die Natur ganz selbstverständlich sind, zeigen mir, wie klein und unbedeutend ich und meine Sorgen für den großen Verlauf der Welt sind. Punkt neun holt Georg mich ab.

»Musst du heute gar nicht arbeiten?«, frage ich ihn, als wir am Strand entlang Richtung *L&P* gehen.

»Ich habe seit sechs Uhr vom Boot aus gearbeitet. Zeit für eine Pause.« Ich würde gerne seine Hand nehmen oder meinen Arm um seine Taille legen, doch es geht nicht. Auch, wenn er jetzt eine Ahnung hat weshalb und es versteht, ist es trotzdem schwer für mich. Weil ich mich in seiner Nähe so wohl fühle. Weil ich ihn gerne berühren würde. Weil ich mein Liebesleben schon so lange aufs Abstellgleis gestellt habe.

In der Pension warten Lexi und Johnny bereits auf der Terrasse auf uns.

»Niko kann nicht aus der Küche. Rainer fühlt sich heute nicht gut und kommt erst zum Mittagessen«, entschuldigt Lexi ihren Freund.

Wir futtern uns quer durch das Büfett und loben Nikos Kochkünste sehr. Die drei beobachten mich, achten darauf, ob es mir gut geht, aber niemand spricht mich auf Max oder die Geschichte, die ich ihnen am Tag zuvor erzählt habe, an. Und ich bin dankbar dafür. Denn ich bin nicht nur Max' Witwe, die Geschichte rund um ihn ist meine Vergangenheit, aber nicht das, was mich ausmacht. Ich bin Sylvie, ich habe ein eigenes Leben, abseits meiner Heirat. Und in diesem Moment wird mir wieder mal schmerzlich bewusst, wie gerne ich es so leben würde, wie es mir gerade passt.

Gerade als wir nach dem Essen aufstehen wollen, kommt Gabi zu uns an den Tisch.

»Leute, ich hatte eben eine eigenartige Begegnung an der Rezeption«, erzählt sie mit gerunzelter Stirn.

»Was ist denn passiert?«, fragt Lexi interessiert.

»Ein Mann hat sich nach der Agentur erkundigt.« Daran ist an sich nichts ungewöhnlich, denn noch ist der Agentursitz ja im *L&P*. Auch Lexi sieht sie verwirrt an.

»Hast du ihm unsere Karte gegeben?«

»Das ist ja das Eigenartige. Ich habe ihm deine gegeben, doch er meinte, ob es noch eine andere Mitarbeiterin gibt. Angeblich hat er früher in einer Eventagentur mit jemandem zusammengearbeitet, der jetzt in der Agentur *Strandkorb* arbeitet, und er würde lieber von dieser Person betreut werden. Aber er wusste den Namen nicht mehr.« Gabi sieht mich fragend an.

»War das der Mann, der vorhin bei dir stand, als ich auf der Toilette war?«, erkundige ich mich.

»Ja, genau der.«

»Kennst du ihn? Wohnt er hier?«, erkundigt sich Lexi.

»Nein, nie gesehen.«

Ich bin sicher, noch nie mit ihm zusammengearbeitet zu haben, denn ich hatte nur wenige Privatkunden und an die kann ich mich noch erinnern. Für die Firmenevents war ich stets die Verantwortliche im Hintergrund, doch die Besprechungen hat mein Vorgesetzter geführt. Aber von irgendwoher kommt mir der Mann bekannt vor … Er war auf dem Hafenfest, fällt mir dann ein. Da ist er mir sogar einige Male über den Weg gelaufen. Und beim Sommerball habe ich ihn auch gesehen. Der war zwei Wochen davor, da hat aber jemand lange Urlaub. Oder …

»Sie hat mich gefunden …«, flüstere ich.

»Aber das war doch ein Mann«, wirft Gabi ein, doch Johnny stoppt sie mit einer Handbewegung.

»Liebes, wer ist *sie*?«, fragt er dann.

Doch ich versuche nachzudenken, fahre mit meinen Fingern durch mein Haar und raufe es. Woher weiß sie, wo ich bin? Wie konnte sie zu der Information kommen? Ich habe nicht mal einen Nachsendeantrag bei der Post gestellt. Habe ich diesen Typen noch irgendwo gesehen?

»Sylvie«, meint Georg sanft und greift nach meiner Hand.

»Nicht«, sage ich und entreiße sie ihm. »Das ist alles so kompliziert. Vor allem wegen dir.« Georg zuckt zusammen.

Lexi dreht mich zu sich, sieht mich ernst an und sagt dann:

»Was ist denn nach drei Jahren noch immer kompliziert? Und was hat Georg damit zu tun?«

Gabi drückt mir ein Glas Wasser in die Hand und ich erzähle meinen Freunden schließlich stockend auch noch den Rest.

Kapitel 24 – vor drei Jahren

Wir lassen meine Ehe mit Max im deutschen Register eintragen, doch noch vor der Zustellung der Bestätigung der Behörden in Deutschland hat die Familie von Buren Berufung eingelegt und Klage eingereicht, dass die Ehe ungültig ist. Max' Eltern konnten durch die Polizei den Abschiedsbrief ihres Sohnes lesen und haben so von seiner Krankheit erfahren. Toni teilt mir mit, dass sie nun Gutachter angeheuert haben, die beweisen sollen, dass sich sein Gehirntumor auf die Zurechnungsfähigkeit ausgewirkt hat. Unter diesen Umständen wäre er nicht ehefähig gewesen. Die Ärzte, die Max untersucht und betreut haben, bescheinigen allerdings, dass der Tumor ausschließlich das Bewegungszentrum betroffen hat und Max voll geschäftsfähig war. Immer mehr Ärzte und Spezialisten werden von den von Burens hinzugezogen und der Fall zieht sich in die Länge.

Die Testamentseröffnung läuft wie erwartet. Die Firmenanteile fallen zurück an seinen Vater, aber Max hat mir die Wohnung mit allem Inventar und sein Aktiendepot hinterlassen. Seine Familie spuckt Gift und Galle. Die von Burens klagen auf alles, was ihrem Schlipsträger nur einfällt. Die Echtheit des Testaments wird angezweifelt, die Zurechnungs- und Geschäftsfähigkeit zum Zeitpunkt der Eheschließung infrage gestellt und im Zuge dessen auch ein Antrag auf Annullierung eingebracht. Die Tatsache, dass unserer Ehe in Deutschland noch nicht rechtskräftig eingetragen ist, macht alles furchtbar kompliziert. Mir unterstellt man natürlich, dass ich ihn nur geheiratet habe, um an sein Geld zu kommen.

Die zuständige Richterin lädt Max' Eltern und mich mit den Anwälten zu einem Gespräch in ihr Büro.

»Herrschaften, ich muss Ihnen nicht sagen, welche Wellen

eine Verhandlung innerhalb der Familie bei Ihrem Namen in der Presse schlagen wird. Und bei der Liste an Klagen, die auf meinem Tisch liegt, wird es sich nicht um ein paar Tage handeln, an denen Sie im Licht der Öffentlichkeit stehen werden. Hiermit gebe ich Ihnen die Möglichkeit, unter richterlicher Führung die Unstimmigkeiten auszuräumen, die Klagen fallen zu lassen und mit einem Kompromiss nach Hause zu gehen, der Ihrer aller Namen nicht in den Schmutz zieht. Die tragischen Umstände rund um das Ableben von Maximilian von Buren sind ohnehin schon der Grund von Spekulationen in der Boulevardpresse.« Ihr scharfer Blick schwenkt von einem zum nächsten. Toni nickt mir aufmunternd zu.

»Frau Vorsitzende, mein Mann ... also Max hat in seinem Abschiedsbrief ausdrücklich um eine Seebestattung seiner Asche gebeten. Er hat diesen Wunsch mir gegenüber auch schon früher geäußert, als wir über seine Diagnose gesprochen haben. Er wollte nicht in einem Metallsarg in der Familiengruft liegen. Mir geht es nur um die Erfüllung dieses Punktes, das Geld oder die Firma sind mir egal. Oh, und um die Begleichung des Honorars meines Anwalts, denn das kann ich mir ehrlich gesagt nicht leisten«, füge ich leise hinzu.

»Frau Becker, der Abschiedsbrief wurde nicht mit dem vollen Namen unterschrieben und eine Bestattungsverfügung liegt leider nicht vor. Also ist diese schriftliche Bitte nicht rechtlich bindend«, klärt mich die Richterin auf. »Herr und Frau von Buren, was sagen Sie zu den Worten Ihrer Schwiegertochter?«

»Diese Goldgräberin ist nicht meine Schwiegertochter«, platzt es aus Max' Mutter heraus.

»Ich möchte um einen höflichen Ton bitten. In meinem Büro dulde ich keine Beleidigungen«, fährt die Richterin mit schneidender Stimme dazwischen. »Und die Aussage von Frau Becker deutet für mich nicht darauf hin, dass sie es auf das Geld Ihres Sohnes abgesehen hat.«

»Eine Seebestattung ist etwas für Kapitäne, nicht für einen von Buren«, bestimmt Max' Vater mit Nachdruck. »Aber wenn Frau Becker auf die Registrierung der Ehe und ein etwaiges Erbe verzichtet, werde ich das Honorar von Dr. Weidekamp übernehmen.«

»Bitte«, wende ich mich nun direkt an Max' Vater. »Es war Max' Wunsch.«

»Mein Sohn war aufgrund seines Tumors nicht mehr zurechnungsfähig«, erwidert seine Mutter schnippisch. »Das sieht man ja auch eindeutig an dieser voreiligen Spontanhochzeit.«

Die Richterin hebt beruhigend die Hände. »Über die Auswirkungen des Tumors auf die Zurechnungsfähigkeit von Herrn von Buren schreiben Ärzte ihre Gutachten. Diesen möchte ich nicht vorgreifen. Fest steht, dass ich keine weitere Untersuchung mehr zulasse. Es können nur mehr bereits vorliegende Proben und Befunde ausgewertet werden. Der Leichnam wird zur Bestattung freigegeben und diese sollte schnellstmöglich auch stattfinden.« Sie lässt ihren Blick von den von Burens zu mir wandern und wieder zurück. Dann blättert sie in ihren Unterlagen.

»Frau von Buren, um etwaige weitere Komplikationen nach Ende der Verhandlung zu vermeiden, würde ich Ihnen dringend zu einer Einäscherung raten. Die Urne kann ja trotzdem in der Gruft beigesetzt werden. Sollte Ihre Klage auf Annullierung der Ehe abgewiesen werden, wäre es dann jedoch ohne großes Aufsehen möglich, dass Frau Becker – beziehungsweise in diesem Fall würde sie ja schon Frau von Buren heißen – dem Wunsch Ihres Sohnes nach einer Seebestattung nachkommt.«

An den schmal zusammengepressten Lippen meiner Schwiegermutter kann man nicht erkennen, ob sie den Rat der Richterin annehmen wird oder nicht. Diese seufzt.

»Ich bedaure, dass mein Versuch eine friedliche Lösung zu finden, offensichtlich gescheitert ist. Haben sich die Parteien noch etwas zu sagen?«

Ich schüttle den Kopf. »Nein, Frau Vorsitzende. Aber danke.«
Frau von Buren verneint ebenfalls.

Als wir das Büro der Richterin verlassen, spricht Toni noch
etwas länger mit ihr. Diesen Moment nutzt meine Schwiegermutter und nimmt mich zur Seite. Ihre Stimme ist schneidend,
als sie mir zuflüstert: »Irgendwann wirst du einen Fehler machen und ich habe einen verdammt langen Atem. Wage es
nicht, dich mit einem anderen Mann zu zeigen, solange du
die Frau meines Sohnes werden willst. Wir werden alles gegen
dich verwenden, jeden Blick, jede Berührung, jeden Kuss, bis
das Gericht zum einzig möglichen Schluss kommt: Der arme
kranke Maximilian von Buren ist auf eine Frau hereingefallen,
die nur an sein Geld wollte. Letztlich haben ihre Affären ihn
in den Tod getrieben.«

»Damit kommen Sie nicht durch«, presse ich hervor, obwohl
mir ganz schwummerig wird.

»Ob den Männern, mit denen du dich triffst, gefallen wird,
wenn sie in einen Prozess mit reingezogen werden? Dabei fällt
mir ein: Dein Vater ist Filialleiter einer Bank, nicht wahr? Zufällig kennen wir einige Mitglieder des Vorstands. Wäre doch
sehr schade, wenn er gekündigt wird, ein paar Jahre vor der
Rente, oder? Ob sich die Hypothek auf das Haus dann von dem
kleinen Lehrergehalt deiner Mutter zahlen lässt? Obwohl …
unsere Freunde in der Schulbehörde könnten sie auch für eine
Versetzung vorschlagen. Im Süden Deutschlands soll es doch
auch reizend sein.« Sie macht eine Pause und ich schnappe
nach Luft. Toni hat mir bereits erzählt, dass meine Schwiegermutter durch ihr Engagement im Charitybereich sehr viele
einflussreiche Freunde und Bekannte hat. Ich kann mir also
vorstellen, dass ihr Wort bei gewissen Stellen durchaus Gewicht
haben könnte. »Rette deine Haut und die deiner Familie und
verzichte auf die Anerkennung der Ehe und die Seebestattung.«

»Ich habe es ihm versprochen«, beharre ich. »Und ich *bin*

157

seine Frau. Wir haben uns geliebt und haben deshalb geheiratet.«

»Wie du meinst«, erwidert sie verächtlich. »Ich werde dir die Hölle auf Erden bereiten. So wahr, wie du meinen Sohn unter die Erde gebracht hast.«

Kapitel 25 – heute

Du denkst, der Typ da an der Rezeption war ein Detektiv deiner Schwiegermutter?«, fasst Lexi zusammen.

Ich nicke. »Ja, und sobald sie Fotos von mir mit einem anderen Mann in die Finger bekommt, wird sie diese gegen mich verwenden«, flüstere ich. Einen Moment später stehen Johnny und Georg gleichzeitig auf.

»Was habt ihr vor?«, frage ich die beiden alarmiert.

»Dem Typen ein paar aufs Maul hauen, was denn sonst?«, erwidert Johnny ungerührt. Manchmal wundere ich mich sehr über seine testosteronüberladenen Ausbrüche, wo er doch sonst in jeder Hinsicht das Klischee eines Schwulen bedient. Georg nickt zustimmend, aber Lexi hält die beiden zurück.

»Schluss damit! Momentan ist es nur eine Vermutung. Außerdem: Wer weiß, was dieser Schwiegerhexe noch alles einfällt, wenn wir ihren Informanten bedrohen. Wir müssen den Vorteil nutzen, dass er sich noch in Sicherheit wiegt.« Ich wusste gar nicht, dass meine beste Freundin so eine verschlagene Seite an sich hat.

Vorsichtig werfe ich einen Blick zu Georg und sehe direkt in seine braunen Augen. Endlich weiß er, warum zwischen uns nicht sein darf, was wir uns beide wünschen. Ich nehme mir vor, mit ihm in Ruhe über die ganze Situation zu sprechen, doch Johnny reißt mich aus meinen Gedanken.

»Okay, für den Anfang mal. Gabi, kannst du uns beschreiben, wie er ausgesehen hat?«

Lillys Kellnerin war wohl früher mal beim FBI, denn sie gibt uns so eine detaillierte Beschreibung des vermeintlichen Detektivs, dass man ihn sich richtig bildlich vorstellen kann.

»Danke! Dann halten wir mal die Augen offen, ob er Sylvie wirklich nachspioniert«, schlägt Lexi vor. Alle nicken.

»Was hast du ihm denn gesagt, dass er gegangen ist?«, wendet sie sich nochmals an Gabi.

»Dass er den Betreuungswunsch sicher gerne bei dir deponieren kann, aber der Erstkontakt grundsätzlich über die Agenturinhaberin erfolgt.« Sie winkt und verschwindet in die Küche.

»Leute, tut mir leid, aber ich muss langsam wieder arbeiten«, wirft Georg dann ein.

»Kein Problem, ich auch.« Lexi zwinkert ihm zu und zieht Johnny mit sich. Als wir allein voreinander stehen, merke ich Georg an, dass er nicht weiß, wie er sich verhalten soll.

»Georg ...«, beginne ich, doch er unterbricht mich.

»Wir sehen uns später, okay?«, meint er, hebt grüßend die Hand und verschwindet.

Ich seufze und gehe ebenfalls ins Büro. Doch Lexi hat andere Pläne für mich. Sie verordnet mir heute einen Tag Urlaub nach der ganzen Aufregung und übergibt mich an Johnny, dem ich die Stadt zeigen und später am Strand Gesellschaft leisten soll. Ich gebe mein Bestes und es wird ein sehr entspannter Tag.

Abends gönnen sich Lexi und Johnny ein wenig Zeit zu zweit, während Niko zu seiner Bandprobe fährt. Ich mache es mir mit einigen Resten aus der Küche des *L&P*, die Lexi mir mitgegeben hat, auf der hinteren Terrasse meiner Quietschente bequem. Immer wieder wandert mein Blick zum blauen Gegenstück, doch Georg ist entweder nicht zu Hause oder irgendwo in den Innenräumen, denn ich kann ihn nirgends entdecken. Es ist schwül und heiß. Über der Ostsee türmen sich Wolken auf und verdecken den Himmel, ehe die Sonne in all ihren leuchtenden Farben im Meer verschwinden kann. Ich sichere vorsichtshalber den Strandkorb auf dem Oberdeck sowie die Terrassenmöbel und gehe hinein.

Das Gewitter lässt länger auf sich warten, als ich dachte, doch kurz nach Mitternacht werde ich von grollendem Donner geweckt. Die Blitze erhellen mein Schlafzimmer und ich blinzle irritiert. Ich weiß ja von früheren Urlauben, dass ein Unwetter an der Küste viel imposanter ist als im Landesinneren, aber direkt auf dem Wasser ist es noch einmal eine ganz andere Nummer. Obwohl ich das sanfte Schaukeln des Hausboots inzwischen gewohnt bin, merke ich den erhöhten Wellengang nun sehr. Der Boden schwankt. Erneut ertönt ein Krachen und noch ein anderes Geräusch, das mich aufschrecken lässt. Ist da jemand an der Tür? Ich spitze meine Ohren und da, tatsächlich höre ich ein Geräusch auf dem Flur. Es sind Schritte. Wer bricht denn während eines Gewitters wo ein? Vielleicht denkt der Einbrecher, dass ich ihn bei dem Lärm, den das Gewitter macht, nicht höre. Ich greife nach dem Regenschirm, der neben meiner Kommode lehnt. Dem werde ich eins überbraten und dann die Polizei holen. Mutig greife ich nach meiner Waffe und öffne leise die Tür. Tatsächlich steht ein Mann in meinem Wohnzimmer.

»Das haben Sie sich wohl so gedacht«, schreie ich gegen die Wellen an, die gegen das Hausboot rollen. In meinem Mickey Mouse Schlafshirt und mit erhobenem Schirm mache ich einen Schritt auf ihn zu, als er sich umdreht und erschrickt.

»Sylvie, ich bin's!«, schreit eine vertraute Stimme.

»Georg?«, rufe ich und mache das Licht an. Er ist es. »Wie kommst du denn hier rein?«

»Reserveschlüssel, weißt du nicht mehr?«

»Was zur Hölle machst du mitten in der Nacht in meinem Wohnzimmer?« Ich schwanke zwischen Erleichterung und Empörung.

»Mich fast von dir aufspießen und erschlagen lassen offenbar«, meint er trocken.

»Ich dachte, ein Einbrecher schleicht hier herum«, erkläre ich meinen Auftritt.

»Ich habe geklopft und geklingelt, aber du hast mich nicht

gehört. Und dein Telefon ist auch aus«, versucht er eine Erklärung.

»Es ist mitten in der Nacht, ich habe geschlafen«, antworte ich. »Also, was machst du hier?«

»Das ist dein erstes Gewitter auf See und ich wollte wissen, ob alles in Ordnung ist bei dir.« Er sagt es, als wäre es das Selbstverständlichste auf der Welt.

»Du weißt schon, dass ich erwachsen bin, oder? Und es ist Lexi, die bei jedem kleinen Rumoren die Krise bekommt, nicht ich.« Ein kräftiger Donnerknall lässt mich zusammenzucken und straft mich Lügen.

»Das ist heute echt heftig. Ich habe mir nur Sorgen gemacht. Tut mir leid, dass ich dich im Endeffekt mehr erschreckt habe als das Unwetter.« Er steht im wahrsten Sinne des Wortes vor mir wie ein begossener Pudel. Klatschnass, da es auch wie aus Eimern schüttet.

»Ich bring dir mal ein Handtuch«, biete ich an und deute ihm, sich auf die Couch zu setzen. Während er sich abtrocknet, mache ich uns eine Tasse Tee. Ich will eben die Dose mit den Teebeuteln wieder aufs oberste Regalbrett stellen, als ich spüre, wie Georg hinter mich tritt.

»Ich helfe dir«, murmelt er. Sanft nimmt er mir den Behälter aus der Hand. Seine Nähe verbreitet eine innere Wärme in mir, mein Herz stolpert und ich fühle seinen Atem. Geschickt mache ich einen Schritt zur Seite und drehe mich um.

»Georg, ich wollte ohnehin noch mit dir reden«, gebe ich zu.

»Worüber?« Seiner Stimme ist nicht anzumerken, ob er enttäuscht darüber ist, dass ich etwas Abstand zwischen uns gebracht habe.

»Na ja, du kennst nun meine Geschichte. Das war eigentlich nicht geplant, aber vielleicht ist es ja auch gut …«

»Zumindest rätsle ich nicht mehr, ob du eine Bank überfallen hast«, wirft er ein.

»Georg, lass die Scherze. Du hast in den letzten Tagen sehr viel über mich erfahren und ich wüsste gerne, wie es dir damit geht.« Nervös kaue ich auf meiner Lippe. Er nickt, sieht mich ernst an und geht zur Couch. Ich setze mich zu ihm und er atmet tief durch.

»Die letzten Tage waren ein ziemliches Auf und Ab«, gibt er dann zu. »Was du uns da erzählt hast, war schon … heftig. Vor allem deine Vermutung heute Mittag, dass du beschattet wirst.« Ängstlich sehe ich ihn an. Ist es egoistisch mir zu wünschen, dass er mich nicht fallen lässt? Er ist mir inzwischen sehr wichtig, aber ich weiß, dass es für ihn eine ziemliche Belastung wäre, mich durch die kommende Zeit zu unterstützen.

»Und was sagt dein Gedankenkarussell jetzt?«, flüstere ich.

»Sylvie … willst du das wirklich wissen?«, erwidert er mit gesenktem Blick. Ich nicke tapfer, auch wenn mir bei seinem Tonfall schon Böses schwant.

»Du kämpfst gerade darum, deine Ehe in Deutschland anerkennen zu lassen, nimmst so viel auf dich für einen anderen Mann, den du sehr lieben musst, sonst würdest du nicht drei Jahre nach seinem Ableben immer noch an deinem Versprechen festhalten. Du schleppst seit drei Jahren die Schuldgefühle am Tod deines Mannes mit dir rum und hast erst vor Kurzem zum ersten Mal darüber gesprochen.«

Tränen treten in meine Augen. Er hält mich für kaputt, für verbrannte Erde. Auch wenn er mit jedem Wort recht hat und ich damit gerechnet habe, dass er so reagiert, zerreißt es mir nun das Herz. Aber so ist mein Leben nun mal. Es heißt, jeder hat sein Päckchen zu tragen, doch ich schleppe stattdessen einen ganzen Schrankkoffer mit mir rum.

»Ich hatte nicht mit solch schwerwiegenden Komplikationen gerechnet und mein Kopf ist in Streik getreten und droht mir nur noch mit erhobenem Finger. Da ist mir eines klar geworden.« Er sieht mir in die Augen und ich wappne mich.

»Ich liebe dich!«

»Was?«, entfährt es mir.

»Ich würde lügen, wenn ich behaupten würde, dass ich nicht eifersüchtig bin, wenn du von Max sprichst. Euch muss etwas Besonderes verbunden haben, wenn du das alles auf dich nimmst. Doch ich verstehe es, denn mir sind die ganzen Probleme, die mit dir Hand in Hand kommen, absolut egal. Also bin ich entweder völlig verrückt oder ich liebe dich!« Er sieht mich abwartend an.

»Oder beides …«, flüstere ich und auf seine Lippen stiehlt sich ein Lächeln.

»Also ist das … okay für dich?«, fragt er nach.

»Ob es okay ist für mich, dass du mich … liebst?« Meine Augen sind untertassengroß. »Georg … bist du dir sicher, dass du weißt, worauf du dich einlässt?«

»Ja, ich denke schon, dass mir das inzwischen klar ist.«

»Dass ich darum kämpfe, eine von Buren zu werden?«

»Dein Nachname ist mir eigentlich egal.«

»Dass meine Schwiegermutter mir das Leben zu Hölle machen will?«

»Dort ist es wenigstens schön warm.«

»Dass sie nicht erfahren darf, dass wir mehr sind als Arbeitskollegen und Vermieter und Mieterin, weil sie es sonst gegen mich verwendet?«

»Wir sind Freunde. Du hast doch auch Niko und Johnny als Freunde.«

»Niko ist vergeben und Johnny schwul.«

»Brauche ich eine Alibifreundin oder meinst du Johnny akzeptiert mich vorübergehend als seinen Lover?«

»Johnny würde alles für mich tun.«

»Ich auch!«

»Die von Burens verschleppen den Prozess nun schon seit drei Jahren. Mal geht es einem der beiden gesundheitlich nicht gut, mal sind es unaufschiebbare Geschäftsreisen und in dem Brief vor einigen Tagen hat mir das Gericht einen erneuten Antrag auf Verschiebung mitgeteilt. Ich habe keine Ahnung, wann er wirklich stattfindet. Und ihre Drohung war eindeutig. Aber ich werde nicht aufgeben, bis ich Max' Asche im Meer verstreut habe.«

»Ich habe Zeit.«

»Willst du wirklich so lange auf mich warten?«

»Das ist eine Fangfrage!«

»Wieso?«

»Die Frage muss lauten: *Wirst* du so lange auf mich warten? Und darauf ist die Antwort: ja! Dass ich so lange warten *will*, kann ich nicht behaupten. Aber jetzt beantworte doch du mir mal eine Frage.«

»Welche?«

»Willst du, dass ich auf dich warte?«

Irgendwo in mir drinnen löst sich gerade ein Knoten. Etwas, das ich gut versteckt und in die hinterste Ecke meiner Seele gesperrt habe, kommt hervor und verströmt Glücksgefühle.

»Ich will, dass du auf mich wartest«, antworte ich dann leise. »Aber eigentlich will *ich* nicht warten.«

Georg strahlt mich an und streichelt leicht mit seinem Zeigefinger über meinen Handrücken.

»Und was willst du noch?«, fragt er. Seine Berührung ist so unschuldig und beschleunigt doch meinen Puls erheblich. Es fühlt sich so unwirklich an, dass wir uns gegenübersitzen und so nah sind. Ohne Zweideutigkeit, ohne doppelten Boden. Nur wir, ehrlich und direkt. Ich kann nicht fassen, dass ich meine Gefühle ausspreche.

Und doch antworte ich heiser: »Ich will meine Hände in deinem Haar vergraben. Mein Gott, das will ich schon seit einem Jahr. Ich will meine Hand an deine Wange legen, sodass du dich hineinschmiegen kannst. Ich will deine Gesichtszüge mit meinen Fingern nachfahren. Ich will jede Narbe und jedes Muttermal auf deinem Körper entdecken. Ich will deine Lippen auf meinen spüren und mich in dem Kuss verlieren. Ich will wackelige Knie deswegen und von deinen starken Armen aufgefangen und gehalten werden. Ich will …«

»Sylvie!«, unterbricht mich Georg. »Bitte hör auf zu reden, sonst vergesse ich jede Zurückhaltung.«

Seine braunen Augen sind auf meine geheftet und in seinem Blick erkenne ich Verlangen.

»Kann bei diesem verdammten Gewitter denn nicht der Strom ausfallen? So für eine Stunde?«, scherze ich.

Georg hebt nur den Arm und greift wortlos nach dem Lichtschalter. Sekunden später sitzen wir im Dunkeln.

»Warum sollten wir auf einen Stromausfall warten?«

Erneut spüre ich seine Hände auf meinen und ich taste mich an ihn heran, wandere seine Arme entlang nach oben, bis ich meine Finger in sein Haar grabe. Es ist so weich, wie ich es mir vorgestellt habe und ich seufze auf. Er zieht mich näher an sich und unsere Lippen finden sich. Wie ein Blitz durchzuckt es mich. Mein Kopf ist wie leer gefegt und mein Herz poltert mit den vom Sturm aufgepeitschten Wellen um die Wette. Diesmal ist es kein Herantasten, es ist ein Kuss, als würden wir uns nach Monaten der Trennung wiedersehen. Alles rund um mich verschwindet. Da ist kein Gewitter mehr, keine Probleme, keine Schwiegermutter, ja, sogar Max vergesse ich in diesem Moment. Es ist wie der Moment, den man in den Fernsehserien sieht, wenn jemand wiederbelebt wird und plötzlich wieder ein Herzschlag auf dem Monitor zu sehen ist. Ich fühle mich, als würde ich zum Leben erwachen. Er liebt mich! Auch Georg merkt man an, wie lange er sich nach dem Moment gesehnt hat, in dem er alle Vorsicht über Bord werfen kann. Wir küssen uns so lange, bis wir irgendwann eng umschlungen auf der Couch einschlafen.

Als ich am Morgen aufwache, bin ich allein. Neben mir liegen Georgs Shorts und sein Shirt, das er in der Nacht getragen hat. Darauf ein Zettel, auf dem in seiner Handschrift steht: »Habe die Quietschente über den Wasserweg verlassen. Bring mir die Sachen bitte nach dem Frühstück rüber. Georg«

Lachend lasse ich mich zurück auf die Couch sinken und murmle: »Er ist so verrückt!«

Dann entdecke ich meinen MP3-Player auf dem Couchtisch, der gestern sicher noch nicht dort lag. Wo hatte ich ihn überhaupt? Fehlte er schon länger? Mit einer Vorahnung stecke ich lächelnd die Stöpsel ins Ohr und wie erwartet erklingt ein neuer Song. Phil Collins erklärt mir in *True colors* mit sanfter Stimme, dass er mein wahres Gesicht durchscheinen sieht und mich dafür liebt und dass ich keine Angst haben soll, ihm meine wahren Farben zu zeigen, denn sie sind wunderschön.

Der Wellengang ist immer noch hoch und der Himmel über der Ostsee versteckt sich hinter Regenwolken. Ich setze mich an meinen Esstisch und frühstücke Tee und Toast. Drüben auf dem blauen Elefanten scheint alles ruhig zu sein. Ich bin mir nicht sicher, was das gestern Abend war. Nein, ich bin mir nicht sicher, was ich *will*, was es war. Eine Ausnahme? Der Beginn einer heimlichen Affäre? Ein Vorgeschmack auf eine spätere Beziehung? Georgs Nachricht klingt nüchtern und sachlich. Kein »Guten Morgen«, keine Verabschiedung am Ende. Ich habe keine Ahnung, wie es zwischen uns weitergehen soll. Jemand wie er war nicht geplant in meinem Leben, bis die Sache mit Max abgeschlossen ist. Mal sehen, wie er auf mich reagiert. Seufzend räume ich mein Geschirr weg, dusche und mache mich in Jeans und beigem Kuschelpullover auf den Weg zum Nachbarhausboot.

»Guten Morgen!« Georg begrüßt mich freundlich, aber zurückhaltend, nachdem ich geklopft habe. »Gut, dass du da bist, bei der Planung gibt es Probleme.«

»Äh … okay«, stottere ich. Sein geschäftlicher Ton überrascht mich. Habe ich das nur geträumt gestern? Aber die Tüte mit seinen Sachen in meiner Hand ist ein sicherer Gegenbeweis. Rasch schließe ich die Tür hinter mir und folge ihm in sein Büro. Mit einem breiten Lächeln dreht Georg sich zu mir.

»Guten Morgen!« Seine Stimme ist sanft und er streichelt zart mit seinem Finger über meine Hand. Nun geht mir ein Licht auf.

»Tarnen und täuschen, hm?«

Er nickt. »Wir haben den Typ von der Rezeption ausfindig gemacht. Er hat sich im *Strandblick* bei Romy einquartiert.«

»Woher weißt du das?«, stammle ich.

»Lilly hat gestern Abend noch bei ihren Kollegen rumtelefoniert. Sie hat ihnen gesagt, dass der Mann eine Nachricht für Lexi hinterlassen hat, die aber verloren gegangen ist und wir ihn deshalb suchen. Und bei Romy war es dann ein Treffer. Seit vier Wochen logiert er schon bei ihr.«

»Und wie lange hat er gebucht?«

»Vorerst bis Sonntag. Romy meinte, er fotografiert ziemlich viel. Sie denkt, er will vielleicht eine Familienfeier hier veranstalten.«

»Oder er will ein Foto von mir, mit dem die gute Frau von Buren zufrieden ist.«

»Das weißt du nicht sicher, mach dich nicht verrückt. Aber vorsichtshalber bin ich im Morgengrauen abgehauen von drüben, als Lilly mir die Nachricht geschickt hat.«

»Du bist geschwommen.« Ich kann es immer noch nicht fassen. »Es regnet, die Wellen sind immer noch so hoch, dass ich fast seekrank werde und es ist arschkalt.«

»Ja, wir Ritter haben es nicht immer leicht, aber der Abend gestern war die Abkühlung wert.« Er lächelt mich verschmitzt an und bringt die Schmetterlinge in meinem Bauch in Aufruhr.

»Georg ...« Ich hole tief Luft. »Was war das gestern Abend?«
»Es war schön, würde ich sagen.« Fragend sieht er mich an.
»Ja, schon«, erwidere ich lachend. »Aber ... du weißt, was
ich meine.«
»Es war ein Schritt in die richtige Richtung?«, versucht Georg
es noch mal. »Du weißt, was ich für dich empfinde und ich
weiß, ... dass du meinen Körper willst.«
Ich gebe ihm einen Klaps auf den Oberarm, woraufhin er
mich an sich zieht. Meine Gedanken fahren Achterbahn und
meine Gefühle veranstalten ein Feuerwerk als Kulisse rund-
herum.
»Sylvie, jetzt sieh mich nicht so an«, bittet mich Georg.
»Du hast angefangen«, gebe ich heiser zurück. »So nah bei
dir setzt mein Verstand immer aus.«
»Dann wird es Zeit, dass wir deine Probleme lösen.« Er küsst
mich flüchtig, seufzt dann und lässt mich los. »Heute Mittag
essen wir mit Lexi im *L&P*. Angeblich gibt es schon einen
Plan, um rauszufinden ob der Typ dich wirklich beschattet.«
Fassungslos schüttle ich den Kopf. Doch ehe ich etwas sagen
kann, wendet Georg sich seinem Schreibtisch zu.
»Ich brauche übrigens wirklich deinen beruflichen Rat«, fährt
er fort. »Komm, ich mach uns einen Kaffee.«
Mit unseren Tassen setzen wir uns auf die Couch, diesmal
jedoch mit Sicherheitsabstand.
»Ich würde gerne unser Angebot für die Familien erweitern.
Wir hinken in diesem Sektor hinterher, finde ich. Besonders für
jene Tage, an denen kein Badewetter herrscht. Aber irgendwie
komme ich nicht weiter. Sieh mal.« Er reicht mir eine Liste.
»Diese Ausflugsmöglichkeiten gibt es hier oder in der Nähe, aber
Kinder macht das nicht wirklich glücklich, oder was meinst du?«
Ich studiere die Angebote. Verschiedene Museen, die etwas
angestaubt klingen, ein Kino und etwas weiter entfernt ein
Hallenbad, das allerdings nicht für Kinder ausgestattet ist.

»Dürftig«, stimme ich ihm zu. »Hast du mit den Betreibern der Ausflugsziele schon Kontakt aufgenommen?«

»Wozu?«

»Um sie zu fragen, ob sie Ideen haben, wie sie Kinder anlocken können. Die kennen doch ihre Möglichkeiten am besten und vielleicht ist ihnen gar nicht klar, dass sie auf die jungen Gäste nicht besonders attraktiv wirken«, erkläre ich ihm.

»Du meinst, man sollte sie mit der Nase drauf stoßen?«

»Genau. Hol doch alle an einen runden Tisch und geht gemeinsam verschiedene Möglichkeiten durch.«

»Du klingst, als ob du schon etwas im Hinterkopf hättest«, stellt er fest und ich lache. Tatsächlich hat er recht. Mein Gehirn arbeitet bereits.

»Bestimmte Filme gibt es auch als Mitmach-Filme, die bei Kids gut ankommen. Dazu braucht man keine Umbauten, das lässt sich leicht ins übliche Programm einbauen. Und man könnte ein eigenes Schlechtwetterprogramm an Kinder- und Jugendfilmen vorausplanen und dann spontan an die Unterkünfte rausgeben, wenn es tatsächlich regnet.«

Georg schreibt wortlos mit.

»Auch Museen haben oft eigene Bereiche zum Ausprobieren bestimmter Dinge oder Rätselrallyes, wo man am Ende ein kleines Geschenk bekommt. Ein Stofftier, eine DVD oder einen Gutschein für ein Eis. Besonders toll finde ich Museen zum Anfassen, wo man beispielsweise in Biberburgen reinkrabbeln kann. Vielleicht kann man so einen Bereich auch im Schifffahrtsmuseum einrichten und ein Holzschiff nachbauen, das die Kinder erkunden können.«

»Wie schüttelst du solche Ideen einfach so aus dem Ärmel?«

Doch ich gehe gar nicht darauf ein.

»Hast du dir schon überlegt, was die Stadt selbst machen kann?«

»Ja, ein Indoorspielplatz wäre eine coole Sache.«

Ich nicke zustimmend.

»Im Stil eines Aquariums vielleicht?«, schlage ich vor. »Schatzinseln und Piratenschiffe gibt es genug. Und achtet bei der Wahl der Location darauf, dass man Meerblick hat und auch die Eltern gut versorgt sind.«

Georg überlegt und holt schließlich aus seinem Büro einen Stadtplan. Gemeinsam beugen wir uns darüber.

»Hier ist ein alter Bauernhof mit großer Scheune. Er steht auf einer Düne und hat Meerblick. Die Stadt hat das Gebäude geerbt, hat aber meines Wissens keine großen Pläne damit. Die Lage ist nicht perfekt, da sie etwas abgelegen ist«, merkt er an, doch ich winke ab.

»Das ist in diesem Fall egal. Es muss nur irgendeine Form von Gastronomie dabei sein. Eine windgeschützte, überdachte Terrasse für die Eltern mit direktem Zugang ins Spieleland. Kinder im Auge behalten und trotzdem mit Blick auf die Ostsee entspannen.«

Georgs Stift flitzt übers Papier.

»Und ihr braucht Fahrräder«, stelle ich fest.

»Was?«

»Einen Fahrradverleih. Nicht die coolen Tourenräder, die haben die Touristen, die Fahrradtouren machen wollen, ohnehin selbst mit. Bunte alte Räder mit Korb für einen kleinen Hund vorne drauf, Tandems für zwei, Gokarts für Groß und Klein, Tretmobile für ganze Familien mit Lenkrad. Querbeet alles was toll aussieht, Spaß macht und vor allem anders ist. Ihr müsst euch abheben. Normale Fahrräder kann man entlang der Ostsee in jedem Hotel leihen. Es müssen besondere Vehikel sein. Und daraus könnten wir auch eine zusätzliche Disziplin bei der Restaurant-Olympiade machen. Samstags ein Fahrradrennen für die Teams. Erst beim Start wird ausgelost wer mit welchem Gefährt das Rennen bestreiten muss. Und am Sonntag können die Gäste für ihre Unterkunft Zusatzpunkte für jeden gefahrenen Kilometer einfahren.«

Georg sieht mich verkniffen an.

»Was ist los?«, frage ich irritiert. »Geht meine Idee zu weit? Wir … also du musst das nicht machen.«

»Nein, nein«, unterbricht er mich. »Die Idee ist gut. Danke, dass du mich unterstützt.«

»Aber irgendwas stimmt nicht«, forsche ich nach.

Er atmet tief durch. »Ich … ich kann nicht Fahrradfahren«, gibt er dann zu.

Erstaunt sehe ich ihn an. »Darum haben sich deine Eltern wohl auch nicht gekümmert«, folgere ich leise.

»Es hat sich nie ergeben. Ich war im Turnverein und im Schwimmverein, habe gelernt Blockflöte zu spielen und war der jüngste Teilnehmer im Erste-Hilfe-Kurs. Aber mein Vater hat die Opfer von Fahrradunfällen lieber wieder zusammengeflickt, statt es seinem eigenen Sohn im Park beizubringen, ihm zu versichern, dass er ihn festhält und dabei schon lange die Hand nur noch zum Schein am Sattel hat, weil der Kleine es längst kann.« Seine Stimme ist traurig und verrät mir, dass ihm die Ablehnung seiner Eltern sehr wohl noch zusetzt. Ein Kloß macht sich in meinem Hals breit, vor allem wenn ich daran denke, dass mein Vater mir genau so das Fahrradfahren beigebracht hat, wie Georg es beschrieben hat.

»Dann bringe ich es dir eben bei«, beschließe ich.

»Du?«, erwidert Georg lächelnd.

»Hey, ich bin kräftiger als ich aussehe«, scherze ich und spanne meinen untrainierten, mickrigen Bizeps an. »Ich kann dich schon festhalten.«

Georgs Blick wird weich. »Dann halt mich fest.« Wortlos komme ich seiner Bitte nach und schmiege mich an ihn.

»Ich würde dich jetzt gerne küssen«, flüstert er mir ins Ohr.

»Und ich würde jetzt gerne von dir geküsst werden«, wispere

ich zurück und seine Lippen streifen die meinen. Dann lasse ich ihn los.

»Wollen wir uns langsam auf den Weg zum *L&P* machen?«, fragt Georg nach einem Blick auf die Uhr. Ich nicke und hole meine Handtasche von meinem Boot.

Lexi und Johnny warten bereits im Speisesaal auf uns. Nachdem wir Platz genommen haben, wendet sich Georg gleich an Lexi.

»Kannst du Sylvie der Stadt in den nächsten Wochen für einen zusätzlichen Auftrag ausleihen? Wir haben vorhin schon einige Maßnahmen besprochen, wie wir Sterenholm für Familien attraktiver machen können und ich möchte ihre unzähligen Ideen nicht verwenden, ohne das vertraglich mit der Agentur zu regeln.«

»Das sollte gehen. Wir haben gestern noch einen Auftrag für eine kurzfristige Hochzeit an Land gezogen, aber die schaffe ich notfalls auch allein.« Sie zwinkert mir zu. »Sieht so aus, als wollte die Stadtverwaltung Sylvie exklusiv für sich.«

Die Zweideutigkeit ihrer Worte lässt Georg und mich schmunzeln und einen schnellen Blick tauschen.

»Nur zu gerne, sobald die früheren Aufträge alle abgehakt sind«, antwortet Georg. Wir bestellen das Essen, dann senkt Lexi ihre Stimme.

»Also ich habe mich gestern ein wenig mit Johnny über den Mann von der Rezeption unterhalten. Laut Romy heißt er übrigens Hans Lehner. Und wenn er wirklich auf ein Foto von dir mit einem Mann aus ist, soll er es bekommen.«

Ich sehe sie zweifelnd an. »Seid ihr verrückt? Dann spielen wir den von Burens doch die Karten noch in die Hände«, stoße ich hervor.

»Jein! Sie werden das denken, ja. Aber es sind die falschen Karten. Ihr beide«, sie deutet auf Georg und mich, »haltet euch jetzt mal ganz bedeckt. Dafür wird Johnny so oft es geht an deiner Seite zu sehen sein. Hier weiß ja niemand, für welches Team er spielt. Ihr zwei liefert genug Stoff für seine Linse, bis er abhaut.«

»Lexi, die wird mich vor Gericht zerreißen und Johnny auch!«

»Vorher checken ihre Anwälte doch erst den Hintergrund des Typen neben dir. Wollen ja Namen präsentieren und mehr Infos. Nur wird man beim Nachforschen bald dahinterkommen, dass Johnny schwul ist. Und wenn die es nicht rauskriegen, deckt dein Anwalt die Sache auf. Aber du hast in jedem Fall Zeit gewonnen, in der sie dich in Ruhe lässt.«

Ich sehe von Lexi zu Johnny, der angeregt nickt.

»Johnny, die nehmen dich voll auseinander«, gebe ich zu bedenken.

»So what! Ich bin mein eigener Chef und habe auch keine Leichen im Keller. Dass ich auf Männer stehe, ist kein Geheimnis und das kann ich auch vor Gericht zugeben.« Er zuckt die Schultern.

»Der kauft uns das nie ab«, meine ich dann bestimmt, doch mein bester Freund winkt ab.

»Lass Onkel Johnny nur machen. Ich habe den schmachtenden Blick von Georg in den letzten Tagen so oft gesehen, den krieg ich locker hin.«

Das ist der nächste Faktor, den ich klären muss. Unsicher sehe ich zu Georg.

»Was sagst du dazu?«, frage ich ihn.

»Ist meiner ursprünglichen Idee ja nicht unähnlich«, erwidert er, doch damit weiß ich immer noch nicht, wie es ihm damit geht.

»Was war dein Plan?«, hakt Lexi nach.

»Dass Johnny und ich das Paar mimen, damit ich aus dem Schussfeld bin«, klärt Georg sie auf.

»Herzchen, das würde ich nur zu gerne«, versichert ihm

Johnny und zwinkert ihm zu, »aber damit halten wir uns Hans Lehner leider nicht vom Leib. Und wenn ihr beide hier Ruhe haben wollt, müssen wir den irgendwie zufriedenstellen und loswerden.«

»Das klingt einleuchtend«, gibt Georg ihm recht. »Ich muss jetzt auch los, im Rathaus muss noch etwas wegen der Restaurant-Olympiade am Samstag geklärt werden. Lexi, gib Bescheid, wenn du den Vertrag fertig hast. Sylvie, sehen wir uns morgen Nachmittag im Büro zur Endbesprechung, bevor der Aufbau des Geschicklichkeitsparcours beginnt?«

Mir kommt seine Wende etwas zu schnell, doch ich nicke. Dann ist er weg und ich sehe ihm mit gemischten Gefühlen hinterher.

Auch Johnny steht auf. Er hat sich Nikos Moped ausgeliehen und will ein wenig die Gegend erkunden. Lexi und ich haben im Büro noch einiges durchzuarbeiten, doch meine Gedanken schweifen immer wieder ab. Schließlich stellt Lexi eine große Tasse Kaffee vor mir auf den Tisch.

»Darf ich dich etwas fragen?«

Ich sehe auf. »Klar, was denn?«

»Wie ging es eigentlich nach Max' Tod weiter für dich?«

Ich lächle wehmütig, als ich an diese Zeit zurückdenke.

Kapitel 26 – vor drei Jahren

Wie durch ein Wunder beauftragt Max' Mutter tatsächlich ein Krematorium mit der Einäscherung seiner Überreste. Doch es ist nur ein Teilsieg, denn die Urne soll in jener Gruft ihre letzte Ruhe finden, die mein Mann so sehr gehasst hat. Ich erfahre über Toni, wann die Gedenkfeier und die Beisetzung stattfinden. Eingeladen wurde ich dazu nicht. Erst plane ich, trotzdem dort aufzutauchen, doch mein Anwalt rät mir schweren Herzens davon ab, da sich die Gemüter dadurch noch mehr erhitzen würden.

Stattdessen sitze ich, während mein Mann verbrannt wird, zum ersten Mal in seiner Wohnung, dessen Schlüssel mir Toni gegeben hat. Ich musste schwören, nichts von hier mitzunehmen, aber ich wollte Max' Heim ein einziges Mal so sehen, wie er gewohnt und gelebt hat, bevor seine Familie hier einfällt. Toni hat mir versprochen, die Schlüssel ohne richterliche Anordnung nicht an die von Burens rauszurücken, doch ich bin mir sicher, dass Schwiegerväterchen einen Zweitschlüssel besitzt. Aber heute bin ich hier vor ihnen sicher.

Die Wohnung strahlt sehr viel von Max' freiheitsliebender Natur aus. Helle Räume, weiße Wände mit ein paar farblichen Akzenten, im Wohnzimmer viele große Fotografien von ihm, die ihn beim Sport zeigen. Und er hat von Parasailing über Segeln, Fallschirmspringen, Drachenfliegen oder Bungeejumping so ziemlich alles ausprobiert, womit er ausbrechen konnte. Hinter einer Türe vermute ich ein Gästezimmer, doch es ist ein kompletter Raum voller unzähliger Schallplatten. Ich gehe die langen Reihen entlang, berühre die Rückseiten und lese, was er alles angesammelt hat. Mit vielen Namen und Titeln kann ich absolut nichts anfangen, aber ich spüre hier förmlich, dass das sein Allerheiligstes war. Ich lasse keinen Raum aus, öffne auch seinen Schrank und schnuppere an seinem Duschgel. Das Gefühl, dass er gleich durch die Türe hereinkommt, wird übermächtig und der Schmerz, dass ich ihn nicht mehr besser kennenlernen kann, raubt mir den Atem. Ich will doch noch so viel wissen, so viel erfahren. Doch auch meine eigene Lage lastet schwer wie Blei auf meinen Schultern. So lange war mir der Nachname des Mannes, den ich geliebt habe, unbekannt und nun bin ich mir nicht einmal sicher, wie meiner lautet. In Amerika bin ich Frau von Buren. Hier in Deutschland darf ich diesen Namen noch nicht offiziell tragen, deshalb lauten alle meine Papiere noch auf Sylvie Becker. Wie bin ich nur in diese Katastrophe geschlittert?

Ich sinke auf die Knie und weine hemmungslos. Weine um Max, weine um meine Liebe, weine wegen der Verzweiflung, die in mir aufsteigt, weil ich wegen unserer Heirat und seinem Bestattungswunsch so viel Hass erdulden muss in einer Zeit, in der ich ohnehin keine Kraft habe. Ich wünschte, ich könnte die Erbschaft ausschlagen, seinen Eltern einfach alles über-lassen und sie zur Hölle schicken. Aber ich habe Max mein Versprechen gegeben, dass ich ihn nicht in der Gruft lasse. Das war ihm so wichtig, ich kann es einfach nicht brechen. Es ist, als würde ich dann unsere Liebe verraten. Doch um über seine letzte Ruhestätte entscheiden zu können, muss ich erst offiziell seine Frau sein. Und um das durchzusetzen, brauche ich Tonis Hilfe, der wiederum Geld kostet, auch wenn er Max' Freund war. Also brauche ich die Kohle aus seinem Nachlass. Wie ich es drehe und wende, wenn Max seine Seebestattung bekommen soll, muss ich durchhalten.

Doch vor allem muss ich langsam Geld verdienen. Also melde ich mich bei einer Firma, die mich zu einem Bewerbungsge-spräch gebeten hat, und habe wenige Tage später einen Job. Da der Firmensitz in einer anderen Stadt liegt, ziehe ich um.

Weit weg von den schmerzenden Erinnerungen an Max und vom Hass seiner Familie. Ein Neuanfang ist genau das, was ich gerade brauche. So beginne ich in jener Zeitarbeitsfirma, die mir kurz nach meinem Start Lexi als Praktikantin zuweist.

Kapitel 27 – heute

Die restliche Woche über bin ich sehr viel mit Johnny unterwegs. Wir gehen abends auf der Promenade spazieren, treffen uns mittags zum Eis essen bei Livia im *Leckermäulchen*, und machen einen Ausflug mit dem Tretboot. Georg meldet sich nicht bei mir. Beim Termin in seinem Büro hat er kaum ein privates Wort verloren. Es irritiert mich, auch wenn ich weiß, dass es zum Plan gehört.

Am Freitag strecke ich mich beim Picknick am Strand der Länge nach auf der Decke aus, die Johnny in den Sand gelegt hat. Niko hat uns etwas zu essen eingepackt und mein bester Freund beginnt, mich mit Trauben zu füttern. Inzwischen bin ich es gewohnt, dass er meine Hand hält, seinen Arm um mich legt oder mir lächelnd ins Ohr flüstert. Hans Lehner taucht tatsächlich öfter da auf, wo Johnny und ich uns gerade aufhalten, aber in einer Kleinstadt wie Sterenholm ist das auch nicht schwer. Inzwischen haben wir Zweifel, ob er tatsächlich für meine Schwiegermutter arbeitet und ich würde das Theater gerne beenden. Aber es bleibt immer eine kleine Stimme im Hinterkopf, die mich fragt: Und wenn doch?

»Was machen wir denn morgen?«, fragt mein Alibifreund mit verträumtem Gesichtsausdruck.

»Ich muss morgen Abend arbeiten. Bei der Restaurant-Olympiade läuft der Geschicklichkeitswettbewerb.«

»Ach ja, Lexi hat so was erwähnt. Das *L&P* wird den Titel des Vorjahres nicht verteidigen können, meint Lilly. Nikos Teampartnerin ist dieses Jahr Michaela, weil Lexi ja nicht mehr im *L&P* arbeitet, und die beiden harmonieren nicht besonders gut. Auf dem Sommerball haben sie fast keine Punkte bekommen, weil Michaela vom Tanzen keine Ahnung hat und auch das Volleyballturnier lief eher mau.«

»Ja, Lexi und Niko sind eben das Dreamteam«, werfe ich ein und greife nach einem Schinkenbrot. »Was gibt es denn zu Hause Neues?«

»Michael hat deinen Platz als Stammgast eingenommen«, erzählt Johnny. »Mit ihm und Caro läuft es wirklich gut. Sie wohnen nun schon einige Wochen zusammen und es kracht ständig zwischen den beiden, allerdings immer gekrönt von tollem Versöhnungssex. Seine Worte, nicht meine. Inzwischen lässt er die Schuhe absichtlich im Flur stehen, klappt den Klodeckel nie runter und überlegt sogar, ob er zu rauchen beginnt.« Seine Worte bringen mich zum Lachen. »Verrückter Typ! Aber hör mir bitte auf mit den Schilderungen von tollem Sex. Ich weiß kaum mehr, wie man das schreibt«, gebe ich zu.

»Du hattest echt niemanden mehr zwischen den Laken, seit Max tot ist?« Johnny kann es nicht fassen.

»Nein, und auch nicht auf dem Küchentisch, der Couch, dem Bärenfell, dem Autorücksitz oder unter der Dusche. Nur damit du nicht weiter fragst.«

»Das ist … eine sehr lange Zeit«, presst er hervor.

»Es hat mich nie gestört«, versuche ich zu erklären. »Mit Max ist auch ein Teil von mir gestorben. Ich habe *ihn* vermisst, seine Nähe und natürlich auch den Sex mit ihm, aber mir kam nie in den Sinn, das körperliche Bedürfnis mit jemand anderem zu befriedigen. Irgendwann hat die Lähmung in meinem Inneren nachgelassen, ich habe wieder begonnen zu leben, Freunde zu treffen, Spaß zu haben. Aber der Teil, der liebt und begehrt, ist im Tiefschlaf geblieben.« Ich spiele mit einem kleinen Stein, um ihn nicht ansehen zu müssen.

»Bis jetzt«, stellt Johnny fest. Schüchtern lächle ich und nicke.

»Hey, Missy mit der großen Klappe hat tatsächlich mal keine Worte«, zieht er mich auf.

»Idiot«, zische ich und schubse ihn um.

»Du willst mir aber jetzt nicht erklären, dass du seit drei

Jahren keinen Orgasmus hattest, oder?«, fragt mich Johnny mit gesenkter Stimme.

»Max ist tot, nicht ich. Frau kann sich auch gut selbst in solchen Dingen helfen. Und ich bin Meisterin der Selbsthilfe geworden.« Ich zwinkere ihm zu und mein bester Freund lacht laut.

»Dann könntest du ja eine Selbsthilfegruppe gründen.« Ich stimme in sein Gelächter mit ein.

»Da drüben ist Lehner«, flüstert Johnny plötzlich. Ist es ein Zufall?

»Wollen wir dem Schnüffler was bieten für sein Geld?« Verschmitzt grinse ich meinen besten Freund an.

»Fang an und ich steige dann ein«, raunt er mir zu.

Langsam löse ich mich von ihm, stehe auf, ohne ihn aus den Augen zu lassen und ziehe mein Kleid über den Kopf. Darunter trage ich meinen schwarzen Bikini und Johnny lässt in schauspielerischer Höchstleistung seine Augen von oben bis unten über meinen Körper gleiten. Auch er erhebt sich und lässt Shirt und Shorts in den Sand fallen, unter denen er eine Badehose trägt. Rückwärts gehe ich Richtung Ostsee und halte seinen Blick fest. Dann drehe ich mich blitzschnell um.

»Wer zuletzt auf der Badeinsel ist, hat verloren«, rufe ich und werfe mich in die Fluten. Vor zwei Wochen wurde etwa dreißig Meter vom Strand des *L&P* entfernt eine Badeinsel angebracht. Ein fest verankertes Floß, das zum Sonnenbaden auf dem Meer einlädt. Johnny hat meinen Vorsprung schnell eingeholt und krault routiniert an mir vorbei. Als Erster zieht er sich auf dem Holz hoch und seine Muskeln spielen dabei in der Abendsonne. Dann hilft er mir hoch. Als ich rücklings auf den warmen Planken liege, schließe ich für einen Moment die Augen und sage dann: »Danke!«

»Wofür?«, fragt Johnny überrascht.

»Dass du das Theater mitspielst!«

Er lacht und sieht mich dann ernst an. »Herzchen, du bist meine beste Freundin! Du weißt, dass mir bereits als Teenager klar war, dass ich schwul bin. Deshalb habe ich auch noch nie in meinem Leben eine Frau geküsst, aber dir zuliebe würde ich sogar dieses Prinzip über Bord werfen«, erklärt er feierlich.

Ich bin gerührt von seinen Worten. »Wow … Ich fühle mich geehrt. Aber abgesehen davon, dass es für unseren Plan absolut kontraproduktiv wäre, dich zu küssen wäre … wie …«

In Johnnys Augen blitzt das Gleiche auf, das er auch in meinen lesen muss, denn er beendet meinen Satz. »Als würde man seine Schwester küssen! Also ich bin ja Einzelkind, aber so stelle ich mir das unter Geschwistern vor. Selbst wenn man sich nahesteht, zusammen auf der Couch herumliegt und sich mal in den Arm nimmt, aber beim Küssen …«

»Ist die Grenze eindeutig überschritten. Ich gebe dir absolut recht«, ergänze ich lachend.

»Wie waren deine Küsse der letzten Jahre so?«, will er dann wissen.

Ich überlege kurz, wie ich es am besten ausdrücke. »Bei Max war es wie eine magnetische Anziehung, gegen die wir einfach nicht ankamen. Bei Georg sind es mehr eine vollständige Akzeptanz und eine Geborgenheit, von denen ich nicht genug bekommen kann«, versuche ich zu erklären. Statt einer Antwort drückt Johnny nur meine Hand und ich weiß, dass er mich versteht.

Am nächsten Abend bin ich beruflich im Einsatz. Das Team des *L&P*, Lexi und Johnny haben sich an einem der großen runden Stehtische versammelt und sehen zu, wie sich das Hotel *Strandblick* und der *Dünenhof* bei der Restaurant-Olympiade punktemäßig weit von allen anderen Lokalen absetzen. Lilly und Paul nehmen es gelassen und bestellen trotzdem eine Flasche Sekt.

Ich bin im Hintergrund unterwegs, überwache die Punktezählung, helfe beim Umbau zwischen erstem und zweitem Durchgang und sehe Georg seit mehreren Tagen endlich wieder. Erneut verhält er sich distanziert. Nachdem wir das letzte Team in den Parcours geschickt haben und allein in dem Zimmer stehen, in dem die Teilnehmer mit verbundenen Augen gewartet haben, halte ich ihn zurück, ehe er nach draußen gehen kann.

»Hey, ist alles in Ordnung?«, frage ich ihn leise.

»Natürlich, wieso fragst du?«, kommt die Gegenfrage.

»Weil du so kühl und distanziert bist!«

»Sylvie, wenn euer Plan funktionieren soll, müssen wir uns alle daran halten, oder?«, erwidert er. Dann nickt er mir kurz zu und geht nach draußen, um den Sieger des heutigen Wettbewerbs zu verkünden.

Der darauffolgende Tag steht ganz im Zeichen der Mitmacholympiade. In der ganzen Stadt wurden am Vormittag verschiedene Geschicklichkeitsstationen aufgebaut. Heute Morgen fand ich in meinem Mail-Postfach eine Nachricht von Georg, dass er aufgrund eines Notfalls kurzfristig wegmuss und ich die organisatorische Leitung bitte übernehmen soll. Im Anhang waren sämtliche Unterlagen, damit ich ihn problemlos vertreten kann. Nachdem ich den Parcours überprüft und freigegeben habe, treffe ich mich zum Mittagessen mit Lexi, Niko und Johnny.

»So, Herzchen, nachdem Niko sich gestern hoffnungslos blamiert hat, zeigen wir beide dem Pleitegeier mal, wie man als Team diese Hindernisse überwindet«, plant Johnny unseren Nachmittag.

»Hey, Moment mal!«, mischt sich Niko ein. »Ich habe mich verletzt.« Er hebt seinen bandagierten Knöchel hoch, der auf einem eigenen Stuhl ruht.

»Papperlapapp, du und Michaela seid ein so grottenschlechtes Team, dass man euch sogar verbieten sollte im gleichen Auto zu fahren. Die Unfallgefahr steigt sicher um das Doppelte, sobald man euch zusammenlässt. Ihr beide ruiniert den Punkteschnitt des *L&P* dermaßen, dass ihr noch Letzte werdet.«

»Im Vorjahr waren wir einfach unschlagbar. Aber sieh dir die anderen mal an: Inge und Rainer sind ein Paar, Gabi und Gerd sind ein Paar, Lilly und Paul sind ein Paar. Aber ich und Michaela kennen einander gerade mal flüchtig. Wie soll man da gut zusammenarbeiten?«, verteidigt sich Niko.

»Wir beide kannten uns voriges Jahr auch gerade mal ein paar Tage«, wirft Lexi zuckersüß ein.

»Dich habe ich von der ersten Sekunde an geliebt, das ist was völlig anderes«, erwidert Niko und zieht sie fest an sich, ehe er sie ausgiebig küsst. Johnny und ich sehen uns schmunzelnd an. »Also ich bin einverstanden. Ich muss sowieso vor Ort sein, damit für den Notfall ein Ansprechpartner der Stadt anwesend ist. Georg ist heute nicht im Dienst.« Johnny sieht mich nur fragend an, sagt jedoch nichts.

Der Nachmittag wird lustig. Niko und Lexi schließen sich uns an und zeigen Johnny, soweit es mit Nikos verletztem Knöchel möglich ist, dass es wirklich nur an der falschen Partnerin lag, dass Niko gestern so eine schlechte Vorstellung abgeliefert hat.

Wir balancieren, hüpfen, fahren, kriechen, tragen und lassen uns blind durch ein Labyrinth lotsen und haben viel Spaß dabei.

Am Abend stärken wir uns bei Frederik in seiner *Fischkneipe*. Johnny wirft einen Blick auf die Getränkekarte und winkt den Gastgeber zu sich. Nach kurzem Tuscheln verkrümelt sich Johnny hinter den Tresen und studiert die vorhandenen Zutaten.

»Also, für Sylvie einen *She's like the wind*, für Lexi ihren üblichen *Big girls don't cry* und was darf es für dich sein, Sahneschnitte?«

Niko lacht. »Du kannst es nicht lassen, oder? Weißt du was, überrasch mich mit einer spontanen Kreation.«

Wenig später steht vor jedem von uns ein Cocktailglas und auch Frederik kostet, was sein sich selbst bedienender Gast gemixt hat.

»Ja, daran kann man sich gewöhnen«, lautet sein Kommentar.

Die Antwort meines besten Freundes ist ein Lachen.

»Da hinten in der Ecke ist übrigens der Fotograf«, teilt Niko mir mit, ohne eine Miene zu verziehen. Ich seufze, doch Johnny winkt ab.

»Jetzt geben wir ihm mal wirklich was zu fotografieren. Lass mich durch zur Musikanlage.«

Kurz darauf ertönen die ersten Noten von *Hey baby* von Bruce Channel, Johnny streift seine Schuhe ab und schwingt sich barfuß auf die Theke. Auffordernd hält er mir die Hand entgegen, wie sein Namenskollege es bei Frances Houseman in der legendären Baumstammszene des Films *Dirty Dancing* macht. Gehorsam schüttle ich erst den Kopf, ehe er zu mir kommt und mich holt. Ebenfalls ohne Schuhe folge ich ihm nach oben und werfe Frederik einen unsicheren Blick zu, was er zum Tanz auf seiner Theke sagt. Der klatscht jedoch begeistert und meine Freunde stimmen mit ein. Nun haben wir bestimmt die Aufmerksamkeit des ganzen Lokals und Johnny tanzt, als hätte er sein Leben lang auf diesen Auftritt gewartet. Wir üben den Mambo Grundschritt, wackeln ausgiebig mit den Hintern und lachen uns schlapp. Erst als er gegen Ende wieder auf den Boden springt und mir deutet, wie im Film die Hebefigur zu versuchen, fällt mein Blick wieder über die Menge, die sich inzwischen um unser Schauspiel gebildet hat. Ganz hinten entdecke ich nicht nur Hans Lehner, der wie viele andere sein Handy auf uns gerichtet hat, sondern auch Georg, der uns mit versteinerter Miene beobachtet. Als Lexi und Niko mir vom Tresen helfen und ich auf Johnny zulaufe, sehe ich, wie Georg das Lokal verlässt. Wie erwartet wird die Hebefigur ein Reinfall, oder besser gesagt ein Hinfall, weil wir beide unsanft auf dem Boden landen. Doch während mein Tanzpartner außer Atem in lautes Lachen ausbricht, rapple ich mich schnell hoch.

»Halt Lehner auf, egal mit welchen Mitteln«, flüstere ich noch in Johnnys Ohr und laufe dann hinter Georg her.

»Georg!«, rufe ich, kaum dass ich aus der Fischkneipe in die kühle Nachtluft getreten bin, die nach Salz und Fisch riecht. Er dreht sich um, bemüht sich um einen neutralen Gesichtsausdruck, doch ich sehe noch die Verletzung in seinen Augen.

»War bei der Olympiade heute alles in Ordnung?«, fragt er mit aufgesetztem Lächeln.

»Georg, lass das doch«, bitte ich ihn.

»Warum läufst du mir sonst nach?« Sein Gesichtsausdruck erinnert mich an eine Maske.

»Du hast verletzt ausgesehen.«

Seine Kiefergelenke treten hervor. Er beißt die Zähne zusammen.

»Georg, bitte sprich mit mir«, wispere ich flehend.

»Ich bin mir nicht sicher, ob du einfach so eine gute Schauspielerin bist, oder ob dir die letzten Tage wirklich nichts ausgemacht haben.« Seine Stimme ist hart und doch höre ich den Schmerz aus ihr heraus. Überrascht weiten sich meine Augen.

»Du verstehst mich wirklich nicht, oder?«, meint er dann kopfschüttelnd. »Weißt du, wie gern *ich* in den letzten Tagen der Mann an deiner Seite gewesen wäre? Wie gerne *ich* es gewesen wäre, der dir hilft? Wie gerne *ich* all diese Dinge mit dir unternommen und erlebt hätte? Stattdessen darf ich nur von Weitem zusehen, wie ein anderer das alles tut. Natürlich ist mir bewusst, dass das alles einem Zweck dient, aber ich hätte deinen besten Freund in den letzten Tagen am liebsten in Stücke gerissen. Ihr habt auf der Badeinsel so vertraut gewirkt ...« Bei den letzten Worten merke ich, dass seine Stimme bricht.

»Du hast uns gesehen?«, stoße ich hervor.

»Ich war eine Runde Joggen, um runterzukommen und dadurch offenbar zur falschen Zeit am falschen Ort«, erwidert er verächtlich.

»Wir haben Lehner am Strand gesehen und sind seinetwegen da rausgeschwommen. Aber wir haben doch nur geredet«, beeile ich mich zu sagen.

Georg sieht mich einfach nur an. In seinen Augen erkenne ich Schmerz, Demütigung und – was ich am schlimmsten finde – Resignation.

»Vergiss bitte morgen die Stadtratssitzung nicht. Es werden die neuen Vorschläge besprochen und es ist wichtig, dass du sie erläuterst. Schönen Abend noch.«

Mit diesen Worten lässt er mich stehen und ich fühle mich wie gelähmt. Nach einigen Minuten tritt Lexi an meine Seite.

»Wo bleibst du denn?«, erkundigt sie sich fröhlich. Dann sieht sie meinen Gesichtsausdruck und nimmt mich wortlos in den Arm.

»Ich würde gerne mal auf einer Front gewinnen, ohne auf der anderen zu verlieren«, sage ich leise. »Aber irgendwie kann ich es nie allen recht machen.« Eine Träne stiehlt sich aus meinem linken Auge und rollt über meine Wange.

»Dann mach es doch erst mal dir selbst recht und kümmere dich danach um die anderen.« Ich weiß, dass Lexi ihren eigenen Rat vor einem Jahr selbst befolgt hat. Für sie war er damals richtig, aber ist er es für mich in diesem Moment auch?

»Warum versteht Georg denn nicht, dass ich das alles ja nur mache, damit ich Lehner loswerde? Damit das Versteckspiel mit ihm endlich aufhören kann?«, flüstere ich mit tränenerstickter Stimme.

»Tut er doch, Süße. Aber das hat nichts mit seinem eifersüchtigen Herz zu tun, das wie ein wütender Löwe schreit, wenn er dich mit Johnny sieht«, versucht meine beste Freundin zu erklären.

»Aber Johnny will doch gar nichts von mir, verdammt. Und ich auch nicht von Johnny. Ich will Georg.«

»Hast du ihm das mal gesagt?«

»Dass Johnny schwul ist?«

»Nein! Hast du Georg schon mal gesagt, dass du ihn willst?« Ich zucke nur mit den Schultern. So eindeutig habe ich es ja vor mir selbst erst vor Sekunden zugegeben. Und es macht mir ein wenig Angst.

»Bevor du dich beschwerst, dass du ihn nicht verstehst, versuch doch mal die Welt aus seinen Augen zu betrachten. Ab und zu sollte man Klartext reden, denn niemand kann ständig zwischen den Zeilen lesen.«

Vielleicht hat sie recht? Ich habe Georg von Max erzählt. Er hat mitbekommen, dass dieser Detektiv mir etwas anhängen will und meine Schwiegermutter plant, mich zu ruinieren. Er weiß auch von dem Theaterstück mit Johnny. Aber ich habe ihm nicht gesagt, was ich für ihn empfinde. Er hat neulich Nacht erneut seine Gefühle vor mir ausgebreitet, wie schon im vergangenen Jahr. Er hat mir gesagt, dass er mich liebt, hat alle Deckung fallen gelassen und sich verletzbar gemacht. Alles was ich ihm geantwortet habe, kann man rein auf die körperliche Ebene beziehen. Von meinen Gefühlen war keine Rede.

Rasch sehe ich Lexi an. »Ich muss los! Könnt ihr euch um Hans Lehner kümmern?«

»Kinderspiel! Johnny hat ihm vorhin einen seiner Cocktails gemixt. Allerdings mit der dreifachen Menge an Alkohol. Der knipst heute nichts mehr, außer später das Licht aus.« Lexi zwinkert mir zu.

»Danke! Gib den beiden Jungs einen Kuss von mir!«, bitte ich sie und laufe schon los zu den Hausbooten.

Als ich bei Georg klopfe, schlägt mir mein Herz bis zum Hals. Über Gefühle habe ich schon sehr lange nicht mehr gesprochen. Weil ich sie mir nicht gestattet habe oder – wie im letzten Jahr – weil ich sie vehement verleugnet und in einer Schachtel weggesperrt habe. Aber jetzt wird es Zeit, Farbe zu bekennen. Ich hoffe nur, es ist noch nicht zu spät. Die Resignation in Georgs Augen vorhin macht mich nervös. Er öffnet und sieht mich fragend an. Da sprudeln alle Worte einfach aus mir heraus, ohne dass ich groß darüber nachdenke.

»Ich verberge meine Geschichte seit drei Jahren und das hat mich zu einer hervorragenden Schauspielerin gemacht. Erst jetzt hat meine Fassade Risse bekommen und ist schließlich eingebrochen und der Grund dafür bist du. Und ja, ich liebe Johnny, aber so wie ich einen Bruder lieben würde, wenn ich einen hätte. Ich hätte mir dich an meine Seite gewünscht. Nicht, dass ich mit Johnny keinen Spaß hatte in den letzten Tagen, aber mit dir wäre alles anders gewesen. Das Picknick wäre wirklich romantisch gewesen und ich hätte gerne herausgefunden, ob wir beide beim Geschicklichkeitswettbewerb ein gutes Team gewesen wären. Ich habe dir neulich während des Gewitters nicht gesagt, was ich wirklich will. Oder besser gesagt nicht alles.« Ich atme tief durch und mir wird bewusst, dass ich immer noch in der Tür stehe. Georgs Miene wirkt entspannter als noch vor einigen Augenblicken und er macht einen Schritt zur Seite, damit ich eintreten kann. Doch kaum hat er die Tür hinter mir geschlossen, rede ich weiter. Es ist, als wollen die Worte wie ein Geysir endlich an die Oberfläche und bahnen sich ihren Weg ganz von selbst.

»Ich will so viel Zeit wie möglich mit dir verbringen, denn

wenn ich bei dir bin, habe ich das Gefühl, wieder atmen zu können. Seit wir uns getroffen haben, stört es mich zum ersten Mal in all den Jahren, dass mein Liebesleben weggesperrt bleiben muss, dass es auf Eis liegt. Deine braunen Augen schauen ganz tief in mich hinein und du gibst mir das Gefühl, dass du alles sehen willst, jeden hinteren Winkel und jede alte Erinnerung. Alles an mir interessiert dich, du willst alles wissen, willst mich kennen. Und ich will, dass du mich kennst. Aber ich genieße es vor allem, dass ich dich alles fragen kann, egal wie persönlich es ist und du mir nie ausweichst, sondern mich voll und ganz an deinem Leben teilhaben lässt. Und ich will auch alles über dich erfahren. Will deine Sätze beenden können, weil ich weiß, wie du tickst und denkst und fühlst. Ich will keine Geheimnisse, ich will alle Karten auf den Tisch legen. Auch wenn es mich verletzlich macht, denn ich weiß, dass du mich behüten und beschützen wirst. Ich will mich in deine Arme schmiegen, weil sie der einzige Ort sind, an dem ich seit drei Jahren wirklich Ruhe gefunden habe und mich entspannen konnte. Weil du mich genau so nimmst, wie ich bin.«

Ich atme schnell und aufgeregt, als meine Worte versiegt sind. Abwartend sehe ich ihn an.

»Das tue ich, Sylvie«, verspricht er mit leiser Stimme, dann lege ich ihm den Finger auf die Lippen.

»Ich kann es noch nicht so aussprechen, wie du es getan hast. Aber ich hoffe aus ganzem Herzen, dass ich dir mit meinen eigenen Worten klarmachen konnte, dass ich ebenso empfinde wie du!«

Georg legt seine Hand an meine Wange und seine Stirn an meine. Diese unschuldige, fürsorgliche, aber doch auch sehr innige Geste rührt mich zu Tränen.

»Ich mache dieses Theater nur aus einem einzigen Grund mit und spiele meine Rolle so gut. Und zwar, weil ich will, dass dieser Typ uns glaubt und verschwindet. Damit mich die von

Burens in Ruhe lassen und ich meine Gefühle für dich dann frei zeigen kann. Also bitte, bitte halt noch ein wenig durch!«, flehe ich ihn an.

»Das werde ich«, antwortet er rau.

Ich nicke erleichtert und ich verschließe seinen Mund rasch mit einem Kuss, ehe ich mich wortlos umdrehe und auf mein eigenes Hausboot gehe.

Kapitel 28 – heute

Zur Stadtratssitzung am nächsten Morgen erscheine ich businessmäßig gekleidet im roten Klinkerbau des Rathauses. Es geht um einen neuen Vertrag für die Agentur *Strandkorb*, mit dem ich beauftragt werde, das Tourismuskonzept für Familien gemeinsam mit Georg neu zu überarbeiten. Meine Präsentation habe ich auf einem Stick dabei.

Am Eingang des Sitzungssaals begrüßen Georg und ich uns kollegial. Als wir jedoch als Letzte durch die große Tür treten, schenkt er mir ein kleines Lächeln, das mein Herz einen Schlag lang aussetzen lässt und mir zeigt, dass zwischen uns wieder alles in Ordnung ist.

Professionell stelle ich meine Ideen ausführlich vor und werde dabei von Georg durch Zwischenerklärungen unterstützt.

»Gibt es schon Kostenpläne für diese Vorschläge?«, will der Bürgermeister wissen.

»Noch nicht«, räume ich ein. »Aber erst müssen Frau Manninger und ich wissen, welche Ideen infrage kommen, ehe wir uns um die Kosten kümmern. Noch haben wir den Auftrag ja nicht. Zudem ist es ja nicht unser übliches Tätigkeitsfeld als Eventagentur.«

Das Stadtoberhaupt nickt verstehend. »Wärst du so freundlich, kurz draußen zu warten, während wir das intern besprechen?«

»Natürlich!«

Auf dem Flur laufe ich nervös auf und ab. Ich bin mir sicher, dass wir einen Auftrag bekommen, denn in diesem Bereich muss dringend etwas unternommen werden. Die Frage ist nur, für welchen Umfang uns die Stadt mit ins Boot holt. Schon wenige Minuten später öffnet sich die Tür und ich darf wieder hinein.

»Sylvie, wir haben uns beraten und einstimmig entschieden, dass wir der Agentur *Strandkorb* den Auftrag über das gesamte angebotene Volumen geben möchten, selbstverständlich in enger Zusammenarbeit mit Georg. Aber zuerst brauchen wir Kostenpläne, damit wir abschätzen können, welche Maßnahmen wir in welchem Zeitraum setzen können. Das betrifft vor allem das Projekt Indoorspielplatz. Hier erwarten wir ein Konzept in drei Wochen. Den runden Tisch mit Kino, Museen und dem Hallenbad könnt ihr ohne Rücksprache einberufen und den Verantwortlichen eure Vorschläge unterbreiten. Richtet schöne Grüße von mir aus. Die Fahrrad-Sache setzen wir schnellstmöglich um, bitte sieh dich hier um passende Gefährte um, die Idee für Tretmobile, Gokarts und Tandems hat uns besonders gut gefallen. Preise legt mir einfach zwischendurch mal vor, damit ich einen Überblick habe.«

»Sehr gerne«, erwidere ich lächelnd. Da ich an der restlichen Sitzung nicht teilnehmen muss, mache ich mich auf den Weg ins Büro, um Lexi die frohe Kunde zu überbringen.

Meine Freundin und Chefin springt jubelnd um den Schreibtisch. Der Auftrag wird uns einen ganzen Batzen Geld aufs Firmenkonto bringen.

»Das feiern wir! Lilly macht heute Abend für ihre Gäste eine Grillfeier am Strand beim *L&P*. Du musst unbedingt kommen und sag auch Georg Bescheid.« Dann hält sie inne. »Habt ihr euch gestern noch ausgesprochen?«

»Ich würde eher sagen, *ich* habe manches endlich ausgesprochen«, gebe ich zu und lache.

»Den Mund gehalten hast du ja lange genug«, kommentiert Lexi.

Den Rest des Tages verschanze ich mich in meinem Büro und konzentriere mich auf die Arbeit. Ich liebe es, solche Projekte zu planen, Angebote einzuholen, To-do-Listen zu schreiben und Ideen auszufeilen. Gegen vier rufe ich Georg an.

»Hey, was gibt's?«, meldet er sich.

»Kannst du einen Besichtigungstermin des alten Bauernhofs vereinbaren, von dem du gesprochen hast? Ich muss mir mal die Gegebenheiten dort ansehen«, falle ich gleich mit der Tür ins Haus.

»Da brauche ich keinen Termin, sondern muss mir nur die Schlüssel aus dem Büro der Verwaltung holen. Wann kannst du?«

»Morgen Nachmittag?«, schlage ich vor.

»Habe ich notiert. Ich hole dich ab, sobald ich die Schlüssel habe.«

»Perfekt! Und Georg? Heute Abend steigt eine Grillparty beim *L&P*. Lexi hat dich als Vertreter der Stadt offiziell eingeladen.«

»Na, da kann ich ja schlecht nein sagen.« Georg imitiert meinen gespielt gestelzten Tonfall.

»Dann sehen wir uns dort.«

»Bis später.«

Als ich auf die Feier komme, ist es schon dunkel. Ich habe über meinen Listen die Zeit vergessen und bin hoffnungslos zu spät fertig geworden. Da es heute etwas kühler ist, trage ich lässige Jeans, eine karierte Leinenbluse über einem schwarzen Trägertop und Chucks. Bei meiner Ankunft werde ich sofort mit Essen versorgt und zum großen Kreis rund ums Lagerfeuer geschickt.

»Ich hatte ja schon Sorge, dass wir unsere Würstchen selbst grillen müssen, als ich das Feuer gesehen habe«, sage ich lachend zu Lexi, neben der ich Platz genommen habe.

»Wie gut kennst du meine Schwester inzwischen? Als ob Lilly irgendjemand selbst kochen lassen würde«, erwidert sie lachend und beißt in ihr Steakbrötchen. Am Grill steht Rainer und ich wundere mich eben, dass Niko nicht an seiner Seite ist, da zieht dieser eine Gitarre hinter dem Rücken hervor.

»Ich dachte immer, du spielst nur E-Gitarre.«

Niko grinst. »Eigentlich ja, aber als ich bei Lexi war, habe ich auf der alten Akustik-Gitarre ihres Vaters gespielt, weil ich meine nicht dabeihatte. Und bei seinem letzten Besuch hier hat er sie mir mitgebracht und geschenkt.« Es schwingt ein wenig Stolz in seiner Stimme mit, dass er sich mit Lexis Vater so gut versteht. Dann schlägt er die ersten Akkorde an und ich schließe die Augen. Ich kenne die Songs nicht, die er spielt, aber er hat seine Hausaufgaben gemacht und sorgt für beste Lagerfeuerstimmung. Nach dem Essen herrscht ein ständiger Wechsel der Plätze, Leute stehen auf und tanzen im Sand, holen sich Stockbrot oder Getränke oder wollen ein paar Worte mit jemandem auf der anderen Seite quatschen. Irgendwann landet Georg zufällig neben mir.

»Wo hast du denn deine Blockflöte gelassen? Niko hätte ein wenig Unterstützung brauchen können«, raune ich ihm zu und werfe ihm einen raschen Blick zu.

»Ich kann in etwa so gut Flöte spielen wie du kochen kannst«, erwidert er grinsend. »Wenn meine Klassenkameraden das doofe Ding nicht schon in der Unterstufe in einen Fluss geworfen hätten, würdet ihr es jetzt dem Feuer übergeben. Sven hat immer gesagt, die Flöte sei ein Folterinstrument für meine Zuhörer.«

Ich lache hell auf. Es tut mir unheimlich gut, dass ich hier ganz entspannt unter meinen Freunden sitzen kann. Ich sehe die Runde entlang. Niko spielt, Lexi kommt in dem Moment mit zwei Bechern bei ihm an und hält ihm einen davon hin, Livia tanzt mit Paul, Frederik und Anna stehen bei Rainer am Grill, Gabi und Inge unterhalten sich mit Johnny und Gerd kommt mit Getränkenachschub vom *L&P* zurück an den Strand. Dann streift mein Blick Georg neben mir, der mich intensiv ansieht, aber schnell die Augen wieder abwendet.

»Ich würde dich jetzt wahnsinnig gerne in den Arm nehmen«, kommt kaum hörbar zurück.

»Und ich würde gerne meinen Kopf auf deine Schulter legen.« Für einen Moment sehen wir einander tief in die Augen und genießen stumm die Verbundenheit, auch wenn wir die Finger voneinander lassen müssen. Dann wenden wir uns wieder den anderen zu.

Am nächsten Morgen riecht alles an mir wie geräuchert. Es war spät, als ich auf mein schwimmendes Zuhause gekommen bin und ich war zu müde, um zu duschen. Da es bereits sehr warm ist, beschließe ich, den Geruch des Lagerfeuers in der Ostsee von meinem Körper zu waschen. Im Bikini springe ich mit einem Kopfsprung ins Meer und gratuliere mir einmal mehr zu meiner Entscheidung, die Quietschente gemietet zu haben. So ein Leben auf dem Wasser hat tolle Vorteile. Auf den leichten Wellen befinden sich kaum sichtbare Schaumkronen, die Temperatur ist okay und das Glitzern der Sonnenstrahlen auf der Wasseroberfläche ist kitschig schön. Für einen Moment schließe ich die Augen. Plötzlich fühle ich mich beobachtet. Ein Schauer läuft mir den Rücken hinunter. Ich lasse meinen Blick über das Ufer und den Hafen gleiten, checke, ob schon fremde Boote auf dem Wasser sind, doch alles ist unauffällig und ruhig. Da das Gefühl jedoch bleibt, beschließe ich, mein Bad zu beenden und klettere wieder auf das Hausboot.

Gegen zwei Uhr holt Georg mich ab und gemeinsam fahren wir mit seinem Auto zu dem alten Bauernhof, der eventuell zu einem Indoorspielplatz umgebaut werden soll. Schelmisch sehe ich Georg von der Seite an und mache mich dann an seinem Radio zu schaffen. Nach einem Wechsel zum CD-Player ertönt *Faith* von George Michael und ich lache lauthals.

»Du hast diese CD im Autoradio, wenn du mit mir weg-fährst? Willst du mir damit irgendetwas sagen?«, frage ich ihn. »Senden wir uns nicht schon seit Wochen unterschwellige Mitteilungen per Musik?«

Erneut pruste ich los.

»Lach nicht, er hat doch recht«, tadelt mich Georg grinsend. »Womit? Dass du es nett finden würdest, meinen Körper zu berühren?«

»Wohl eher, dass du mich anflehst, ich soll bitte, bitte, bitte nicht weggehen«, schießt Georg grinsend zurück.

»Na, dann nimm dich in Acht, bevor der Fluss zu einem Ozean wird«, zitiere ich weiter.

»Zu spät!«, gibt er dann zu und sein Lächeln lässt mein Herz vor Glück überlaufen. Dann singen wir beide aus vollem Hals mit. Die Autofenster sind offen, draußen ziehen Getreidefelder an uns vorbei, der warme Fahrtwind umweht uns und ich könnte gerade nicht glücklicher sein.

Auf dem Bauernhof angekommen, muss ich Georg zustim-men. Wir sind hier wirklich in der Einöde, doch andererseits würde sich niemand an laut spielenden Kindern stören. Von einer leichten Anhöhe aus blickt man auf den Strand und die Ostsee.

»Also die Anfahrt ist nicht kompliziert, Parkplätze sind genug vorhanden und man könnte hier auch draußen einen großen Abenteuerspielplatz errichten. Dann wäre die Nutzung nicht nur bei Schlechtwetter gegeben. Ist sicher für potenzielle Gas-tronomen wichtig«, überlege ich. »Wie sieht es innen aus?«

Georg zieht den Schlüssel aus seiner Hosentasche und wa-ckelt mit den Augenbrauen. »Folge mir, dann zeig ich dir alles«, sagt er. Mal aus der Stadt wegzukommen tut uns gut. Hier sind wir allein und müssen nicht auf der Hut sein. Alle Gebäude sind Backsteinbauten mit Reetdach und so landestypisch, dass es perfekt ist. Das Haupthaus könnte man gut zu einem Gasthof umbauen, eventuell sogar mit Übernachtungsmöglichkeit im Obergeschoß.

»Oder der Pächter will oben einziehen«, gibt Georg zu bedenken.

»Dafür könnte man auch den Stall umbauen, denn wenn hier eine Pension entsteht, muss ohnehin jemand nachts vor Ort bleiben. Man kann die Gäste ja nicht allein im Nirgendwo lassen.«

Er nickt. »Wollen wir noch in die Scheune? Die habe ich ja für den Indoorspielplatz im Auge.«

Das angesprochene Gebäude ist zweigeschossig, wobei der obere Bereich als Heuboden genutzt wurde und unten landwirtschaftliche Fahrzeuge untergebracht waren. Große Fenster würden hier genug Licht ins Innere lassen und dem Ganzen einen gewissen Charme verleihen. In Gedanken notiere ich schon, was alles gemacht werden müsste, um meinen Plan in die Tat umzusetzen.

»Ich will noch schnell auf den Heuboden, um zu sehen, wie es dort aussieht. Ich habe da eine Idee, wie wir den oberen Teil nutzen können«, sage ich aufgeregt zu Georg.

An der Leiter tritt er hinter mich und flüstert mir ins Ohr: »Das trifft sich gut. Ich will schon lange mit dir ins Heu.«

Es sollte ein Scherz sein, doch liegt so viel Ernsthaftigkeit in seiner Aussage, dass mir eine Gänsehaut den Rücken hinunterläuft.

Oben mache ich einen Rundgang und lasse mich anschließend mit einem Seufzen rücklings ins Heu fallen. Georg tut es mir gleich und als wir so nebeneinanderliegen, beginne ich zu kichern.

»Diesen Ausflug hatte ich bitter nötig. Heute Morgen habe ich mich die ganze Zeit beobachtet gefühlt, als ich schwimmen war. Langsam bekomme ich einen ausgewachsenen Verfolgungswahn«, gebe ich zu.

»Also was das angeht ... das war ich«, erwidert Georg leise. Ich richte mich auf. »Was warst du?«

»Ich habe dich heute von meinem Schlafzimmer aus beobachtet, als du schwimmen warst«, gesteht er.

»Und warum?«, stoße ich hervor, einerseits erleichtert, dass er es war, andererseits irritiert. »Du hättest doch raus an Deck kommen können und mit mir reden. Oder auch einfach ins Meer springen.«

Sein Blick wird intensiv und er legt seine linke Hand an meine Wange, ehe er mit dem Daumen über meine Lippen streicht. Seine Berührung geht mir durch und durch. Ich spüre sie bis in die Zehenspitzen, will mehr davon, will, dass er nicht aufhört.

»Du im knappen Bikini direkt vor mir. Meinst du, das wäre eine gute Idee gewesen?«, fragt er leise. »Ich fürchte, das wäre nicht jugendfrei geblieben.«

Ich lächle. »Das hört sich gefährlich verlockend an.«

»Findest du?«

»Mhm ... vor allem jetzt, wo wir hier komplett allein am Arsch der Welt sind ...«

Sein Blick verdunkelt sich, ich erkenne Verlangen darin und spüre, wie sich auch mein Herzschlag beschleunigt. Wortlos zieht er mich näher zu sich und zupft Heu aus meinem Haar. Dann vergräbt er seine Hand darin. Die Spannung zwischen uns ist unerträglich. Ich lasse mich zurück ins Heu sinken und ziehe ihn mit mir. Er versteht, was ich will und senkt seine Lippen. Doch ehe sie die meinen berühren können, ertönt ein Piepen aus meiner Tasche. Lexi hat eine Nachricht geschickt, dass sie mich im Büro braucht, sobald wir fertig sind.

»Wir sollten los«, flüstere ich leise und Georg nickt.

»Hier oben lässt sich die Idee einer Rückzugshöhle sicher gut umsetzen«, sage ich dann noch, als wir die Leiter wieder nach unten steigen. »Und auch der Platz in der Scheune ist ausreichend. Man muss natürlich den Boden entsprechend befestigen und alles auf Stand bringen. Beim Ausgang in Richtung Strand würde die Terrasse gut passen, damit Eltern sich ausruhen können und die Kids im Blick haben – sowohl draußen als auch drinnen. Kannst du mir Pläne besorgen, wo man die Ideen einzeichnen kann? Damit die ausführende Firma weiß, was wir uns in etwa vorstellen, ehe sie die Planung startet.«

»Ja, natürlich. Du kannst dich auch mit jemandem aus dem Bauamt zusammensetzen, der das gemeinsam mit dir erledigt. Dann können wir den Plan mit deinen Ideen auch dem Stadtrat vorlegen.« Auch Georg ist auf den Businessmodus umgestiegen.

»Perfekt! Ich würde sagen, dann sind wir hier fertig.«

Den restlichen Nachmittag verbringe ich erst im Büro und später auf dem Oberdeck des Hausboots in die Arbeit vertieft. Ich habe einen Fahrradhandel aufgetan, der genau die Gefährte verkauft, die wir suchen – Tandems, alte Fahrräder neu restauriert in bunten Farben lackiert mit Korb auf dem Lenker, Tretroller, Gokarts und Tretmobile für zwei bis sechs Personen. Rasch setze ich mich mit dem Laden in Verbindung, erkläre was wir suchen und bitte um ein Angebot.

Am Abend treffe ich mich mit Lexi, Niko und Johnny bei Frederik. Wir unterhalten uns über die Fahrräder, die ich heute ausgesucht habe. Auf meinem Handy zeige ich den dreien die Vehikel und auch Frederik ist interessiert.

»Wenn die Stadt ihr Okay gibt, brauchen wir nur noch jemanden, der sich um den Verleih kümmert. Georg möchte das vom Tourismusbüro abkoppeln und an jemand Privaten vergeben.« Ich beiße in mein Fischbrötchen und verdrehe genießerisch die Augen.

»Dein Essen ist himmlisch«, lobe ich den Kneipenwirt, der mich nachdenklich ansieht.

»Ich würde es machen«, meint er dann.

»Was heißt würde? Du kochst doch täglich«, erwidere ich verwirrt.

»Fahrräder verleihen, Karten ausgeben, Routen zeigen. Du hast doch eben gesagt, ihr sucht eine Privatperson, oder?«, klärt mich Frederik auf.

»Hast du mit der Kneipe nicht schon genug zu tun?«, frage ich.

»Doch, aber meine Lage ist ideal. Genug Platz für die Räder habe ich hinten im Schuppen, der Laden ist leicht zu finden und ein guter Ausgangspunkt für die Touren. Außerdem kling der Name *Frederiks Fahrradverleih* doch auch sehr gut.« Vergnügt zwinkert er mir zu.

»Finde ich auch. Dann richte ich das Georg morgen so aus.«

Nach dem Essen verabschiede ich mich von meinen Freunden.

»Ich bring dich noch zum Boot«, bietet Johnny an und ich nicke. Auf dem Weg legt er seinen Arm um mich.

»Was ist los, Herzchen?«, fragt er leise.

»Ich weiß nicht«, gebe ich zu. »Ich bin einfach … müde.«

»Du sprichst nicht vom heutigen Tag, oder?«

»Nein … Die ganze Sache rund um Max' Eltern laugt mich einfach so aus. Erst diese ständigen Verzögerungen und jetzt werde ich vielleicht beschattet …« Mein bester Freund drückt meine Schulter leicht.

»Weißt du«, fahre ich fort. »Ich mag Georg.«

»Das ist mir schon aufgefallen.« Johnny gluckst vor unterdrücktem Lachen.

»Aber ich kann einfach nicht rausfinden, wo das hinführen soll mit ihm und mir, weil ich … nicht frei dafür bin. Seit Jahren bleibe ich in meinem eigenen Leben auf der Strecke und langsam frage ich mich, wozu ich das alles auf mich nehme.«

Er bleibt stehen und dreht mich sanft zu sich. Seine Augen

mustern mich und bleiben schließlich an meinem Dekolleté hängen.

»Was ist das eigentlich für eine Kette, die du die ganze Zeit um den Hals trägst?«, will er dann wissen. Automatisch greift meine Hand nach der langen silbernen Kette, die stets in meinem Ausschnitt verschwindet. Nur wenn ich schwimmen gehe, nehme ich sie ganz ab. Wie immer beweist Johnny ein untrügliches Gespür. Mit einem Ruck ziehe ich die Kette ganz hervor.

»Ist es das, was ich denke?«

Ich sehe den wunderschönen Schmuck an und Tränen treten in meine Augen. »Mein Ehering«, flüstere ich dann und berühre den Ring mit dem grünen Stein ehrfürchtig.

»Du hast Max sehr geliebt.«

Ich schweige kurz. »Wir waren wie zwei Magnete, die das Leben aus einer Laune heraus zusammengeführt hat. Es war wie pure Physik. Etwas Höheres, gegen das wir keine Chance hatten. Ich glaube, dass Liebe in dieser Intensität nicht mehr gesund ist. Ich hätte alles für ihn getan.«

»Dann hast du doch jetzt die Antwort auf die Frage, warum du das alles auf dich nimmst.«

»Ja, aber wann komme endlich mal *ich* an die Reihe? Ich hätte nicht übel Lust, den Lehner ein Kussfoto von Georg und mir schießen zu lassen, mit dem er meiner Schwiegermutter einen schönen Gruß bestellen kann und dass sie mich mal kann. Und dann endlich mein Leben so leben, wie ich es will. Ich habe das alles so satt!«

Frustriert lasse ich die Kette wieder unter mein Shirt gleiten.

»Du weißt, ich bin der Letzte, der Max in Schutz nimmt. Pfeif auf dein Versprechen, das du ihm gegeben hast, lass die Asche in der Gruft und schmeiß diesen ganzen Kampf hin. Aber bist du wirklich bereit dazu? Mach es nur, wenn du danach noch in den Spiegel schauen kannst.«

Ich lasse seine Aussage einen Moment auf mich wirken, nicke

dann und umarme meinen besten Freund. »Danke Johnny, dass du mich daran erinnert hast, dass mein Wort etwas wert ist. Und mit euch an meiner Seite schaffe ich es auch noch weiter.«

»Natürlich wirst du das, Kleines!«, versichert er mir, ehe ich auf mein Boot gehe.

Kapitel 29 – heute

Den nächsten Tag verbringe ich im Bauamt, wo Sascha die Pläne des alten Bauernhofs nach meinen Vorgaben ändert. Damit kann ich dann Kostenvoranschläge der Handwerker einholen. Nebenbei bringe ich auch noch die Angebote für die Räder beim Bürgermeister vorbei.

Am späten Nachmittag will ich mir gerade eine Pizza in das inzwischen reparierte Backrohr schieben, als es klopft. Ich öffne und vor mir steht Livia, bekleidet mit einem auffälligen Kleid in Dunkelblau mit großen weißen Punkten und einem Sonnenhut, unter den sie ihr Haar gesteckt hat. In der Hand trägt sie zwei Tüten aus ihrer Konditorei.

»Wie siehst du denn aus?«, frage ich verwundert. »Strebst du eine Karriere in Hollywood an und willst dich verabschieden?«

Livia schiebt sich rasch an mir vorbei und schließt die Tür hinter sich. »Los, zieh dich aus!«

Überrascht sehe ich sie an. »Ein wenig mehr Romantik könnte es schon sein für meinen Geschmack«, gebe ich dann trocken zurück.

»Die Romantik kommt später.« Sie zwinkert mir zu. »Los, wir tauschen die Klamotten.«

»Kannst du mir mal erklären, was hier los ist?«

Während sie mich ins Bad zieht, den Hut vom Kopf nimmt und die Knöpfe ihres Kleides öffnet, beginne auch ich, mein weißes Top und die grauen Joggingshorts auszuziehen, die ich trage. Sie wird schon einen Grund für ihre Forderung haben.

»Für heute Abend bin ich du. Ich hüte das Boot, falls es jemand beobachtet«, erklärt mir Livia. »Und du schlüpfst in meine Klamotten und kannst unbemerkt aufs Hausboot nebenan, das dann seinen Motor starten und raus auf die offene See tuckern wird. Georg und du braucht mal ein wenig Zeit zu zweit.« Sie grinst mich an, während sie mir ihr Kleid in die Hand drückt.

»Ihr seid so absolut verrückt«, stoße ich hervor, ziehe mich aber geschwind an. Die Sachen passen. Meine Kette lege ich im Bad in die Schmuckschatulle.

»Hier, die zweite Tüte ist für euch. Und jetzt los.« Livia schiebt mich zur Badezimmertür raus.

»Weiß Georg Bescheid?«, frage ich noch.

»Ja, klar. Er wartet schon auf dich. Macht euch einen schönen Abend.«

In Livias Kleid und meine rotblonden Haare wie sie eben unter dem großen Hut versteckt, gehe ich wenig später rüber auf das blaue Hausboot und klopfe. Georg muss schon auf mich gewartet haben, denn die Tür öffnet sich sofort und er bittet mich herein. Alles geht so schnell, dass ich gar keine Zeit zum Nachdenken habe. Plötzlich bin ich nervös und ich halte Georg die Tüte von Livia hin.

»Hier, ich habe etwas mitgebracht«, stammle ich.

Er wirft einen Blick hinein und lacht dann auf. »Unsere Freunde haben einen schrägen Sinn für Humor. Oder willst du mir irgendetwas durch die Blume sagen?«, meint er dann und ich schaue verwirrt in die Tüte. Neben einem kleinen Päckchen aus dem *Leckermäulchen*, in dem ich Torte vermute, haben die Spaßvögel auch eine Sternenkarte, einen roten Bikini und eine große Schachtel Kondome eingepackt. Ich spüre, wie ich rot werde.

»Ja, das würde ich gerne«, bringe ich schließlich mühsam hervor. »Kannst du bitte etwas Abstand zwischen uns und das Festland bringen?«

Georg grinst und verschwindet. Wenig später startet der Motor. Ich stelle mich auf die hintere Terrasse und genieße die Seeluft, die mit jedem Meter aufs offene Meer hinaus auffrischt. Nach einiger Zeit ist der Hafen von Sterenholm nur noch ein kleiner Punkt und ich atme auf. Die Wellen plätschern leise, die Möwen kreischen und irgendwo in der Nähe fährt ein Speedboot. Mehr ist nicht zu hören.

»Besser?« Georg ist zu mir auf die Terrasse getreten. Sein Blick streichelt über mein Gesicht. Dann zieht er vorsichtig den großen Hut von meinem Kopf und gibt mein Haar frei. »Schön, dass du da bist.«

»War das deine Idee?«, frage ich leise, doch er schüttelt den Kopf. »Die von Johnny. Er meinte, du bräuchtest mal einen Abend frei von dem ganzen Drama. Und dann haben die Mädels den Plan geschmiedet und mich eingeweiht.«

Ich nicke, doch in mir drin ist eine Anspannung. Wie oft haben wir uns in den letzten Wochen gesagt, was wir gerne tun würden, wenn wir könnten? Wie oft wurden wir unterbrochen oder sind im letzten Augenblick vernünftig geworden? Jetzt haben wir die Zeit, sind allein und unbeobachtet und können tun und lassen was wir wollen. Und ich fühle den Druck, dass es ein schöner Abend werden muss wie einen Zementsack auf meinen Schultern. Noch dazu bin ich in diese Situation einfach reingestolpert. Ich hatte ja nicht mal die Möglichkeit, mir Gedanken zu machen oder mich mental darauf vorzubereiten.

»Hast du Hunger? Ich habe etwas für uns gekocht.« Ich merke, dass Georg die Situation auflockern will und bin dankbar dafür.

»Gerne! Ich wollte mir drüben gerade eine Pizza aufbacken, als Livia kam.«

»Dann komm. Das Essen müsste fertig sein.«

Ich sehe, dass er den Esstisch gedeckt hat und es duftet herrlich. Neugierig trete ich hinter Georg und schaue über seine Schulter in die Töpfe.

»Ich dachte erst an ein Fischgericht, aber da du ständig bei Frederik isst, müssen dir ja bald Flossen wachsen. Rinderrouladen und Serviettenknödel sind vielleicht mal eine nette Abwechslung.« Fragend sieht er mich an und ich muss lächeln. »Ich liebe Knödel«, sage ich dann.

Es schmeckt hervorragend, doch die Anspannung in meinem Inneren wächst mit jedem Bissen. Alle haben sich solche Mühe gegeben. Der Abend *muss* etwas Besonderes werden. Welche Unterwäsche trage ich eigentlich? Gott, wenn ich nur gewusst hätte, was meine Freunde planen, dann hätte ich Parfum benutzt und nicht nur das Deo. Wie fange ich an? Soll ich ihn verführen oder warten was er tut? Weiß ich eigentlich noch, wie man einen Mann verführt? Nervös greife ich nach meinem Weinglas.

»Sylvie?«, höre ich Georgs Stimme und erschrecke so sehr, dass ich das Glas fallen lasse. Rotwein spritzt von oben bis unten über mein Kleid.

»Scheiße«, rufe ich laut und schlage die Hände vor mein Gesicht. Es läuft nicht gut. Der Abend wird ein Desaster. Ich werde alles ruinieren. Heiße Tränen treten in meine Augen.

»Hey …« Georg ist plötzlich neben mir und streichelt meine Schulter. »Du bist ja völlig durch den Wind. Wir haben dich ziemlich überfallen mit unserer Abendplanung, hm?«

»Quatsch … also … doch, ja«, gebe ich zu und sehe Georg mit einem Seufzen an. »Ich war seit drei Jahren mit keinem Mann mehr im Bett«, kommt es über meine Lippen. »Bestimmt stelle ich mich an wie eine Jungfrau, vielleicht habe ich alles schon verlernt.«

Georg grinst. »Immer langsam. Der Plan ist ein ruhiger Abend zu zweit. Von einem heißen Sexdate hat niemand was gesagt. Und alle sagen doch, Sex ist wie Radfahren, das verlernt man nicht.« Er zwinkert mir zu.

Rasch wische ich mir die Tränen aus den Augen. »Das sagt ja der Richtige. Du kannst doch gar nicht Radfahren«, ziehe ich ihn auf und muss lächeln.

»Wie wäre es, wenn du erst mal duschen gehst? Dein Kleid ist voller Rotwein und sogar deine Haare haben etwas abbekommen. Du kannst eine Hose und ein Shirt von mir haben, während wir deine Sachen waschen und trocknen. Und dann sehen wir nach, was Livia aus der Konditorei eingepackt hat. Einverstanden?«

Ich nicke und fühle mich ein wenig beschämt, weil meine Nerven heute einfach nicht mitspielen. Im Badezimmer stehe ich allerdings vor dem nächsten Problem.

»Georg?«, rufe ich nach draußen. »Kannst du mir mit dem Reißverschluss helfen?«

Ich höre, wie sich die Türe öffnet, bleibe jedoch mit dem Rücken zu Georg stehen. Seine Hände berühren mich an den Ellenbogen und streichen zart nach oben zu meinen Schultern. Sanft legt er mein Haar über die Schultern, damit er ungehindert das Kleid öffnen kann. Vorsichtig macht er den Reißverschluss auf und eine Gänsehaut überzieht mit einem Mal meinen Körper. Mein Herzschlag beschleunigt sich und setzt aus, als ich Georgs Atem an meinem Hals spüre.

»Nichts *muss* heute passieren«, flüstert er in mein Ohr. »Aber alles was du willst, *kann* passieren.« Ich keuche auf, doch da ist er schon zur Tür hinaus. Neben dem Waschbecken entdecke ich die versprochene Kleidung.

Wenig später komme ich frisch geduscht aus dem Bad. Ich rieche nach Georgs Duschgel und trage schwarze Shorts und ein weißes Shirt. Beides ist mir zu groß. Außerdem bin ich ungeschminkt, denn beim Haarewaschen ist auch mein Make-up flöten gegangen. Das Haar ist noch handtuchfeucht und ich habe es mit einem Haargummi, den ich noch in meiner Handtasche hatte, zu einem Dutt gedreht. Sexy ist anders, denke ich, doch als ich neben Georg an den Küchentresen trete, erzählt mir sein Blick etwas ganz anderes. Schnell konzentriert er sich wieder auf die Backwaren, die Livia eingepackt hat.

»Schokomousseschnitte oder Zitronentorte?«, fragt er mich dann.

»Beides teilen?«, schlage ich vor und bekomme eine Kuchengabel überreicht. Erneut setzen wir uns gegenüber voneinander an den Esstisch und verputzen die Süßigkeiten.

»Livia ist wirklich die Zauberin der Zitrustörtchen, die Hexe am Herd, die Göttin der guten Sachen und die Schamanin der Schokoleckereien.« Ich lecke genussvoll die Gabel ab.

»Ja, sie versteht was von ihrem Job«, gib mir Georg recht. »Allerdings weiß ich nicht, was wir mit dem restlichen Inhalt der Tüte anfangen sollen.«

»Wirklich nicht?«, gluckse ich.

»Haha«, erwidert er feixend. »Die Kondome sind selbsterklärend. Aber der Rest?«

Ich leere die Tüte auf den Esstisch.

»Also das«, sage ich und zeige auf den Bikini. »Ist für den Rückweg auf mein Boot.«

Georg schlägt sich an die Stirn. »Darauf hätte ich selbst kommen können. Der Trick stammt immerhin von mir. Aber was sollen wir damit?« Er hält die Sternenkarte hoch.

»Die ist sicher von Niko. Er hat damals bei seinem ersten Date mit Lexi befunden, dass ein Mann der Frau seines Herzens die Sterne erklären können muss. Wie in den alten Filmen. Und dabei kommt man sich dann ganz nahe, bis man sich küsst.«

Georgs Blick ist undefinierbar. »Hier auf dem Meer hat man sicher einen guten Blick auf die Sterne«, meint er dann. In meinem Bauch flattern aufgeregt einige Schmetterlinge.

»Ja, so ganz ohne künstliches Licht …«

»Wollen wir die Lampen ausschalten und sehen, ob wir den kleinen Wagen finden?«, schlägt er vor.

»Klingt gut, aber vielleicht mit Musik?« Ich drehe mich zur Stereoanlage um, doch Georg schreckt hoch.

»Nein, das ist keine gute Idee!« Sein Gesichtsausdruck ist panisch und ich verenge meine Augen. »Was hast du denn beim Kochen gehört?«, ziehe ich ihn auf und drücke auf Play. Samtig warme Klänge erfüllen den Raum und ich erkenne den Song sofort. »Das ... war nicht so gemeint!«, rechtfertigt sich Georg. »Keine Aufforderung oder Erwartung. Das ist nur der erste Song auf dem Album.«

Bei *Let's make a night to remember* von Bryan Adams gibt es wenig Spielraum, welche Aussage der Song hat. Georg hebt die Hände, als wolle er ein scheuendes Pferd beruhigen. Die Situation ist so kurios, dass ich herzhaft zu lachen beginne. Nach wenigen Sekunden fällt Georg in mein Gelächter mit ein.

»Also an diese Nacht werden wir uns sicher erinnern«, meint er dann und zieht mich mit sich auf die Couch. Entspannt lasse ich mich an ihn sinken.

»Stimmt. Und wir lernen daraus, dass man besondere Nächte eben nicht planen kann.«

Mit *Everything I do* ändert sich plötzlich auch die Stimmung zwischen uns. Georg greift nach meinem Haargummi und zieht ihn sachte aus meinem Haar, das in feuchten Wellen über meine Schultern fällt. Die Art wie er mich ansieht, ist das wunderbarste Kompliment, das ich je bekommen habe. Als wäre ich nicht die schönste Frau, sondern die einzige für ihn. Langsam nähert er sich mir und hält kurz inne, ehe unsere Lippen sich berühren. Und genau in diesem Moment ist es, als würde sich in meinem Inneren ein Nebel lichten und die Sicht freigeben auf etwas Neues. Zwischen Georg und mir gibt es nicht er oder ich, es gibt nur ein wir, ein miteinander, ein gemeinsam. Keiner von uns kann sagen, wer den Abstand zwischen unseren Lippen verringert hat, aber als sie sich treffen, ist es der Beginn von etwas Einzigartigem. Es ist nicht magnetisch oder magisch, wie bei Max. Aber wir sind wie zwei Puzzlestücke, die zusammengehören. Rasch werden unsere Küsse fordernder. Wie von selbst wandern meine Hände über Georgs Körper und schieben den Saum seines grauen Shirts nach oben. Ein kleines Stöhnen entweicht ihm, als ich über seine nackte Haut streichle. Sein Oberteil fällt neben die Couch und dann gehen auch seine Hände auf Erkundungstour. Das zu große Shirt von ihm leistet keinen Widerstand, als er es emporschiebt. In seinen Augen blitzt Überraschung auf, als er entdeckt, dass ich darunter keinen BH trage, doch dann verdunkeln sie sich und er küsst mich leidenschaftlich, während er meine nackten Brüste sanft massiert. Das stachelt mein Verlangen nach ihm noch weiter an und mutig mache ich mich an den Knöpfen seiner Jeans zu schaffen. Nachdem die Shorts fast von selbst über meine Hüften rutschen, sind wir schon bald nackt und können die Finger nicht voneinander lassen. Es gibt keinen Millimeter seines Körpers, den ich nicht streicheln oder mit Küssen bedecken will, und Georg geht es ebenso. In meiner Mitte spüre ich ein Ziehen, ein Flehen. Schwer atmend greife ich schließlich in die Tüte von Livia und drücke Georg wortlos ein Kondom in die Hand. Sein Blick ist fragend, doch statt einer Antwort drücke ich meine Lippen auf seinen Mund und wandere dann tiefer, bis er mich stoppt, von sich schiebt und das Kondom überstreift. Mit einem tiefen Kuss dringt er in mich ein und ich seufze erleichtert und voller Erregung. Ich muss nicht überlegen, mir keine Gedanken machen, ich tue einfach, gebe und bekomme, lasse mich fallen und werde gefangen, gehalten und getragen. Wir sind so ineinander verschlungen, dass nicht mehr auszumachen ist, wo der eine Körper anfängt und der andere aufhört. Es gibt nur ihn und mich und diese riesige Welle an Lust, die sich immer mehr aufbaut, bis sie bricht. Mit einem Aufschrei lasse ich mich von ihr forttragen, merke wie durch einen Nebel, dass Georg mir folgt und lasse mich in seine Arme fallen, bis ich wieder zu Atem komme. Davon werde ich nie genug bekommen.

Stunden später stehen wir schließlich doch wie ursprünglich geplant auf der hinteren Terrasse und sehen nur in eine Decke gewickelt in den Nachthimmel. Ich fröstle und Georg zieht mich noch näher an sich. Mit einem Laut, der an das Schnurren einer Katze erinnert, kuschle ich mich an seine Brust. »Ich liebe dich«, nuschelt er in mein Haar und erfüllt mich damit mit einem warmen Gefühl. »Ich dich auch«, kommt es über meine Lippen und ich spüre, wie glücklich ich ihn damit mache.

»Weißt du, woran ich seit meinem ersten Besuch auf dem blauen Elefanten denken muss?«

»Woran denn?«

»Wie wundervoll es sein muss, in deinem Bett unter dem Sternenhimmel mit dir Sex zu haben.«

Ein tiefes Lachen lässt seinen Brustkorb vibrieren. »Dann lass uns das doch gleich mal ausprobieren«, schlägt er vor, hebt mich hoch und trägt mich die Treppe nach oben in sein Schlafzimmer, wo er mir zeigt, wie hell die Sterne leuchten können.

Am nächsten Morgen werde ich wach, als sich Georg neben mir bewegt.

»Guten Morgen«, murmle ich schlaftrunken und versuche ein Auge zu öffnen.

»Du kannst ruhig noch weiterschlafen. Es ist noch früh«, flüstert Georg. »Ich habe nur das Hausboot zurück zur Anlegestelle gefahren, damit wir den größeren Schiffen nicht im Weg sind.« Er kuschelt sich neben mich in die Kissen und zieht mich an sich. Kurz darauf höre ich seinen regelmäßigen Atem. Für einen Moment erlaube ich mir selig die Augen zu schließen, dann krieche ich vorsichtig aus dem Bett. Unten schlüpfe ich in den roten Bikini, lege einen Zettel neben die Kaffeemaschine mit den Worten »Danke für den wundervollen Abend! Kuss Sylvie« und lasse mich lautlos ins Wasser gleiten. Die Ostsee ist klar, glatt wie ein Blatt Papier und kalt, aber genau das brauche ich heute. Ich schwimme mit kräftigen Zügen ein Stück vom blauen Hausboot weg in Richtung offenes Meer, tauche unter und übergebe mich ganz dem nassen Element, bis ich mich eins damit fühle. Dann lasse ich mich eine Weile auf dem Rücken treiben und fühle in mich hinein, wie es mir nach dem vergangenen Abend geht. Es ist, als wäre ich aus langem Dornröschenschlaf aufgewacht, als hätte Georg mich wach geküsst. Auf meinen Lippen klebt ein Lächeln. Es war ein Vorgeschmack auf ein Leben, das ich hoffentlich bald führen kann. Vielleicht verstehe ich erst in diesem Augenblick, wie Max sich so sehr nach Freiheit sehnen konnte, wie eingesperrt er sich in seinem Dasein gefühlt hat. Ich hätte gerne gewusst, welchen Weg er für sich ausgesucht hätte, wenn er nicht den vorgegebenen gehen hätte müssen. Was er gerne gearbeitet hätte, wie er sein Privatleben hätte führen wollen. Aber ich habe ihn nie gut genug kennengelernt. Und zwar nicht wegen seines Todes, sondern weil er es zuvor auch nicht zugelassen hat. Ich war für ihn seine persönliche Freiheit und darum hat er mich von allem ferngehalten, was für ihn die Ketten seiner Familie symbolisiert hat. Auch wenn es nur Gespräche darüber gewesen wären. Er hat mir nur einen Teil von sich gezeigt und ich frage mich, wie ich ihn je als Ganzes lieben hätte können. Mit Georg ist es ganz anders. Ich fühle mich nicht wie ein Teil eines Theaterstücks, bei dem man mir die halbe Handlung vorenthält. Das hier ist real und echt. Verrückt, wenn man bedenkt, dass ich gerade jetzt eine Fassade aufrechterhalten muss. Das ist alles verdammt viel Gedankenfutter und ich tauche unter. Jetzt wird mal ein Schritt nach dem anderen gemacht. Mal sehen, wo der Weg mich hinführt. Rasch kraule ich zu meiner gelben Quietschente und ziehe mich an der hinteren Terrasse hoch. Die Tür ist nur angelehnt und ein Handtuch liegt für mich bereit. Was für eine total verrückte Aktion!

Nach einer Dusche mache ich mich auf den Weg ins *Leckermäulchen*. Livia kommt sofort zu mir. »Guten Morgen! Wie war dein Abend?«

»Ich kann dir gar nicht genug für deinen Einfall mit der spontanen Lieferung danken.« Ich zwinkere ihr zu und umarme sie. »Die Zitronentorte hat absolutes Suchtpotential.«

»Freut mich, dass meine Überraschung so gut angekommen ist«, erwidert sie fröhlich. »Ich habe heute übrigens Zitronenmuffins im Angebot. Soll ich dir ein paar einpacken?«

Ich nicke, zahle und winke vergnügt zum Abschied. Dann starte ich los ins Büro der Agentur. Lexi sieht mich mit strahlenden Augen erwartungsvoll an.

»Wenn das mit dem Eventmanagement nichts wird, könnt ihr locker zum MI6, das wisst ihr, oder?«, ziehe ich sie auf.

»Eigentlich war es Johnnys Idee«, gibt sie zu. »Hat es sich wenigstens gelohnt?« Mein breites Grinsen sagt ihr wohl alles. Ich stelle die Tüte von Livia auf den Schreibtisch.

»Hier, ich habe ein Dankeschön mitgebracht. Und jetzt bring mich mal auf Stand bitte. Damit ich hier nicht den Anschluss verliere, bei all den Aufträgen, die ich für Sterenholm erledige.«

Beim Mittagessen setzt sich Johnny zu uns, der mich prüfend ansieht.

»Schätzchen, du musst nichts sagen. Genau *so* sieht eine durch und durch befriedigte Frau aus«, meint er zufrieden.

»Und woher genau weißt *du* bitte, wie eine befriedigte Frau aussieht?«, erwidere ich augenzwinkernd.

»Jahrelange Erfahrung als Barkeeper.«

Ich grinse ihn nur an und beschließe, zu schweigen.

Am Nachmittag kümmere ich mich im Homeoffice um den Fahrrad-Auftrag. Doch ich finde immer wieder Gründe, die mich in die Küche, auf die Terrasse oder aufs Oberdeck wandern lassen, damit ich einen Blick zu meinem Nachbarn werfen kann. Aber drüben ist alles ruhig und ich vermute, dass Georg im Büro ist. Um fünf gebe ich auf, ziehe meine Joggingsachen an und mache mich mit dem MP3-Player auf den Weg. Erst wundere ich mich noch, wieso er nicht dort lag, wo ich ihn immer aufbewahre, doch ich vermute, dass Livia ihn sich gestern ausgeborgt hat. Erst als ich das erste Lied höre, wird mir klar, dass Georg sich wieder mal dran zu schaffen gemacht hat, denn es ertönt *Wake me up before you go* von Wham!. Lachend setze ich mich in Bewegung und absolviere beschwingt zu Georgs Musik eine große Runde am Strand entlang. Als ich zurückkomme, bin ich müde, durchgeschwitzt und völlig von einem Hochgefühl in Besitz genommen. Auf dem Weg von der Eingangstür zur hinteren Terrasse entledige ich mich meines Shirts, der Laufhose und der Schuhe und springe gleich in Unterwäsche das zweite Mal an diesem Tag in die glitzernden Fluten. Prustend tauche ich auf und höre ein Lachen. Lächelnd schwimme ich zu Georgs Hausboot, bleibe jedoch im Wasser, während er auf der Terrasse sitzt.

»Ich hätte dir aber schon auch noch ein Frühstück gemacht«, meint er.

»Da bin ich mir sicher, aber wenn es so gut gewesen wäre wie der Mitternachtsimbiss, wäre ich nie wieder gegangen.« Mein Blick verrät ihm sicher eindeutig, dass ich nicht vom Essen rede. Dann hebe ich grüßend die Hand und verschwinde auf meinem Boot unter die Dusche. Unter die kalte Dusche.

Kapitel 30 – heute

Mein Arbeitstag beginnt am nächsten Morgen schon sehr früh. Der Besuch meiner Eltern steht vor der Tür und ich möchte mir während sie da sind so viel Zeit wie möglich für die beiden nehmen. Also arbeite ich jetzt schon vor. Gegen neun setze ich mich mit meiner dritten Tasse Kaffee in den Strandkorb auf das Oberdeck und sehe den Möwen zu, wie sie nach Fischen tauchen. Ich nehme einen tiefen Zug der frischen Meeresluft, als mein Handy piept. Rasch öffne ich die Nachricht. Sie ist von Lilly.

»Paul hat vor ein paar Minuten am Bahnhof Hans Lehner gesehen. Er ist abgereist. Viele Grüße, Lilly.«

Ich lese die Nachricht noch dreimal, ehe mir die Tragweite des Inhalts bewusst wird. Zwei Stufen auf einmal nehmend, hetze ich die Treppe hinunter und rüber zu Georg. Dort hämmere ich an die Tür und hoffe, dass er heute zu Hause arbeitet.

»Was ist denn los?«, fragt er, als er öffnet.

»Er ist weg! Endlich haben wir Ruhe!«, rufe ich euphorisch und Georg braucht eine Sekunde, bis er versteht, was ich damit sagen will.

»Sicher?«, erkundigt er sich dann.

»Ja!« Ich halte ihm Lillys Nachricht auf dem Handy hin. Als er es mir zurückgibt, verfangen sich unsere Blicke.

»Weißt du, was ich jetzt gerne tun würde?«, raunt er mir dann zu. Ich nicke, dränge ihn rückwärts ins Innere des Bootes und drücke die Tür mit dem Fuß zu. Sofort zieht er mich in seine Arme und ich lege meine Lippen auf seine. Leise seufze ich auf, als seine Zunge meine findet. Nach einigen Minuten löst sich Georg von mir.

»Ich würde wirklich viel lieber mit dir hierbleiben, aber ich habe in einer halben Stunde einen Termin mit dem Bürgermeister«, sagt er außer Atem.

»Heute Abend um sieben bei mir? Ich mach dir die leckerste Tiefkühlpizza, die du je gegessen hast.« Er nickt und ich küsse ihn schnell zum Abschied, ehe ich mich aufmache zu Lexi und Johnny ins *L&P*, um auch ihnen die frohe Kunde zu überbringen. Danach kaufe ich ein, räume auf und arbeite bis halb sechs. Nach einer Dusche stehe ich vor dem Kleiderschrank und ärgere mich über mich selbst, weil ich so nervös bin. Da Lexi und Johnny heute mit auf Nikos Bandprobe sind, rufe ich kurzerhand Livia an.

»Warum bin ich so nervös?«, frage ich sie ohne eine Begrüßung. »Georg und ich haben uns schon hundertmal gesehen, hatten Verabredungen und gestern die halbe Nacht lang fantastischen Sex. Aber ich bin trotzdem aufgeregt, nur weil er in einer halben Stunde vor der Tür steht.«

Ein Lachen ertönt aus meinem Handy. »Das ist eben so, wenn man frisch verliebt ist. Was habt ihr denn vor?«

»Er kommt zu mir aufs Hausboot und ich schiebe Pizza in den Ofen.«

»Soll ich dir noch ein Dessert vorbeibringen?«, fragt sie hilfsbereit.

Ich überlege einen Augenblick. »Nein, danke. Das Dessert bin ich heute selbst.«

Livia lacht. »Dann schmeiß dich in schwarze Spitzenwäsche und mach dir bloß keine Gedanken, was du drüber anziehst. Er wird sich nicht dran erinnern.« Ich falle in ihr Gelächter mit ein.

»Danke für die Ablenkung, Livia!«

Pünktlich steht Georg um halb sieben vor der Tür und sein Anblick in verwaschenen Jeans und schwarzem Hemd mit aufgekrempelten Ärmeln verschlägt mir für einen Moment den Atem.

»Ich wusste nicht, ob ich Wein oder Blumen mitbringen soll, also habe ich mich für Schokolade entschieden«, scherzt er und ich lasse ihn herein.

»Ein guter Kompromiss«, lobe ich ihn augenzwinkernd. »Ich bin nicht der Typ für Blumen. Und Wein könnte den Anschein erwecken, dass du mich betrunken machen willst.«

»Wenn dir schwindelig wird, dann lieber nicht vom Wein.« Um seine Aussage zu unterstreichen, nimmt er mich in den Arm und küsst mich. Die Schmetterlinge, die seit seinem Auftauchen hier in meinem Bauch flattern, verwandeln sich in einen Wirbelsturm.

»Mehr …«, flüstere ich mit geschlossenen Augen und Georg kommt meiner Bitte nur zu gerne nach. Ich spüre die Wand in meinem Rücken und wie er mich sanft dagegen drängt. Mein Puls beschleunigt sich und ich ziehe ihn noch näher an mich. Durch seine Jeans fühle ich, dass er die Situation ebenso erregend findet wie ich, was mir ein Seufzen in seinem Mund entlockt. Unsere Zungen spielen miteinander und stacheln sich immer weiter an. Schließlich löst Georg sich von mir und bringt etwas Distanz zwischen uns.

»Der Typ ist sicher weg?«

»Ja!«

»Und wir müssen diesmal keinen Sicherheitsabstand zum Festland einhalten?«

»Nein!«

»Ich muss also nicht erst den Motor starten?«

»Die Quietschente kann auch fahren?«

»Ist das gerade wirklich wichtig?«

»Nein!«

Erneut senkt er seine Lippen auf meine, küsst mich heiß und hungrig. Ich taste die Wand entlang, bis ich endlich finde, was ich gesucht habe und öffne die Schlafzimmertür. Diese Einladung versteht Georg sofort und hebt mich hoch, um mich bis zu meinem Bett zu tragen. Livia hatte recht – mein Kleid ist nicht mehr als eine Requisite, aber als Georg meine Spitzenwäsche sieht, zieht er scharf die Luft ein. Doch mit einem geschickten Dreh von mir, liegt auch er neben mir auf dem Bett und ich deute ihm, stillzuhalten. Langsam und genussvoll öffne ich einen Knopf seines Hemdes nach dem anderen und bedecke jede freigelegte Stelle Haut mit Küssen. Als ich bei seinem Bauch angekommen bin und mich an seinem Gürtel zu schaffen mache, liege plötzlich wieder ich auf dem Rücken. Nun bin ich es, die die süßen Qualen tausender Küsse auf meinem Körper ertragen muss. Und dabei merke ich wieder, dass Georg ganz anders ist als Max. Das zeigt sich zum Beispiel daran, wie er meinen Körper betrachtet. Jeder von uns trägt Narben. Wir schneiden uns, stürzen mit dem Rad oder schürfen uns das Knie auf. Ich war ein ziemlich wildes Kind und habe ein paar Narben mehr als andere es vielleicht haben. Max hat über sie hinweggeküsst und kein großes Aufheben darum gemacht. Er gab mir das Gefühl, dass er sie nicht sehen würde, dass es egal war, wie viele Spuren die Zeit auf meiner Haut hinterlassen hat. Georg küsst diese Stellen ganz besonders behutsam und widmet ihnen mehr Aufmerksamkeit. Als würde er jede von ihnen als Teil von mir anerkennen. Als müsste ich nichts an und in mir verstecken. Wie können zwei so unterschiedliche Männer nur beide so gut zu mir passen?

Doch als Georg den Verschluss meines BHs löst, verscheucht er die Gedanken um Max ganz schnell. Und seine Hand, die langsam, aber zielstrebig in meinen Slip wandert, lässt mich auch den Rest der Welt vergessen. Überrascht schnappe ich nach Luft, als schon nach wenigen Minuten ein Feuerwerk in meinem Inneren explodiert und streife Georg auch den Rest seiner Klamotten vom Körper. Blind taste ich im Nachtkästchen nach der Packung Kondome, die ich vorsorglich dort deponiert habe, und werde fündig. Sekunden später spüre ich

Georg in mir und lasse mich vom Rausch unserer Lust forttragen.

Als wir einige Zeit später erschöpft und atemlos nebeneinanderliegen, beginnt Georg zu lachen.

»Eigentlich bin ich ja zum Essen gekommen«, meint er dann. »Und dann wurde das Dessert zur Vorspeise«, führe ich seinen Gedanken fort. »Aber ich habe dir Pizza versprochen.« Ich schlüpfe in mein Kleid und gehe voraus in die Küche zum Tiefkühlschrank.

»Welche Pizza bevorzugst du? Den Ofen habe ich schon vorgeheizt«, sage ich und zeige ihm, was ich zur Auswahl habe.

»Gar keine mit Thunfisch?«, fragt Georg und umarmt mich von hinten. Über meine Schulter sehe ich ihn mit vor Schrecken geweiteten Augen an.

Sofort hebt er lachend die Hände zur Abwehr. »Nur ein Scherz. Ich wollte damit lediglich auf deinen Fischburger-Konsum bei Frederik anspielen.«

Prüfend sehe ich ihn an. »Die Fischburger sind eine eigene Liga, aber auf einer Pizza haben Fisch und Meeresfrüchte in meinen Augen nichts verloren.«

»Na, Gott sei Dank hast du nichts gegen Salami auf einer Pizza«, erwidert er grinsend und zieht den entsprechenden Karton aus dem Tiefkühlschrank. Nachdem auch ich gewählt habe, schiebe ich beide Pizzen in den Backofen und drehe mich dann zu Georg um.

»Also … eine Bootführung kann ich mir bei dir ja sparen. Wollen wir für später einen Film aussuchen?«, frage ich und stocke, als ich seinen ernsten Blick entdecke.

»Sylvie …«, beginnt er und sucht offenbar nach den richtigen Worten. »Dass dieser Lehner weg ist, heißt aber noch nicht, dass deine Probleme vom Tisch sind, oder?«

Ich knabbere an meiner Unterlippe. »Nein«, gebe ich ihm

dann recht.»Mein Anwalt bemüht sich gerade um einen schnellen Verhandlungstermin, den die von Burens diesmal nicht mehr verschieben können. Aber das kann in ein paar Wochen sein oder Monate dauern.«

»Und bis dahin?«

»Sollte ich in der Öffentlichkeit die Füße stillhalten. Ich würde Max' Eltern nur eine Angriffsfläche bieten, wenn sie mitbekommen, dass ich darum kämpfe seine Frau zu werden und gleichzeitig hier schon eine neue Beziehung habe.« Vorsichtig sehe ich ihn an. Zum einen wegen des Wortes Beziehung und zum anderen wegen der Aussage selbst. Ich bitte ihn um ein Versteckspiel und hasse mich selbst dafür. Doch ich ernte nur ein kurzes Nicken.

»Dann zeig mal, welche Filme du dahast«, wechselt Georg das Thema und ich atme auf. Wir entscheiden uns für eine Komödie und lachen uns nach dem Essen schlapp. Danach schlafen wir noch einmal miteinander, doch diesmal ganz langsam und zärtlich. Und die vielen Facetten von Georg rauben mir den Atem.

Am nächsten Morgen frühstücken Georg und ich gemeinsam auf der hinteren Terrasse. Wir berühren und küssen einander so oft es geht und in mir breitet sich eine schmerzvolle Sehnsucht aus, dass es immer so sein könnte. Kein Verstecken, kein Warten, sondern einfach nur ein verliebtes Paar sein. Manche Wünsche erscheinen so einfach und sind doch so schwer umzusetzen. Als er schließlich ins Büro muss, verabschieden wir uns an der verschlossenen Eingangstür mit einem innigen Kuss. Wir verabreden kein weiteres Treffen, denn hey, wir wohnen nebeneinander und arbeiten zusammen. Er ist bereits aus der Tür, als mir einfällt, dass ich ihm nicht erzählt habe, dass meine Eltern heute kommen, aber das bekommt er sicher mit.

Ich habe mir heute freigenommen, mache mich summend

fertig und schlendere zu Fuß ins *L&P.* Johnny sitzt noch beim Frühstück und ich lasse mich an seinem Tisch nieder.

»Hattest du einen schönen Abend, Herzchen?«, fragt er mich grinsend.

»Einen sehr schönen«, bestätige ich. »Und diesmal sogar mit Frühstück, ohne dass einer über den Wasser-Fluchtweg abhauen musste. Ich glaube, wenn Georg heute wieder allein aufgewacht wäre, hätte er die ganze Ostsee nach mir abgesucht.«

Johnny sieht mich nachdenklich an. »Zumindest wäre es nicht der Pazifik gewesen.«

»Was meinst du?«, hake ich nach.

»Ich frage mich, warum dein Max Schlaftabletten genommen hat. Wenn er unbedingt im Meer seine letzte Ruhe finden wollte, wieso ist er nicht von einer Klippe gesprungen oder ist nach den Tabletten schwimmen gegangen? Vielleicht hätte man seine Überreste dann nie gefunden und du müsstest nicht um die Seebestattung kämpfen.« Seine Worte sind ruhig, auch wenn ich zwischen den Zeilen die Verbitterung heraushören kann. Sanft lege ich meine Hand auf seine.

»Es gibt so viele Warums in dieser Geschichte«, sage ich warm. »Ich habe aufgehört, mir darüber Gedanken zu machen. Ich muss mit seiner Entscheidung leben. Egal ob sie nun fair war oder ein anderer Weg besser gewesen wäre.«

»Aber im Moment bist du glücklich?«

Ich denke an Georg und ein Lächeln stiehlt sich wie von selbst auf mein Gesicht. »Ja!«, flüstere ich dann.

Da steckt Inge den Kopf durch die Tür. »Sylvie, deine Eltern sind angekommen«, berichtet sie und ich springe mit einem Quieken hoch.

An der Rezeption falle ich erst meinem Vater und dann meiner Mutter in die Arme.

»Die Ostsee tut dir wohl gut!«, bemerkt meine Mutter. »Du strahlst ja richtig.«

»Ja, scheint so«, gebe ich ihr recht.

»Du hast gar nicht erwähnt, dass du Besuch hast«, meint mein Vater dann. Johnny ist auch aus dem Speisesaal gekommen und begrüßt meine Eltern herzlich. Die drei haben sich im Winter kennengelernt, als Papa und Mama nach ihrer Kreuzfahrt bei mir waren, um Weihnachten nachzufeiern.

»Ja, ich wollte mal nach meinen Mädels schauen«, erwidert er augenzwinkernd. Dabei fällt mir auf, dass sein Urlaub hier schon ziemlich lange dauert. Ich nehme mir vor, ihn darauf anzusprechen, doch meine Mutter nimmt mich zur Seite.

»Sag mal, was ist denn mit Lexi los? Sie hat uns eben begrüßt, als wären wir Fremde. Schon freundlich, aber ...« Verwundert schüttelt sie den Kopf und ich gluckse.

»Kommt, ich zeige euch mal das vorübergehende Büro der Agentur«, schlage ich dann vor. Als wir durch die Tür treten, springt meine beste Freundin sofort auf und läuft auf uns zu, um meinen Eltern die Hand zu schütteln.

»Schön, dass ihr da seid. Sylvie hat sich extra die ganze Woche freigenommen für euch«, berichtet sie augenzwinkernd.

Mama sieht sie verwirrt an. »Aber ... ich ... wir ... haben uns doch eben schon gesehen.«.

»Ach, die Zwillingsfalle«, sagt Lexi amüsiert. »Das war sicher Lilly, meine Schwester. Sie ist die Chefin der Pension.«

Nun geht meiner Mutter ein Licht auf und sie schlägt sich die Hand an den Kopf. »Und ich dachte schon, dass du so distanziert bist.« Auch mit Lexi pflegen meine Eltern ein freundschaftliches Verhältnis. So wie sie alle meine Freunde sofort akzeptiert haben, genau wie meine Partner. Nur Max haben sie nie kennengelernt. Sie hätten ihn sicher gemocht und er hätte bei ihnen sein können, wie er war. Vielleicht hätte ihm das Rückhalt gegeben.

»Sylvie?« Lexi berührt mich kurz am Arm und ich schrecke aus meinen Gedanken hoch.

»Was? Sorry …«

»Ich würde deinen Eltern gerne mein Haus zeigen und wo die Agentur dann ihren eigentlichen Sitz bekommt. Sie möchten nur schnell in ihr Zimmer und sich frisch machen«, wiederholt Lexi für mich.

»Ja, klar. Gute Idee«, beeile ich mich zu antworten und lächle.

Den restlichen Vormittag verbringen wir mit der Besichtigung der Baustelle, die bald unser Büro werden soll. Langsam nimmt alles Formen an, es geht nur noch um den inneren Feinschliff, ehe die Agentur endlich übersiedeln kann. Zum Mittagessen kommen wir wieder ins *L&P*, wo meine Mutter beide Zwillingsschwestern nebeneinander sieht und sich über das Missverständnis vom Vormittag amüsiert. Am Nachmittag besteht sie darauf, Lebensmittel einzukaufen und Abendessen für mich zu kochen.

»So wie ich dich kenne, nutzt du in deiner Küche nur den Backofen und dein Gefrierschrank ist voll mit dieser schrecklichen Fertigpizza.« Sie verzieht das Gesicht. »Es wird Zeit, dass du etwas Vernünftiges zwischen die Zähne bekommst.«

Ich will etwas erwidern, doch mein Vater deutet mir, dass es keinen Sinn hat. Also begleite ich meine Eltern zum nächsten Supermarkt und zeige ihnen im Anschluss mein Heim auf dem Meer.

»Wow«, entfährt es meinem Vater, als er auf dem Oberdeck des Hausboots steht und die Ostsee ihm zu Füßen liegt. »Den Strand vor der Haustür, das Meer vor der Terrasse und dieser Ausblick«, schwärmt er, als er die Stufen nach unten nimmt und wieder ins Wohnzimmer geht.

»Riesig ist es nicht, aber mir genügt es«, werfe ich ein.

»Es ist sehr gemütlich«, sagt meine Mutter strahlend. »Wirklich schön hast du es hier.«

»Das wäre doch ein Alterssitz für uns, was meinst du, Gudrun?«, wendet sich mein Vater nun an meine Mutter.

»Gehst du in Rente?«, frage ich und rechne nach. So alt ist mein Vater doch noch gar nicht. Meine Eltern tauschen einen raschen Blick.

»Die Bank legt einige Filialen zusammen, unter anderem auch jene, die ich leite. Man hat mir stattdessen eine beratende Tätigkeit in der Wertpapierabteilung angeboten. Oder die Option mit einer hohen Abfindung in Frührente zu gehen. Ich hatte in den letzten Jahren ein glückliches Händchen mit einigen Aktienfonds und der Gewinn daraus würde mit der Abfindung die verlorenen Arbeitsjahre ausgleichen. Also ja, ich überlege, in Rente zu gehen.« Das Strahlen seiner Augen verrät, dass er sich eigentlich schon entschieden hat und ich atme innerlich auf. Als Rentner gibt er kein Ziel mehr für meine Schwiegermutter ab. Eine Sorge weniger.

»Das klingt toll, Papa!«, versichere ich ihm.

»Finde ich auch! Jetzt investiere ich noch mal ein wenig und wenn ich wieder den richtigen Riecher habe, hole ich deine Mutter auch von der Schulbank«, meint er lachend.

»Na, darauf trinke ich ein Glas«, erwidert Mama grinsend.

»Ich habe leider keinen Alkohol im Haus«, muss ich gestehen.

»Macht nichts, dann gehe ich noch mal los«, bietet mein Vater an. Als er bei der Tür ankommt, klopft es. Kurzerhand öffnet er.

»Oh mein Gott«, höre ich eine vertraute Stimme.

»Ralf genügt«, erwidert mein Vater vergnügt und ich sehe, wie er Georg seine Hand entgegenstreckt, der ihn wie versteinert anstarrt.

»Sie sind … also Sylvie ist … die Eltern«, stammelt er dann. Papa lacht. »Ich bin Sylvies Vater, wenn Sie das meinen. Und Sie sind …?«

Ich sehe über die Schulter meines Vaters und entdecke nur das Entsetzen in Georgs Blick.

»Papa, das ist Georg. Wir arbeiten zusammen an mehreren

Projekten für die Stadtverwaltung und sind befreundet«, erkläre ich dann schnell. »Und du hast ihn offenbar ziemlich überrascht.«

»Ja, das sieht man.« Erneut ertönt das tiefe Lachen meines Vaters.

»Und ich bin Gudrun, Sylvies Mutter«, sagt nun Mama und streckt ihre Hand an mir vorbei. Georg schüttelt sie mit einem Kopfnicken. »Möchten Sie mit uns essen?«

»Ich … nein, vielen Dank. Ich wollte Sylvie nur etwas wegen der Arbeit sagen und habe vergessen, dass sie ja Urlaub hat, weil … Sie beide ankommen«, bringt er schließlich hervor. »Ich geh dann mal wieder.«

Dann dreht er sich auf dem Absatz um und flieht förmlich. Meine Eltern sehen einander an und zucken die Schultern, ehe Papa sich auf den Weg zum Supermarkt macht und Mama wieder in der Küche verschwindet.

»Ich frage Georg schnell, was er mir sagen wollte. Er wohnt gleich nebenan. Bin in ein paar Minuten zurück«, rufe ich meiner Mutter hinterher und sie winkt mir zu.

Sekunden später klopfe ich an die Haustür des blauen Boots und drücke prüfend die Klinke nach unten. Es ist offen und ich trete ein. Georg steht wie angewurzelt mitten im schmalen Flur und hat die Hände vor den Mund geschlagen. Seine Augen sind unruhig und man merkt ihm an, dass sich seine Gedanken gerade überschlagen. Ich mache einen vorsichtigen Schritt auf ihn zu.

»Georg? Ist alles in Ordnung?«, frage ich.

»Ich … hab es so was von vermasselt.«

»Was genau? Ist etwas wegen der Olympiade?« Verwirrt sehe ich ihn an.

»Das eben«, erklärt er, als würde ich das Offensichtliche nicht bemerken. »Es gibt nur eine Chance auf einen ersten Eindruck und ich … war ein kompletter Idiot. Ich habe nicht mal einen geraden Satz rausgebracht.« Ironisch lacht er auf.

»Georg, das sind meine Eltern, nicht die spanische Inquisition«, beruhige ich ihn. »Die beiden sind ziemlich locker drauf.« »Für ihre einzige Tochter wollen sie aber sicher einen Mann, der nicht so … neben der Spur läuft wie ich gerade«, hält Georg dagegen. »Du warst überrascht! Ich habe vergessen, dir zu sagen, dass sie heute ankommen.«

»Ich wollte es diesmal besser machen. Damit deine Eltern mich nicht so hassen wie Sarahs«, gesteht er dann und ich gehe noch einen Schritt auf ihn zu. Langsam strecke ich die Hand nach ihm aus und er lässt sich in eine Umarmung ziehen.

»Keine Sorge! Meine Eltern haben sich noch nie in mein Liebesleben eingemischt«, versichere ich ihm.

Statt einer Antwort drückt er mich fest an sich.

»Hör zu«, beginne ich dann. »Ich würde dich meinen Eltern gern als neuen Mann in meinem Leben vorstellen. Aber zuerst muss ich ihnen von meinem Noch-nicht-Ehemann erzählen. Alles der Reihe nach, okay?« Georg nickt. »Setzt du dich morgen beim Karaoke-Wettbewerb zu uns? Dann könnt ihr euch mal beschnuppern«, schlage ich vor.

»Ist das nicht zu auffällig?«

Ich schüttle den Kopf. »Die beiden Organisatoren sollten doch an einem Tisch sitzen. Außerdem sind ja auch noch das ganze Team des *L&P*, Lexi und Johnny dabei.«

»Okay, wenn du meinst!« Seine Augen suchen meine und er versucht zu lächeln. Ich lege meine Hand an seine Wange und küsse ihn für einen Moment.

»Dann bis morgen«, flüstere ich und gehe.

Zeitgleich mit meinem Vater komme ich an meiner Eingangstür an. Er hält zwei Flaschen Wein hoch.

»Ich konnte mich nicht entscheiden«, meint er dann lachend.

Ich hole tief Luft, um mir Mut für das Geständnis zu machen, das gleich ansteht.

»Das macht nichts. Ich habe das Gefühl, dass wir beide heute Abend noch brauchen können.«

Mit fragendem Blick folgt mir Papa auf mein Hausboot. »Das Essen dauert noch eine halbe Stunde«, informiert uns meine Mutter fröhlich.

»Das ist gut, weil ich euch nämlich noch etwas Wichtiges erzählen muss«, rücke ich mit der Sprache heraus. Ich deute ihnen, auf der Couch Platz zu nehmen und sie folgen mir. Sie werden nicht dazwischenfragen und mich nicht unterbrechen, das weiß ich und das gibt mir die Sicherheit, endlich die Wahrheit zu erzählen.

»Es gibt etwas, das ihr nicht wisst. Mein Leben ist kompliziert und alles begann vor drei Jahren«, starte ich und erzähle ihnen dann endlich die ganze Geschichte von Max und mir von Anfang bis zum heutigen Tag. Meine Mutter hat Tränen in den Augen und zieht mich an sich, als ich geendet habe.

»Du hättest doch jederzeit mit uns reden können und das nicht allein durchstehen müssen«, versichert sie mir. Keine Vorwürfe, dass ich es nicht getan habe. Nun legen sich auch die Arme meines Vaters um uns beide. Als wir uns wieder voneinander lösen, sieht er mich ernst an.

»Können wir dir irgendwie helfen? Brauchst du etwas? Einen Anwalt?«, fragt er ernst.

Ich schüttle den Kopf. »Nein, Toni ist der beste Anwalt, den Max kannte, und betreut mich hervorragend. Nur Max' Eltern machen Probleme, weil sie die Verhandlungen ständig verzögern.«

»Aber langsam wird es Zeit, dass du das Kapitel Max abschließt, oder?«, fühlt meine Mutter vor und ich nicke.

»Hat das auch etwas mit diesem Georg zu tun?«, erkennt mein Vater die Spur seiner Frau.

»Ja«, gebe ich zu. »Wir … haben uns schon vor einem Jahr während meines Urlaubs ineinander verliebt. Zusammen sind wir allerdings erst seit ein paar Tagen. Aber es ist wegen der Sache mit Max nicht offiziell. Morgen bei der Restaurant-Olympiade könnt ihr ihn ein wenig kennenlernen.«

Meine Mutter schmunzelt. »Du hast ihn ausgesucht und wir vertrauen deinem Urteil. Er ist sicher ein sehr netter junger Mann.«

So kenne ich meine Eltern. Es wird noch ein langer Abend, weil sie natürlich noch einige Fragen zu der ganzen Geschichte haben, aber ich fühle mich, als hätte man mir einen weiteren Felsbrocken von den Schultern genommen, weil meine Familie endlich Bescheid weiß.

Kapitel 31 – heute

Am nächsten Tag fungiere ich als Fremdenführerin in Sterenholm und zeige meinen Eltern meine neue Wahlheimat. Sie fühlen sich sehr wohl und können meine Entscheidung von Stunde zu Stunde mehr nachvollziehen. Während ich mich für den Abend fertig mache, spüre ich ein wohliges Kribbeln in meinem Bauch. Ich freue mich darauf, Georg wiederzusehen. Er hat versprochen mich abzuholen und wir wollen uns gemeinsam auf den Weg ins Hotel *Strandblick* machen, wo der heutige Karaoke-Wettbewerb der Restaurant-Olympiade stattfindet. Als Veranstalter sollten wir die Ersten sein. Meine Eltern kommen etwas später mit Lexi und der Crew des *L&P*. Aus meinem Schrank wähle ich ein Sommerkleid in Gelb und Rot, weiße Sandaletten mit etwas höherem Absatz und eine gleichfarbige Clutch. Die Haare stecke ich hoch, weil es heute heiß ist. Ich bin kaum fertig, da klopft es an der Tür.

»Wow!«, entfährt es Georg. »Jedes Mal, wenn ich mir denke, du kannst nicht noch schöner aussehen, toppst du es doch wieder.«

Sein Kompliment schmeichelt mir und ich lächle verlegen. »Das goldene Kleid vom Sommerball kann man noch toppen?« Ich zwinkere ihm zu.

»Das Kleid nicht, aber jetzt strahlst du viel mehr und das macht *dich* noch schöner.« Schnell haucht er mir einen Kuss auf die Lippen. Ich verliere mich in seinen braunen Augen und muss mich schließlich selbst ermahnen, dass wir noch zu arbeiten haben. Rasch lasse ich meinen Blick über sein Outfit gleiten. Schwarze Jeans, hellgraues Hemd mit hochgekrempelten Ärmeln, lässige, dunkelgraue Weste und graue Schiebermütze à la Roger Cicero.

»Du hast dich aber schick gemacht heute«, ziehe ich ihn auf.
Er atmet tief ein und sieht mich fragend an.

»Meinst du, deinen Eltern gefällt es?«

Als Antwort bekomme er nur ein lautes Lachen. Dann hake ich mich bei ihm unter und verlasse mit ihm gemeinsam das Hausboot.

Wir haben gute Arbeit bei der Vorbereitung geleistet, alles läuft und alle wissen, was sie zu tun haben. Georg hat mir zu jedem Auftritt ein paar Stichworte aufgeschrieben, wir wollen die Songs abwechselnd moderieren. Der große Saal füllt sich und ich winke meinen Eltern zu, die sich ebenfalls ein wenig in Schale geworfen haben. Dann geht es los. Georg erklärt die Regeln. Jeder Teilnehmer singt einen Song Bezug nehmend auf seinen Teampartner, die jüngeren geben Oldies oder Klassiker zum Besten, die älteren versuchen sich an neueren Liedern. So wird es eine bunte Musikmischung. Auf den Tischen liegen Bewertungsbögen bereit, mit denen die Zuhörer Punkte verteilen können. Am Ende verweist Georg auf die Möglichkeit, dass die Gäste am nächsten Tag für ihre Unterkünfte Extrapunkte ersingen können. Der Karaoke-Abend wird jedes Jahr sehr gut vom Publikum angenommen und auch in diesem Jahr ist der Saal bis auf den letzten Platz gefüllt und die Urlauber sind in richtig guter Stimmung. Es wird mitgeklatscht, mitgesungen und auch jene Darbietungen, die mehr schiefe Töne als gerade enthalten, bekommen ausgiebig Applaus.

Als sich unsere fleißigen Helfer hinter der Bühne um die Auswertung kümmern, werden Rufe laut, dass auch Georg und ich etwas singen sollen.

»Glauben Sie mir, es ist besser für alle, wenn wir das bleiben lassen«, scherze ich mit dem Publikum und versuche, uns aus der Affäre zu ziehen. Doch Georg verschwindet mit einem Grinsen hinter der Bühne und startet die Karaoke-Maschine.

»Was soll das?«, zische ich ihm panisch zu. Doch er zuckt nur die Schultern und schon erklingt eine Gitarre.

»Liebe Sylvie, dieser Song ist für dich«, meint er dann mit einer theatralischen Hand aufs Herz Geste, die mir einen Schock versetzt, die Gäste jedoch zum Jubeln bringt. Ich brauche einen Moment, bis ich erkenne, was er ausgesucht hat. Es ist *Friends will be friends* von Queen und er singt davon, dass man seine Hand ausstrecken soll, wenn man mit dem Leben fertig ist und seine Hoffnung verloren hat, denn Freunde werden Freunde bleiben bis zum Ende. Lachend stimme ich mit ein. Wir singen laut und falsch, aber voller Begeisterung und das Publikum stimmt mit ein. Der Song endet in tosendem Beifall und Georg umarmt mich freundschaftlich. Danach verkünden wir, dass den Wettbewerb in diesem Jahr der *Dünenhof* knapp vor dem *L&P* gewonnen hat und sich damit auch den Gesamtsieg sichern kann, da der Vorsprung nicht mehr eingeholt werden kann. Somit ist die Restaurant-Olympiade zu Ende und unsere Arbeit getan. Erleichtert lassen wir uns auf unsere Plätze fallen und stoßen mit einem Glas Sekt darauf an, dass alles glatt gelaufen ist.

Wenig später lehne ich mich zurück und mein Blick wandert über den Tisch. Meine Mutter unterhält sich mit Johnny und Papa hat ein Gespräch mit Georg begonnen, der einigermaßen entspannt aussieht. Lexi zieht ihre Schwester damit auf, dass diese ständig ihr Handy kontrolliert, ob eine Nachricht der Babysitterin eingegangen ist und mir steigen Tränen in die Augen, weil mir klar wird, dass ich mich in den letzten drei Jahren wohl nirgends so wohl gefühlt habe wie jetzt in diesem Augenblick. Einfach nur rundum glücklich.

Georg und ich sind bei den Letzten, die das Hotel *Strandblick* verlassen. Wir haben noch alles für den Gästewettbewerb am nächsten Tag organisiert und eine Mitarbeiterin des Hotels in die Anlage eingewiesen. In angenehmem Schweigen gehen wir nebeneinander zum Hafen, nach der letzten Kurve nimmt Georg meine Hand.

»Wie ging es dir heute Abend?«, frage ich.

»Besser als erwartet. Deine Eltern sind wirklich sehr nett und aufgeschlossen«, gibt er zu. »Wissen sie von uns?«

»Ja«, antworte ich schlicht und Georg saugt hörbar die Luft ein. »Was ist los? Ich dachte, du bist schon ein wenig entspannter als gestern? Sie mögen dich. Und sie würden sich nie einmischen. Und selbst wenn würde ich mich nicht beeinflussen lassen.« Forschend sehe ich ihn an.

»Ihr seid ein gutes Team«, stellt Georg fest. Fragend hebe ich eine Augenbraue. Er lässt meine Hand los und wendet sich dem Meer zu. Schwarz liegt es vor uns und ist so ruhig, dass kaum ein Plätschern zu vernehmen ist.

»Wenn ich Familien wie deine sehe … Ich frage mich dann immer, was falsch gelaufen ist, dass wir nicht so waren – also meine Eltern und ich.«

Ich verstehe, was er meint. Nun kommen seine dunklen Flecken aus der Vergangenheit ans Licht. Er hat die Situation in seiner Familie also keineswegs so gut verkraftet und weggesteckt, wie er alle glauben lässt.

»Keine Ahnung, aber es war auf keinen Fall deine Schuld«, versichere ich ihm und trete näher an ihn heran.

»Wenn ich sehe, wie gut Eltern und Kinder sich verstehen können … Und wenn mir dann noch die Chance geboten wird, Teil einer solchen Familie zu werden, dazuzugehören zu so einem Team … Ich dachte, bei Sarah hätte ich das geschafft. Und jetzt habe ich … Angst.« Man merkt, dass es ihm sehr schwerfällt, dieses Wort auszusprechen, dieses Gefühl zuzugeben. »Ich habe Angst, es wieder in den Sand zu setzen.«

»Du hast bei Sarah nichts in den Sand gesetzt.« Ich schlinge meine Arme von hinten um ihn und kuschle mich an seinen Rücken. »Diese Menschen waren einfach nur Arschlöcher.« Meine direkte Wortwahl entlockt ihm ein kurzes Lachen. »Sie haben dir etwas vorgespielt, aber davor brauchst du dich bei meinen Eltern nicht zu sorgen. Sie mögen dich, das habe ich heute eindeutig gemerkt.« Georg dreht sich um und drückt mich fest an sich.

»Lass der Sache Zeit«, füge ich dann noch hinzu.

»Soll ich dich zur Tür bringen?«, fragt er leise.

»Ich habe meine Eltern nicht im *L&P* untergebracht, um allein auf meinem Boot zu schlafen«, antworte ich flüsternd und ziehe ihn mit einem verführerischen Lächeln mit mir.

Kapitel 32 – heute

Am nächsten Tag entführen Georg und ich meine Eltern an den Strand und zum Windsurfen. Zu viert flitzen wir über die Wellen und genießen die Ostsee in vollen Zügen. Zum Abendessen in *Frederiks Fischkneipe* stoßen auch Lexi, Niko und Johnny zu uns.

»Also ich bin ja beruhigt, dass es so viele gute Lokale mit leckerem, vernünftigem Essen in Sylvies Nähe gibt«, verkündet meine Mutter nach dem Essen. »Das Kochen konnte ich ihr leider nie beibringen und diese ewige Tiefkühlpizza ist schrecklich.«

»Vielen Dank für das Kompliment«, entgegnet Frederik, der die Teller abräumt. »Aber es muss ja in einer Beziehung nicht immer die Frau sein, die kochen kann.« Er zwinkert Georg zu, der eine abwehrende Handbewegung macht.

»Ach, kochen kannst du also auch?«, wendet sich meine Mutter an Georg. Bereits am Nachmittag sind meine Eltern und er zum Du übergegangen.

»Sagen wir mal, ich kann mich ohne Tiefkühlkost ernähren«, wiegelt er ab.

»Das sind doch Qualitäten, die man als Mutter einer talentfreien Küchen-Legasthenikerin gerne hört.« Sie grinst vergnügt. Mit einem sarkastischen Blick werfe ich ihr ein diabolisches Lächeln zu.

»Möchtest du, dass ich dir über seine anderen Qualitäten auch Bericht erstatte, oder hast du mich genug bloßgestellt, Mutter?«, scherze ich.

»Kind, schweige! Ich muss nicht alles wissen«, erwidert sie gespielt pikiert. »Frederik, wir hätten gerne einen Schnaps auf diese Drohung und dann die Rechnung.« Auf ihre Worte folgt großes Gelächter unseres gesamten Tisches. Ich liebe meine

Eltern und ich liebe es, dass sie sich so nahtlos in meinen Freundeskreis einfügen. Mein Vater lädt die versammelte Runde ein und danach verabschieden er und meine Mutter sich.

Lexi, Niko, Johnny, Georg und ich wechseln an die Bar, wo auch Frederik sich zu uns stellt.

»Deine Eltern sind echt coole Socken«, meint er und Georg lacht.

»Du hättest die beiden beim Windsurfen sehen sollen.«

»Bleiben sie noch bis zum Wochenende?«, will Lexi dann wissen.

»Bis Samstag«, antworte ich, doch dann fällt mir etwas ein. »Johnny-Schatz, wie lange bleibst du denn eigentlich noch?«

Der nimmt einen großen Schluck von seinem Bier. »Wieso? Willst du mich schon loswerden?« Freundschaftlich stößt er mich in die Seite. Doch etwas in seinem Verhalten macht mich nachdenklich.

»Natürlich nicht! Hast du deinen Urlaub wegen mir verlängert?«, hake ich nach. Johnny ist mit seiner Bar *Watermelon* praktisch verheiratet. Er hat sie seit Jahren nur einen einzigen Tag geschlossen und das war bei Lexis Abschlussfeier. Es gibt nicht einmal einen Ruhetag, von Urlaub ganz zu schweigen. Und nun sind es schon mehrere Wochen, die er an der Ostsee verbringt.

»Quatsch, ich brauche einfach mal eine Auszeit, okay? Kein Grund zur Sorge«, beteuert er, doch an Lexis Blick erkenne ich, dass auch sie misstrauisch geworden ist.

»Johnny?«, fragt sie leise, aber bestimmt. »Wann öffnet das *Watermelon* wieder?«

Die Augen meines besten Freundes sehen starr auf sein Glas, er dreht es am Stand herum und wischt die sich bildenden Perlen ab. Als er aufsieht, weiß ich, dass etwas ganz und gar nicht stimmt.

»Gar nicht«, erwidert er dann mit brüchiger Stimme. Es ertönt ein kollektives Luftschnappen von Lexi, Niko und mir. Niko will etwas sagen, doch ich stoppe ihn mit einer Handbewegung. Johnny jetzt zu löchern wäre der falsche Weg, er wird es von selbst erzählen.

»Das Gebäude wird zu einem Wohnhaus umgebaut. Der Pachtvertrag wurde nicht mehr verlängert. Ich war nicht bei der Geburtstagsfeier, weil … weil ich meinen Lebenstraum in dieser Woche leer räumen musste.« Er schluckt und ich nehme ihn wortlos in den Arm. Die Bar war sein Zuhause, sein Leben. Und er hat wochenlang nichts davon gesagt, dass er alles verloren hat. In diesem Moment wird mir klar, dass er mir deshalb so gut zur Seite stehen konnte, weil er wusste, wie es ist, wenn man etwas verschweigt.

»Armin hat schon einen anderen Job«, erzählt er nach einigen Minuten. »Im Café eines Einkaufszentrums. Die Arbeitszeiten sind im Vergleich zu vorher natürlich ein Familientraum.«

Niko nickt wissend. »Hast du einen neuen Standort im Auge?«

Mein bester Freund schüttelt den Kopf. »Derzeit ist nichts zu finden, das von der Größe und Lage her passt und einigermaßen bezahlbar ist. Mein Pachtvertrag war ein Schnäppchen, deshalb wollten die mich ja auch unbedingt raushaben.«

»Und wie geht es nun weiter, wenn du wieder nach Hause fährst?«, fragt Lexi leise.

»Es ist nicht mehr mein Zuhause«, stellt Johnny fest. »Meine Bar ist geschlossen, meine Wohnung war über dem *Watermelon* und ist auch weg, meine Sachen stehen in Kartons gepackt in Armins Keller, mein Vater lebt nicht mehr und meine beiden besten Freundinnen sind ausgewandert. Mich hält dort nichts mehr.«

Ich beiße mir auf die Lippe. »Was hast du denn jetzt vor?«

Johnny zuckt mit den Schultern. »Ich dachte, dass ich hier im Urlaub vielleicht rausfinde, was ich mit meinem Leben in Zukunft anstellen soll.«

»Und?«, fragt Lexi.

»Na ja, als Schauspieler habe ich mich ganz gut angestellt. Und beim Geheimdienst könnte ich vermutlich inzwischen auch Karriere machen«, scherzt er, obwohl keinem von uns danach ist. »Aber in Wahrheit ... habe ich keinen Tau! Ich bin jetzt fast fünfunddreißig Jahre alt und durch und durch Barkeeper.«

Frederik stellt ungefragt ein Glas mit klarem Schnaps vor Johnny auf den Tresen.

»Dann bleib auch einer!«, meint er dann. Fünf Augenpaare sehen ihn fragend an.

»Die Stadt hat mir angeboten, einen Teil der Gastronomie des neuen Indoorspielplatzes zu übernehmen und den Zuschlag für den Fahrradverleih habe ich auch bekommen. Außerdem spiele ich schon lange mit dem Gedanken, die *Fischkneipe* in ein Tages- und ein Abendlokal zu teilen.« Er zeigt auf die Mitte des Raumes. »Hier kommt eine Schiebewand rein, die um zweiundzwanzig Uhr geschlossen wird, ebenso wie das Restaurant.«

»Was hat das mit mir zu tun?«, will Johnny wissen.

»Übernimm die Bar!«

»Was?«, stößt mein bester Freund hervor.

»Allein schaffe ich es nicht mehr. Ich will aus dem Nachtgeschäft aussteigen. Du hast schon für meine Gäste Cocktails gemixt, du lebst für deinen Beruf, ich kann dich gut leiden und glaube, dass mein Lokal bei dir in guten Händen wäre. Und das steht bei mir an erster Stelle. Das Haus gehört mir, ich mache dir einen guten Pachtvertrag. Du hast völlig freie Hand. Wenn du unterschreibst, kannst du die Deko deines *Watermelon* schon am Tag darauf aus der Versenkung holen und deine Traumbar zu deinen zwei Lieblingsfrauen an die Ostsee übersiedeln.«

Alle Blicke sind nun auf Johnny gerichtet und wir wagen nicht mal zu atmen, während er Frederik anstarrt.

»Ich komme morgen Vormittag vorbei, damit wir die Einzelheiten besprechen können – Pacht, Raumeinteilung, Öffnungszeiten.«

»Das heißt, du machst es?«, entfährt es Lexi erfreut.

Johnny grinst. »Ja, ich schätze, ich werde nun auch ein Küstenküken.«

Der Reihe nach umarmen wir ihn und beglückwünschen ihn zu seiner Entscheidung. Danach stoßen wir mit einem Glas Sekt auf Johnnys Zukunft an. Und es bleibt nicht bei einem. Weit nach Mitternacht machen Georg und ich uns auf den Weg zu den Hausbooten. Erneut zieht er mich nach der letzten Ecke, als niemand uns mehr von der Straße aus sehen kann, an sich, legt seinen Arm um mich und küsst mich sanft auf mein Haar.

»Darauf freue ich mich schon den ganzen Abend«, murmelt er.

»Hm …«, mache ich nur verträumt.

»Weshalb verstecken wir uns denn noch? Eigentlich wissen doch ohnehin alle über uns Bescheid, mit denen wir unterwegs sind«, wirft er dann in den Raum und ich seufze.

»Ja … schon … aber …« Hilfe suchend sehe ich ihn an.

»Du weißt nicht, ob man dich vielleicht doch noch beschatten lässt.« Georg versteht, was ich sagen will, doch sein Blick wirkt bedrückt.

»Es tut mir leid«, flüstere ich und ziehe ihn näher zu mir. Dann fällt mir etwas ein. »Hast du morgen Nachmittag Zeit?«

Georg überlegt. »Ich denke schon, wieso?«

»Überraschung!« Ich lächle ihn an und merke, dass sich die Lage zwischen uns wieder entspannt. Und eine halbe Stunde später lässt Georg mich in seinem Bett dahinschmelzen.

Kapitel 33 – heute

Am nächsten Vormittag führe ich einige Telefonate und treffe mich mit meinen Eltern zu einem frühen Mittagessen. Die beiden wollen danach ein paar Souvenirs shoppen und den Tag in einem Strandkorb des *L&P* ausklingen lassen. Ich hingegen habe noch einiges für den Nachmittag geplant und hole Georg ab. Gemeinsam fahren wir eine knappe Stunde südwärts und biegen schließlich in den Hof des Fahrradherstellers ein, den ich für Sterenholms neuen Verleih entdeckt habe.

»Und was machen wir hier?«, will Georg wissen.

»Also erstens führe ich Preisverhandlungen lieber persönlich, zweitens möchte ich mich von der Qualität der hergestellten Fahrzeuge gerne selbst überzeugen und drittens gibt es hier auch noch eine Strecke, auf der man sie ausprobieren kann«, sage ich vergnügt.

»Äh … Sylvie? Hast du da nicht etwas vergessen?«, raunt er mir zu, während wir aussteigen. »Ich kann nicht Fahrradfahren.«

»Genau das ändern wir heute.« Ich zwinkere ihm zu und Georg bleibt tatsächlich kurz der Mund offen stehen.

»Sylvie!«, zischt er. »Ich will mich nicht vor einem Geschäftspartner blamieren.«

Mit einem Ruck bleibe ich stehen und sehe ihn ruhig an. »Vertraust du mir?«

»Ja, klar. Aber …«

»Dann vertrau mir jetzt.«

Dann betrete ich den Geschäftsbereich und stelle mich der Sekretärin vor. Nachdem ich per Mail schon die verschiedenen Gefährte angefragt habe, bringt der Geschäftsführer, Herr Schreiner, uns auf den Übungsplatz, der etwa fünfzig Meter hinter dem Haus von dichten Bäumen umgeben ist.

»Viele unserer Kunden wollen erst die ganze Palette unserer Produkte durchprobieren, ehe sie sich entscheiden. Da wollen sie nicht beobachtet werden, wenn sie die ersten Versuche auf einem Tandem starten«, erklärt er mit einem breiten Lächeln. »Ich bin bis abends im Büro. Lassen Sie sich ruhig Zeit. Wenn es Fragen gibt, rufen Sie mich kurz an, dann komme ich her. Ich hoffe, dass Sie bei uns finden, was Sie suchen.«

Dann lässt er uns allein.

»Gut ausgehandelt«, lobt Georg mich.

»Bei der Menge an Gefährten, die Sterenholm sich anschaffen will, ist das das Mindeste, was er tun kann«, wehre ich ab. »Und nun zu dir. Bist du mit irgendwas schon gefahren, das Räder hat – außer einem Auto?«

»Gilt ein Einkaufswagen?«

Ich verdrehe die Augen mit einem Lachen und steuere einen Tretroller an. Mit ein paar Erklärungen stelle ich mich selbst auf das Brettchen und zeige, wie man damit fährt. Nach einer Runde gebe ich ihn an Georg weiter. Er testet vorsichtig, hat den Dreh aber schnell raus. Als Nächstes steht ein Laufrad in Erwachsenengröße auf meinem Plan, mit dem Georg ebenfalls schon bald über den Platz flitzt. Danach winke ich ihn in ein Tretmobil mit vier Rädern, in dem wir nebeneinandersitzen. Hier muss er die Pedale betätigen, die er jedoch schon vom Tretbootfahren kennt. Darauffolgend schnappe ich mir ein Tandem.

»Füße auf die Pedale, du versuchst Treten und Balancehalten unter einen Hut zu bekommen. Den Rest erledige ich.«

Die erste Runde ist sehr wackelig und zweimal wären wir fast gestürzt, doch schließlich finden wir unseren Rhythmus. Georg strahlt.

»So, nun geht es ans Eingemachte«, sage ich dann und bringe ihm ein Fahrrad in Jugendgröße. »Damit kommst du problemlos jederzeit mit den Füßen auf den Boden wie beim Laufrad. Das gibt dir Sicherheit.«

Ich weiß, dass mein Crashkurs gewagt ist, doch ich glaube fest daran, dass er es schafft. Georg atmet tief durch und schwingt sich dann auf den Sattel.

»Nicht auf die Pedale sehen«, kommandiere ich. »Blick immer dorthin, wo du hinwillst …« Er stößt sich vom Boden ab und beginnt zu treten.

»Gutes Gleichgewicht … Jaaaa!«

Begeistert klatsche ich, als Georg seine erste Runde allein auf dem Rad dreht. Stolz springt er dann ab und wirbelt mich durch die Luft.

»Du bist … der pure Wahnsinn«, ruft er dann und küsst mich stürmisch. Aus einem Kuss werden zwei, dann drei und die anfängliche Euphorie weicht einer sich anstachelnden Leidenschaft, bis mich Georg schwer atmend ein Stück von sich schiebt.

»Ich bin so froh, dass du in mein Leben getreten bist, Sylvie«, flüstert er dann Stirn an Stirn mit mir. »Und ich lass dich nie wieder gehen.«

Wow … das geht mir jetzt ein wenig zu schnell. Nie wieder gehen? Weiß ich denn von Georg genug für *nie wieder gehen*? Oder sitze ich dann in ein paar Monaten mit dem nächsten Batzen an Problemen da? Wieso darf in einer Beziehung nie ich das Tempo bestimmen? Mit einem Mal fühle ich mich nicht mehr gehalten, sondern erdrückt. Ich erstarre und überlege fieberhaft, wie ich aus dieser Situation rauskomme, als wir ein Räuspern hinter uns vernehmen. Es ist später geworden als erwartet und Herr Schreiner möchte wohl nachsehen, ob wir zurechtkommen. Rasch versichere ich ihm, dass wir alle Fahrzeuge getestet haben und von der Qualität überzeugt sind. Zu den preislichen Verhandlungen begeben wir uns ins Büro. Mit einem mehr als fairen Angebot machen wir uns schließlich auf den Weg zurück in die Stadt, um es am nächsten Tag dem Bürgermeister vorzulegen. Zu Hause schiebe ich Kopfschmerzen vor und verschwinde rasch auf meinem Hausboot. Doch statt zu schlafen kreisen meine Gedanken die ganze Nacht um Georg und Max und die Frage, ob mir die Sache zwischen Georg und mir nicht doch etwas zu schnell geht. Denn auch wenn drei Jahre seit Max' Tod vergangen sind, habe ich nicht mit ihm abschließen können. Und mit einem Mal verstehe ich Max' Wunsch nach Freiheit. Irgendwann besiegt die Müdigkeit mein Gedankenkarussell.

Am nächsten Morgen mache ich mich auf den Weg zu einem späten Frühstück mit meinen Eltern, als Georg gleichzeitig in die Stadtverwaltung aufbricht, um den Fahrrad-Deal unter Dach und Fach zu bringen. Am Pier treffen wir aufeinander, doch noch ehe ich sein »Guten Morgen« erwidern kann, biegt der Briefträger um die Ecke.

»Ich habe ein Einschreiben für dich«, ruft er mir zu und ich schlucke. Tatsächlich ist das Schreiben vom Gericht und ich reiße es auf der Stelle auf. Nachdem ich den Text überflogen habe, lache ich sarkastisch auf.

»Was ist los?«, fragt Georg alarmiert. »Wieder eine Verschiebung?«

»Ganz im Gegenteil«, erwidere ich tonlos. »Der Termin ist schon Anfang nächster Woche.« Nach dem Gefühlschaos, in das mich Georgs Aussage von gestern gestürzt hat, fühle ich mich nicht bereit, in die Schlacht um meine Ehe mit Max zu ziehen. Ewig habe ich darauf gewartet, dass endlich Fahrt in diese verrückte Geschichte kommt und nun geht es mir doch zu schnell. Mir bleiben nur ein paar Tage, um mich auf die Fragen des gegnerischen Anwalts vorzubereiten. Eines Anwalts, der mich hundertprozentig auseinandernehmen will.

»Ich muss sofort Toni anrufen.« Rasch eile ich wieder ins Hausboot. Auch mein Anwalt hat gerade erst von dem Termin erfahren und bittet mich, so schnell wie möglich zu ihm zu kommen, damit wir unsere Strategie genau durchbesprechen können.

Beim Frühstück erzähle ich meinen Eltern davon, die mich sofort darin bestärken.

»Wir kommen einfach wieder, wenn du alles hinter dir hast. Oder du kommst nach der Verhandlung zu uns und spannst mal ein paar Tage aus«, schlägt meine Mutter vor und sieht Lexi fragend an, die ebenfalls bei uns sitzt.

»Natürlich!«, stimmt diese sofort zu. »Nimm dir so viel Zeit, wie du brauchst. Regle deine Angelegenheiten, ich halte hier inzwischen die Stellung.«

Am Nachmittag packe ich meine Koffer. Ich will gleich früh am nächsten Morgen los. Danach klopfe ich drüben beim blauen Elefanten, um Georg zu erzählen, dass ich wegfahre. Als dieser öffnet, sieht er mir sofort an, was ich ihm sagen will.

»Wann fährst du?«, fragt er nur.

»Morgen Früh.«

»Hey, mach nicht so ein Gesicht. Das ist doch gut.«

Klar ist es das. Klar will ich, dass die Verhandlung endlich beginnt und eine Entscheidung getroffen wird. Natürlich möchte ich mein Leben endlich weiterleben. Aber ich weiß auch, dass alles wieder hochkommen wird. Noch mehr als bei meinem Bericht an meine Freunde und meine Eltern. Denn hier wird man tief graben, ich werde nichts auslassen können und alles erneut durchleben müssen. Alle Emotionen, die ich eigentlich zu den Akten legen will.

»Wir telefonieren ganz oft. Ich bin für dich da«, verspricht er.

Auf keinen Fall!, denke ich sofort und schüttle energisch den Kopf. Dann werden sich meine Gedanken nur um Georg drehen und ich muss mich auf Max konzentrieren.

»Nein! Da will ich jetzt allein durch. Ich kann nicht meine alten Gefühle und meine neuen mischen. Das schaffe ich einfach nicht.« Georg sieht mich schweigend an. Ich spüre seine plötzliche Distanz. Himmel, ich mag ihn doch. Sehr sogar. Mir ist nur gerade alles zu viel und geht mir zu schnell. Kann ich nicht mal eine Auszeit bekommen?

»Ist die Sache denn vorbei, wenn du zurückkommst?«, fragt er dann. »Oder steht uns dann immer noch etwas im Weg?«

»Wie meinst du das?«

»Freunde bis sich deine Lage geklärt hat, das war unser Plan. Seit einiger Zeit sind wir mehr als nur Freunde und du weißt, dass ich dich liebe. Werde ich nach deiner Rückkehr auch offiziell der Mann an deiner Seite?«

Panik steigt in mir auf. Und die Erinnerung an einen Heiratsantrag und Eheversprechen, an einen Sarg, Streit, Vorwürfe und ewiges Verstecken. Etwas legt sich um meine Brust, wie die Fesseln, die ich seit Max' Tod gespürt habe. Will ich die einen Ketten loswerden, um mich in andere zu stürzen? Will ich nicht endlich einmal frei sein? Herausfinden, was ich möchte und einfach nur in Ruhe atmen können?

»Georg … das ist alles gerade nicht so einfach für mich«, gebe ich zu. »Ich … weiß nicht, ob ich nach Max mein Leben gleich wieder so stark an einen Mann binden kann und will.«

Georg zuckt zurück, als hätte ich ihm eine Ohrfeige gegeben.

»Weißt du, ich habe Monate auf dich gewartet, das alles in den letzten Wochen geschluckt – deine Scheinbeziehung mit Johnny und das ewige Versteckspiel. Aber jetzt ist der Moment gekommen, an dem ich begreife, dass ich gegen Windmühlen kämpfe, Sylvie. Ich befinde mich im Wettstreit mit einem Toten und den kann ich nicht gewinnen, weil er einfach perfekt war für dich. Und er kann ja auch keine Fehler mehr machen. Er bleibt die unantastbare Erinnerung und ich der Idiot, der immer am Maßstab Max gemessen wird. Dabei bin ich ein ganz anderer Mensch als er, mit einer eigenen Art dich zu lieben. Aber offenbar reicht dein Gefühl nicht aus, um mir die Chance zu geben, dir das zu beweisen. Und weiterhin nur die zweite Geige zu spielen, die ewige Affäre zu sein, von der niemand wissen soll, dafür bin ich der Falsche.«

Die Tür vor meiner Nase schließt sich und ich merke erst, als mir die Tränen von den Wangen tropfen, dass ich weine. Scheiße, ich weiß nicht einmal, ob ich das, was eben passiert ist, wollte oder nicht. Ich weiß gerade gar nichts mehr. Wieder auf meinem Boot sinke ich auf die Couch und heule in die Kissen. *Es ist einfach zu viel*, hämmert es in Endlosschleife durch meinen Kopf. Die Grenze des Ertragbaren ist für mich erreicht.

Entsetzlich früh stehe ich am nächsten Morgen unter der Dusche. Ich habe kaum geschlafen und fühle mich so ausgelaugt wie noch nie zuvor in meinem Leben. Als ich zu meinem Auto gehen will, finde ich an der Türklinke eine kleine Stofftasche mit meinem MP3-Player. Ein Post-it klebt daran, auf dem in Georgs Schrift »Den hatte ich noch« geschrieben steht. Ich kann nicht anders, als mir die Stöpsel in die Ohren zu schieben. *I can't make you love me* von George Michael ertönt und lässt mich erneut gegen die Tränen kämpfen. Mit einem Seufzen lege ich das Gerät schließlich auf die Ablage im Flur und schließe die Tür hinter mir.

Kapitel 34 – heute

Die nächsten Tage verbringe ich fast ausschließlich mit Toni, der mich auf Kurs bringt. Er erklärt mir seine Strategie und jene, von der er vermutet, dass die gegnerische Partei sie verfolgt. Wir spielen die Befragung durch – wieder und wieder. Er nimmt mich in die Mangel, stellt unangenehme Fragen, will alles genau wissen. Ich erlebe jede Sekunde meines Lebens mit Max nochmals, jede Freude, jeden Schmerz. Ich habe keine Zeit, meine Gedanken um Georg kreisen zu lassen. Hier existiert er nicht für mich. Es geht um Max, um die letzten Jahre meines Lebens – jene Zeit mit ihm und jene danach, in der ich darauf warten musste, mein Leben fortzuführen. Max' Eltern haben alle Hebel in Bewegung gesetzt, dass die Verhandlung so spät wie möglich stattfindet. Unglaubliche drei Jahre konnten sie herausschlagen, in denen ihr Sohn jetzt schon in der Gruft liegt oder besser gesagt steht. Es war immer noch ein Gutachten ausstehend oder es gab einen Krankheitsfall, aus dem die Gerichtstermine immer wieder verschoben wurden. Aber heute geht es los.

An diesem Tag darf die Rechtsvertretung meiner Schwiegereltern die Fragen stellen. Und ich zweifle nicht daran, dass sie mich in der Luft zerreißen wollen. Toni hat mich darauf vorbereitet, dass die Befragung durch den gegnerischen Anwalt unangenehm und hässlich werden könnte. Nach der Bestätigung meiner Personalien erhebt sich dieser und ich wappne mich innerlich.

»Frau Becker, die Beziehung zwischen Ihnen und Herrn von Buren war noch sehr frisch, nur wenige Monate alt, als Sie geheiratet haben«, beginnt er. Da es sich um keine Frage handelt, schweige ich, wie Toni es mit mir geübt hat.

»Wer von Ihnen hat denn als Erster von einer Hochzeit gesprochen?«

»Das war Max«, antworte ich.

»War es eine Andeutung, die Sie dann forciert haben?«

»Nein.« Ich werfe Toni einen raschen Blick zu und ernte ein leichtes Nicken. Er hat mir eingeschärft, die Frage nur in kurzen Worten zu beantworten, da der Anwalt mir aus jeder zusätzlichen Information einen Strick drehen könnte.

»Wie hat er das Thema zur Sprache gebracht?«

»Er hat mich gefragt, ob ich ihn heiraten will.«

»Mit diesen Worten?«

»Ja.«

»Bleiben wir doch bei genauen Worten. Wann hat Herr von Buren Ihnen das erste Mal gesagt, dass er Sie liebt?«

Ich zögere. Toni sieht mich eindringlich an, doch ich weiß, die Antwort darauf kann mich Kopf und Kragen kosten.

»Frau Becker? Wann hat er zum ersten Mal die Worte ›Ich liebe dich‹ zu Ihnen gesagt?«

»Gar nicht«, gebe ich zu.

»Wie bitte?«, fragt der Anwalt nach und ich weiß, dass er in seinem Innersten Cha-Cha-Cha tanzt vor Freude.

»Er hat diese Worte nicht benutzt«, wiederhole ich.

»Sie haben einen Mann geheiratet, der Ihnen nie gesagt hat, dass er Sie liebt?«

»Er hat es mir gezeigt. Worte waren nicht nötig«, versuche ich zu erklären.

»Mit Schmuck?«

»Nein.«

»Anderen teuren Geschenken?«

»Nein.«

»Hat er während Ihrer Beziehung für Ihren Lebensunterhalt bezahlt?«

»Nein, er hat nur ab und zu etwas zu essen mitgebracht.«

»Aber er hat den Urlaub auf Hawaii bezahlt?«

»Das war sein Geschenk zu meinem Abschluss.«

»Also wussten Sie bei Reiseantritt bereits, dass er vermögend war?«

»Nein. Er sagte, das Geld habe er von seiner Großmutter bekommen.«

»Und wann haben Sie die Wahrheit erfahren?«

»Nach seinem Antrag.«

»Aber vor der Hochzeit?«

»Ja.«

Der Anwalt schwenkt um.

»Haben Sie ihm je gesagt, dass Sie ihn lieben. Wörtlich?«

»Ja.«

»Wann war das?«

Oh Mann, das läuft gar nicht gut.

»Etwa eine Woche nach unserem Kennenlernen.«

»Und was hat er darauf geantwortet?«

»Dass das zwischen uns eine Beziehung ist und er seit einer Woche nichts anderes als mich sieht.«

»Aber von Liebe war keine Rede?«

»Nicht mit diesen Worten.«

»Und das hat Sie nie gestört?«

»Nein«, antworte ich wahrheitsgemäß.

»Also ich kenne ja Paare, die sich getrennt haben, weil auf ein Liebesgeständnis keine entsprechende Reaktion kam. Und für Sie war das irrelevant?«

»Ich musste es nicht hören, um es zu wissen.«

»Aber den Antrag hat er ausgesprochen?«

»Ja.«

»Und drei Tage danach haben Sie geheiratet. Weshalb diese kurze Verlobungszeit?«

»Max hatte kurz nach unserem Urlaub einen OP-Termin und wollte mich dabei schon als seine Frau an seiner Seite haben.«

»Er hatte einen Gehirntumor?«

»Ja.«

»Wann haben Sie davon erfahren?«

»Ein paar Wochen nach unserem Kennenlernen.«

»War der Tumor der Grund, weshalb Sie mit ihm zusammengeblieben sind?«

»Wie bitte?«, stoße ich fassungslos hervor.

»Er war reich, er war krank, er war auf Distanz zu seiner Familie gegangen, er war allein. Der zweite Tumor, der festgestellt wurde, war aggressiv. Sie mussten nur eine Weile an der Seite von Herrn von Buren ausharren und nach seinem Dahinscheiden hätten Sie als seine Gattin ausgesorgt.«

Toni wirft mir einen warnenden Blick zu. Ich atme tief durch. Mit solchen Tricks haben wir gerechnet, aber ich werde mich nicht manipulieren lassen.

»Ich wusste nur vom ersten Tumor, der gutartig war. Den zweiten hat Max erst in seinem Abschiedsbrief erwähnt, der dem Gericht ja vorliegt. Ich bin fest davon ausgegangen, dass die OP erfolgreich sein wird und wir ein langes gemeinsames Leben haben werden. Und ich kannte weder seinen Nachnamen, noch seinen Kontostand, als er vor mir auf die Knie gesunken ist. Es war mir egal«, stelle ich klar.

»Hätten Sie ihn denn *nicht* geheiratet, wenn Sie vom zweiten Tumor gewusst hätten?«

»Doch natürlich.«

»Weil Sie damit seinem Vermögen einen großen Schritt nähergekommen wären?«

Wütend blitze ich ihn an. »Nein, weil ich ihn als Menschen geliebt habe und mir die Einzelheiten nicht wichtig waren. Sollte das nicht so sein, wenn man heiratet? Musste Ihre Gattin erst einen Gesundheitscheck bestehen, ehe Sie ihr das Jawort gegeben haben?« Ich deute auf den Ring an seinem Finger und ausnahmsweise fällt meinem Kontrahenten einmal nichts darauf ein. Nach kurzem Räuspern fährt er jedoch fort.

»Hatte er den Antrag geplant?«

»Das weiß ich nicht.«

»Wer hat denn die Hochzeit geplant? Gab es Kleid, Blumen, Ringe, …?«

»Das Hotel hat einen Hochzeitsservice, mit dem wir uns gemeinsam abgesprochen haben. Es war eine kleine Zeremonie auf den Klippen. Ich habe ein weißes Kleid getragen, Max Hemd und Hose, ich hatte Blumen … eine normale Trauung eben.«

Toni bittet die Richterin, die Hochzeitsfotos vorlegen zu dürfen, was gestattet wird. Die Vorsitzende betrachtet die Bilder, nickt und deutet dem gegnerischen Anwalt, dass er ebenfalls einen Blick darauf werfen solle. Dieser studiert die Fotos genau und sieht mich dann forschend an.

»Gab es Ringe?«

»Ja.«

»Was ist mit ihnen geschehen?«

»Wie bitte?«

»Sie tragen keinen Ring. Was ist aus Ihrem Ehering geworden? Und aus dem von Herrn von Buren.«

Ich schlucke. »Max hat ihn getragen als er … die Tabletten genommen hat. Er wurde so nach Deutschland überführt, wie er gefunden wurde. Ich weiß nicht, was aus dem Ring wurde, als er eingeäschert worden ist«, gebe ich leise zu.

»Und Ihrer? Ich nehme an, er war teuer?« Der Anwalt deutet auf das Foto, als Max mir den Verlobungsring auf den rechten Ringfinger steckt.

»Ich habe keine Ahnung, was er gekostet hat.«

»Wo ist der Ring jetzt?«

Unterstellt er mir da gerade, dass ich meinen Ring verscherbelt habe? Die Augen fest auf den Anwalt geheftet, streife ich die lange, silberne Kette über meinen Kopf und lasse sie und den Ring, der daran hängt, vor mir auf den Tisch gleiten.

Der Anwalt wirft einen Blick auf die Fotos und dann auf das Schmuckstück.

»Und das ist der einzige Ring, den Herr von Buren Ihnen geschenkt hat? Es gab keinen Verlobungsring?«

»Das *ist* mein Verlobungsring.«

»Ich dachte, es sei Ihr Ehering?«

»Ja, also nein, also ja …«

Nun räuspert sich die Richterin. »Im Interesse aller, die den Fragen der Anklage langsam nicht mehr folgen können, bitte ich Frau Becker, die Geschichte der Verlobung und des Ringes ohne Zwischenfragen zu erzählen.«

Ich atme auf. Dann gebe ich mein Gespräch mit Max wieder, in dem er mich bittet, ihn zu heiraten und wie überrascht ich davon war, als er das Samtkästchen aus der Tasche der Shorts gezogen hat.

»Damit beantwortet sich die Frage der Anklage«, stellt die Richterin fest. »Er hatte den Ring in der Tasche, also war der Antrag geplant. Wie lange kann man daraus nicht schließen, aber es war nicht spontan aus einer Laune heraus.«

Das leuchtet mir ein. »Ich habe den Ring sofort geliebt. Deshalb wollte ich auch keinen Ehering. Es war dieser Ring, den ich bis ans Ende meines Lebens tragen wollte. Er hat die gleiche Farbe wie Max' Augen waren.«

Im Zuschauerraum ertönt Unruhe.

»Frau Vorsitzende, ich bitte darum, vortreten zu dürfen«, höre ich eine weibliche Stimme hinter mir.

Die Richterin sieht sie skeptisch an. »Ich habe in meinen Unterlagen keine weiteren Zeugen angeführt.«

»Ich weiß, aber vielleicht kann ich die Sachlage rund um den Ring aufklären«, bittet die Frau und sieht überraschenderweise Toni an.

»Ich stelle hiermit einen Antrag, die Dame als Zeugin zuzulassen«, sagt er dann.

»Mutig, wenn Sie gar nicht wissen, was sie zu sagen hat, aber gut. Es ist ja ohnehin schon etwas chaotisch heute. Zuerst bitte ich um einen Ausweis.«

Eine schlanke grauhaarige Frau tritt an den Richtertisch und legt einen Personalausweis vor.

»Dann sind Sie also …«

»Max' Großmutter.«

Na toll, noch mehr Familie.

»Frau Becker, nehmen Sie neben Ihrem Anwalt Platz. Herr Doktor Weidekamp, Ihre Zeugin.«

»Frau von Buren, bitte teilen Sie uns mit, was Sie zum Ring zu sagen haben«, ersucht Toni sie.

Toni nickt mir zu, also reiche ich das Schmuckstück weiter. Die Frau beißt sich in die Unterlippe.

»Welche Worte hat er benutzt?«, fragt sie mich dann leise. So aus dem Zusammenhang gerissen, sollte ich vielleicht verwirrt sein, doch ich weiß genau, was sie meint.

»Er hat mir gesagt, dass ich ihm das Liebste auf der ganzen Welt bin«, antworte ich und Tränen steigen in meine Augen.

Max' Großmutter dreht sich augenblicklich zur Anklagebank, auf der seine Eltern sitzen.

»Maximilian hat sie geliebt! Lasst sie in Ruhe!«, fordert sie dann mit fester Stimme.

»Aber Mutter«, wirft Herr von Buren ein. »Diese Person …,«

»Schluss damit! Sylvie ist deine Schwiegertochter und das hast du gefälligst zu akzeptieren. Ob Maximilians Wahl dir nun passt oder nicht. Mich hat auch niemand gefragt, als du Brigitte geheiratet hast.«

Frau von Buren schnappt hörbar nach Luft. »Aber dieses Mädchen ist doch keine von Buren.«

»Das warst du auch nicht bei deiner Heirat und ich genauso wenig. Aber wir sind hier, um festzustellen, ob die Hochzeit aus ehrlichen Motiven heraus geschlossen wurde.«

»Und das wäre meine Aufgabe, wenn ich Sie alle daran erinnern darf«, mischt sich nun die Richterin ein. »Ihre Familienstreitigkeiten haben hier nichts zu suchen. Frau von Buren, darf ich wissen, zu welcher Erkenntnis Sie gekommen sind?« »Der Ring ist nicht aus irgendeinem Geschäft«, stellt Max' Großmutter fest. »Es ist *mein* Verlobungsring, den ich von meinem verstorbenen Mann bekommen habe. Max war seinem Großvater immer ähnlicher als seinem Vater. Darum wollte ich, dass er der Frau, die sein Herz erobert, auch diesen Ring schenkt und habe ihn Max von einigen Jahren übergeben. Er hat ihn aus dem Bankschließfach geholt, mit nach Hawaii genommen und dort Sylvie damit gebeteten, seine Frau zu werden. Das zeigt, dass er den Antrag von langer Hand geplant hatte. Und auch was seine Gefühle betraf, war er wie mein Mann. Alfred hat mir auch immer gesagt, ich wäre ihm das Liebste auf der ganzen Welt. Und die gleichen Worte hat Max benutzt. Damit es wirklich etwas Besonderes ist und keine abgedroschene Floskel.« Sie sieht mich an und den Ring. »Der Smaragd hat die gleiche Farbe wie Maximilians Augen und dass Sylvie das nach drei Jahren immer noch so genau sagen kann und ihr das wichtig ist, zeigt mir, dass sie es ernst meinte mit meinem Enkel. Sie hatte keine Ahnung, dass der Ring eine Einzelanfertigung und an die dreißigtausend Euro wert ist.«

Die Richterin nickt. »Vielen Dank, Sie können wieder hinten Platz nehmen.« Dann wendet sie sich wieder an den Anwalt der von Burens. »Bleibt noch die Frage nach der Ehefähigkeit. Gibt es Gutachten, die belegen, dass die beiden Tumore die Persönlichkeit von Herrn von Buren beeinträchtigt haben oder ihn unzurechnungsfähig gemacht haben?«

Der Anwalt schüttelt den Kopf. »Nein, Frau Vorsitzende.«

»Aber wir haben Beweise, dass Frau Becker sich mit einem Mann trifft«, platzt Max' Mutter heraus. Sie bringt eine dünne

Mappe zum Richtertisch, aus der die Vorsitzende Fotos hervorzieht. Ich wusste es.

»Darf ich die Fotos auch sehen?«, bitte ich schüchtern und sehe Toni fragend an. Mist, bestimmt hätte ich nicht selbst sprechen dürfen. Doch die Richterin nickt und reicht sie an Toni weiter, der mir die Mappe bringt. Als mein Blick auf das erste Foto fällt, lächle ich erleichtert.

»Frau Becker, teilen Sie uns bitte mit, um wen es sich auf diesen Fotos handelt?«, fordert mich die Richterin auf.

»Um Herrn Jonas Sommer, meinen besten Freund. Er hat Urlaub in Sterenholm gemacht, wo ich nun wohne, und ich habe deshalb Zeit mit ihm verbracht«, erkläre ich das Foto von Johnny und mir beim Tretbootfahren. »Wir verkehren rein freundschaftlich miteinander. Herr Sommer ist homosexuell.«

»Dieses Foto lässt auch keinen Rückschluss ziehen auf eine intime Beziehung der beiden Personen«, stellt die Richterin fest. »Würden Sie bitte weiterblättern?«

Ich tue, was sie von mir möchte und dann rutscht mir mein Herz in die Kniekehlen. Das nächste Foto ist ein Schnappschuss von Georg und mir, nachdem ich ihm gesagt habe, dass ich Witwe bin. Ich klammere mich an ihn und er hält mich fest, mit solch einem liebevollen Gesichtsausdruck, dass man nichts beschönigen kann. Scheiße, jetzt muss ich sehen, was noch zu retten ist.

»Also, ich kann das erklären«, stoße ich hervor, doch die Richterin stoppt mich mit einer Handbewegung.

»Wer ist dieser Mann?«

»Herr Georg Leitner«, sage ich leise.

»Das älteste Foto von Frau Becker und Herrn Leitner ist etwa zwei Monate alt. Gibt es noch ältere Aufnahmen?«, wendet sie sich an die von Burens.

»Nein, Frau Vorsitzende«, gibt der gegnerische Anwalt zu.

»Frau Becker, wie lange treffen Sie sich mit diesem Mann?«

»Etwa zwei Monate.«

»Kannten Sie sich schon, als Sie Maximilian von Buren kennengelernt haben?«

»Nein, ich habe ihn vor knapp einem Jahr kennengelernt.«

»Somit hat diese Bekanntschaft keinen Einfluss auf diese Verhandlung.« Was? Ich starre die Vorsitzende wie vom Donner gerührt an. Im Moment verstehe ich gar nichts mehr.

»Aber …«, ereifert sich Max' Mutter.

»Nein«, erwidert die Richterin bestimmt. »Wenn man sich drei Jahre nach dem Tod des Ehemannes mit jemandem trifft, ist das nicht verwerflich, sondern psychisch gesund.« Sie macht eine Pause und fährt dann fort: »Die ärztlichen Gutachten bestätigen die Ehefähigkeit von Maximilian von Buren und dass keine geistige Beeinträchtigung durch den Tumor gegeben war. Auch alle sonstigen Gründe für eine Annullierung der Ehe können ausgeschlossen werden. Die Dokumente der amerikanischen Behörden für die Eheschließung liegen alle korrekt vor. Hiermit erkläre ich die Ehe von Maximilian Hubertus von Buren und Sylvie von Buren, geborene Becker, für rechtskräftig. Frau von Buren, Sie können somit über die Bestattung Ihres verstorbenen Gatten bestimmen. Außerdem wurde die Echtheit des Testaments inzwischen bestätigt und Sie erben wie darin vorgesehen. Die Sitzung ist geschlossen.«

Und damit ist es vorbei. Ich kann nicht glauben, dass der Albtraum endlich ein Ende hat. Toni legt seinen Arm um mich und drückt mich vorsichtig, als hätte er Sorge, dass ich gleich hysterisch zu lachen beginne.

Am Nachmittag leiten wir in seiner Kanzlei alles dafür in die Wege, dass die Urne von einer Bestattungsfirma aus der Gruft geholt und für eine Seebestattung vorbereitet wird. Dann überreicht mir Toni den Schlüssel zu Max' Wohnung.

»Der gehört jetzt offiziell dir«, meint er und nickt mir zu. »Hast du dir schon überlegt, was du mit deinem Erbe machst?« Ratlos zucke ich die Schultern. »Vor ein paar Stunden wusste ich ja noch gar nicht, dass es tatsächlich *mein* Erbe ist.«

»Ich kann dir bis morgen Vormittag eine Aufstellung über alle Vermögenswerte machen und dann überlegen wir gemeinsam, wie es weitergehen soll damit. Hast du noch Zeit, ein paar Tage in der Stadt zu bleiben?« In meinen Gedanken blättere ich meinen Kalender durch. »Ich rufe meine Geschäftspartnerin an, aber ich denke, das lässt sich einrichten.« Wir vereinbaren einen Termin und auf dem Weg zum Hotel telefoniere ich mit Lexi. Sie bestärkt mich darin, alles in Ruhe zu regeln.

Im Hotel bestelle ich mir eine Kleinigkeit zu essen beim Zimmerservice und steige unter die Dusche. Ich fühle mich, als müsste ich diesen Tag von meinem Körper schrubben. Mein Privatleben und vor allem meine Beziehung und Ehe mit Max vor so vielen Fremden breittreten und rechtfertigen zu müssen, hat mir sehr zugesetzt.

Nach einer überraschend traumlosen Nacht fahre ich früh am Morgen in Max' Wohnung. Viele Jahre steht sie nun schon leer, nur eine Haushälterin kommt nach wie vor einmal pro Woche und hält alles sauber.

Als ich die Tür öffne, ist alles noch so wie bei meinem ersten Besuch hier, knapp nach Max' Tod. Damals habe ich allerdings etwas von seiner Energie, von seiner Seele spüren können. Heute fühlt es sich an wie eine leere Hülle. Ich betrete die Küche und erwarte fast, dass der Kühlschrank gefüllt ist und eine Tasse neben der Kaffeemaschine steht. Die Wohnung wartet immer noch auf die Rückkehr seines Besitzers. Es ist ein Schrein, ein Mausoleum. Es ist nicht richtig so. Und diese

Erkenntnis bestärkt den Entschluss, den ich in der Nacht gefällt habe.

Ich ziehe die Tür hinter mir zu und mache mich auf den Weg zu Toni. Bei einer Tasse starkem Kaffee gehen wir Seite an Seite Max' oder besser gesagt meine Vermögensaufstellung durch. Das Aktiendepot hat sich in den letzten drei Jahren trotz der schwierigen Wirtschaftslage hervorragend entwickelt. Er hatte eindeutig ein gutes Gespür für den Markt. Ich habe es allerdings nicht und möchte mich damit auch nicht auseinandersetzen. Also beauftrage ich Toni, die Aktien mit Unterstützung eines Börsenmaklers zu verkaufen. Einen Teil des Erlöses werde ich weniger spekulativ anlegen und den Rest spenden. Vielleicht an die Nothilfe für Suizidgefährdete, oder an die Forschungsabteilung des Krankenhauses, in dem Max wegen seines Tumors behandelt wurde.

»Und die Wohnung löse ich auf und verkaufe sie«, teile ich Toni dann mit.

»Bist du sicher?«, erkundigt er sich mit großen Augen.

Ich nicke. »Ja! Für mich ist sie fremd, kein Zuhause. Ich war dort nie mit Max. Und mein Leben findet an der Ostsee statt. Ich habe keine Verwendung für eine Immobilie hier und ich möchte sie nicht behalten, nur weil er dort gewohnt hat. Es wäre wie ein Denkmal, zu dem alle pilgern können, wenn sie ihn vermissen und das hätte er nie gewollt. Sonst wäre ihm der Gedanke an die Gruft nicht so ein Graus gewesen.«

Toni nickt und beinahe zum ersten Mal in den drei Jahren, in denen er nun mein Anwalt ist, zeigt er eine Gefühlsregung, die mir deutlich macht, dass Max sein Freund war, nicht nur ein Klient.

»Dort ist nichts mehr von ihm, Toni«, flüstere ich. »Aber du kannst mich gerne jederzeit besuchen, wenn ich seine Sachen zusammenpacke und alles ausräume.«

»Danke, das mach ich gerne«, antwortet er mit einem traurigen Lächeln. »Darf ich dir noch eine Frage als dein Anwalt stellen?«

»Natürlich.« Was kommt denn jetzt?

»Die Fotos gestern vor Gericht – weshalb wusste ich nichts davon?« Er meint die Fotos von Georg und mir.

»Also, dass es diese Fotos gibt, wusste ich selbst nicht«, antworte ich ausweichend.

Toni sieht mich nur an. »Warum hast du mir nichts von dem Mann gesagt?«, forscht er dann weiter.

»Georg und ich arbeiten zusammen, wohnen nebeneinander und treffen uns ab und zu. Ich wusste nicht, wie du darauf reagieren würdest«, gebe ich ausweichend zu.

»Als dein Anwalt hätte ich es wissen sollen, wenn vor Gericht so was auftaucht«, gibt er zu bedenken. »Stell dir vor, man hätte dich wegen der Fotos in die Mangel genommen und ich hätte keine Ahnung gehabt, wer der Typ überhaupt ist.«

»Und als Max' Freund hättest du mir vielleicht einen Vorwurf gemacht«, erwidere ich leise. Tonis Blick zeigt, dass er versteht, was ich meine.

»Es tut mir leid, dass ich dir nichts davon gesagt habe.« Geknickt sehe ich ihn an.

»Wir sehen uns morgen Nachmittag in der Wohnung. Und da bin ich dann nicht mehr dein Anwalt, sondern einfach nur ein Freund. Max' Freund und *dein* Freund.«

Die letzten drei Jahre haben uns auf eine gewisse Art und Weise zusammengeschweißt. Ich nicke und verabschiede mich mit einem Lächeln.

Am Tag darauf falle ich in Jeans und bequemem Shirt und mit hochgebundenen Haaren in Max' Wohnung ein. Ich kann sie immer noch nicht als meine Wohnung bezeichnen. Gestern habe ich im Baumarkt noch jede Menge Umzugskartons besorgt und hergebracht. Fest entschlossen stapfe ich in die

Küche. Teller, Tassen, Pfannen, Besteck und Co wandern in Kartons, die fein säuberlich mit »Küche – Spenden« beschriftet werden. Ebenso mache ich es im Badezimmer. Als ich sein Parfum in Händen halte, durchzuckt mich die Erinnerung schmerzvoll und ich lasse mich auf den Rand der Badewanne sinken. Wenn ich die Augen schließe und die Flasche öffne, wird es dann so sein, als würde er für einen kurzen Augenblick wieder vor mir stehen? Einmal noch seinen Duft riechen? Trotz großer Zweifel, ob ich es aushalten werde, machen meine Finger sich selbstständig und öffnen den Verschluss. Doch der erwartete, der erhoffte Effekt bleibt aus. Es ist nur ein Parfum. Ohne mit Max' persönlichem Körperduft vermischt zu sein, riecht es nicht wie er. In diesem Moment akzeptiere ich, dass er nur eine Erinnerung bleiben wird und nichts von ihm wieder zurückgeholt werden kann.

Weiter geht es mit Max' Arbeitszimmer. Ich entdecke sofort einen gravierten Füller, den ich erst mal zur Seite lege. Alle Unterlagen, die die Firma seines Vaters betreffen, packe ich in einen Karton. Die restlichen Papiere betreffen geplante Reisen. Ich nehme sie mit ins Wohnzimmer, wo ich es mir auf dem großen Teppich damit gemütlich mache. Panama, Taiwan, die Mongolei, Nairobi – alles keine Ziele, die ich mir ausgesucht hätte, doch ich wäre überallhin mit ihm hingefahren. Wieder zieht es in meinem Inneren. Ach Max, du hättest doch noch so viel vorgehabt. Warum hast du dich dem Kampf gegen den Krebs denn nicht gestellt und zumindest *versucht,* dir diese Träume zu erfüllen?

Die Türklingel reißt mich aus meinen trüben Gedanken. Ich öffne und Toni steht mit einem großen Pizzakarton vor mir. Mein Magen knurrt und ein schneller Blick auf die Uhr verrät mir, dass ich das Mittagessen ausgelassen habe.

»Hi, komme ich ungelegen?«, fragt er und mustert mein ernstes Gesicht.

Ich schüttle den Kopf. »Nein, es ist einfach … schwer. Aber ich wollte dir ohnehin noch etwas zeigen, das ich im Arbeitszimmer gefunden habe.«

»Erst essen wir mal etwas«, bestimmt Toni. Satt und mit etwas Abstand von den bisherigen Fundstücken geht es mir wirklich besser.

Ich deute auf die Firmenunterlagen. »Kannst du vielleicht dafür sorgen, dass die an seinen Vater geschickt werden? Ich möchte nichts von der heiligen Firma der von Burens in meinem Besitz haben.«

»Klar, mach ich.« Er sieht mich prüfend an. »Wie weit bist du bisher gekommen?«

»Küche, Bad, Arbeitszimmer«, fasse ich zusammen. »Du kannst dir gerne etwas zur Erinnerung an ihn mitnehmen.«

Er senkt den Blick. »Es gibt tatsächlich etwas, das ich gerne hätte.«

Ich folge ihm, als er ins Wohnzimmer geht. Vor dem großen Wandschrank bleibt er stehen, den Blick auf zwei Gläser gerichtet. Es sind Longdrinkgläser, auf denen steht: »Egal was das Leben so bringt, nimm mit Toni einen Drink.« Auf dem zweiten ist derselbe Spruch mit Max' Namen drauf.

»Wir haben sie im Internet bestellt, als wir das Abi bestanden haben. Damit wir uns stets dran erinnern, dass wir immer füreinander da sind. Sie haben kaum was gekostet, aber für mich wären sie sehr wertvoll.« Seine Stimme ist kaum mehr als ein Flüstern.

»Sie gehören dir«, versichere ich ihm. »Ihr habt euch sehr gut gekannt, oder?« Bisher habe ich kaum gewagt, eine persönliche Frage an meinen Anwalt zu stellen.

»Wir waren die besten Freunde ab der Grundschule, haben uns gegenseitig aufgebaut, als wir den ersten Korb von einem Mädchen gekriegt haben, spielten im selben Fußballverein und waren nach dem Abi für einen Monat gemeinsam in Australien. Erst im Studium haben sich unsere Wege ein wenig voneinander entfernt, aber das hat die Freundschaft nur umso wichtiger für uns gemacht.«

Und dann verlangt Max ausgerechnet von Toni, die Angelegenheiten nach seinem Selbstmord zu regeln? Wie konnte er ihm das nur antun?

»Toni, ich brauche deine Hilfe noch in einer anderen Angelegenheit«, bitte ich ihn dann. Vor dem Raum mit den Schallplatten bleibe ich stehen. »Du weißt, was hinter dieser Tür ist?«

Er nickt. »Natürlich! Die ersten Schätzchen, die er da drinnen aufbewahrt, haben wir zusammen in alten Plattenläden gekauft. Ein paar davon sogar in Amerika, weil es die Pressung in Deutschland gar nicht gegeben hat. Möchtest du, dass ich einen guten Preis für die Sammlung aushandle, wenn du sie verkaufst?«

»Nein, ich möchte, dass du sie behältst«, antworte ich.

»Was?« Seine Augen sind weit aufgerissen. »Weißt du eigentlich, wie viel Geld da drinnen steht?«

»Nein und es ist mir auch egal. Er hat die Platten mit seinem Herzblut zusammengetragen und ich möchte, dass jemand sie bekommt, der das zu schätzen weiß. Du!«

»Aber er hat sie *dir* vererbt.«

»Stimmt! Das heißt, dass ich damit machen kann, was ich für richtig halte.«

Toni schluckt, dann umarmt er mich. »Danke!«

Ich lächle nur.

»Wirst du auch irgendetwas behalten? Ich sehe hier nur Müll oder Kartons, auf denen Spende steht. Was ist mit dir?«

»Ich weiß es nicht«, gebe ich leise zu.

Toni beginnt, die Platten in Umzugskartons zu packen und ich wende mich dem Schlafzimmer zu. Der gesamte Inhalt des Kleiderschrankes wird an eine wohltätige Organisation für Obdachlose gehen. Das Packen erweist sich als emotionsloser als befürchtet, nur als ich plötzlich das Hemd in Händen halte, das er bei unserem Kennenlernen getragen hat, erstarre ich für einen Augenblick. Doch auch dieses wandert in den Karton.

In seinem Nachttisch finde ich Uhren, Halsketten und Ringe, die ich in einen Schuhkarton packe. Was damit passieren soll, überlege ich später. Als mein Blick auf eine halb volle Packung Kondome fällt, muss ich unweigerlich lachen.

Von meinem Gelächter angezogen, kommt Toni über den Flur. Auch er kann sich ein Grinsen nicht verkneifen, als er meinen Fund entdeckt.

»Es wundert mich, dass ihr noch welche übrig gelassen habt«, meint er dann schmunzelnd. Dann zieht er mich mit sich. »Ich möchte dir was zeigen.«

Er ist gut vorangekommen, einige Regalreihen sind schon leer. Aus einer nimmt er etwas heraus, hält es jedoch noch hinter seinem Rücken.

»Du weißt, dass Max hier eigentlich nur Schallplatten aufbewahrt hat. Vinyl war seine große Leidenschaft. Doch ich habe etwas entdeckt, das absolut nicht zum Rest passt. Könnte das hier mit dir zu tun haben?«

Als ich sehe, was er mir entgegenstreckt, treten Tränen in meine Augen und ich nicke. Es ist die CD von *Sie liebt den DJ* von Michael Wendler.

»*Die* werde ich behalten«, flüstere ich mit erstickter Stimme.

Toni nickt. »Und das Hemd von vorhin auch.«

Ich sehe überrascht auf.

»Es war sein Lieblingshemd und ich habe zufällig gesehen, dass du gezögert hast. Leg es dir zur Seite, bevor du später bereust, dass du es weggegeben hast.«

Er nimmt einen der kleineren Kartons und beschriftet ihn mit »Sylvie«. Dann legt er die CD hinein und drückt ihn mir in die Hand. »Eine kleine Erinnerungsschachtel ist kein Schrein. Nur Unterstützung, damit wir ihn so in unseren

Gedanken behalten können, wie er war. Dagegen hätte er nichts gehabt.«

Ich lächle und lege noch das Hemd und die Kondome dazu.

Es ist spät, als Toni alle Platten verpackt hat und wir die Wohnung verlassen. Morgen will er mit einem Kastenwagen die Kartons abholen. Todmüde falle ich in mein Hotelbett. Toni hat mich zwar darauf aufmerksam gemacht, dass ich kein Hotel brauche, weil ich eine Wohnung hier habe, doch ich kann mich nicht überwinden, dort zu schlafen.

Am nächsten Tag mache ich mich im Wohnzimmer ans Werk. Im großen Wandschrank finde ich neben Fernseher, Stereoanlage, Plattenspieler und DVDs auch Bücher und Fotos. Der Plattenspieler kommt zu Tonis Sachen, die DVDs wandern zu den Spenden. Bei den Büchern bleibe ich zum ersten Mal hängen. Es sind viele Klassiker dabei sowie Bildbände über diverse Sportarten und Musik. Lilly hat mal erwähnt, dass sie eine kleine Bibliothek für die Gäste des *L&P* einrichten möchte. Da wären die Bücher doch vielleicht etwas für sie? Dann stoße ich auf Kinderbücher, die alt und gebraucht genug aussehen, dass ich vermute, dass sie aus Max' eigener Kindheit stammen. Diese packe ich zur Seite.

Die Fotos sind das Letzte, das ich mir vornehme, und wie erwartet fesseln sie mich am meisten. Es sind Alben mit Kinderbildern, auf denen man Max nur an seinem frechen Grinsen und den grünen Augen erkennt. Der Mann neben ihm muss sein Großvater sein. Dazwischen finden sich moderne Einsteckalben mit Aufnahmen seiner zahlreichen sportlichen Abenteuer. Das ist mein freiheitsliebender und wilder Max. Auch Fotos von seinem Job als DJ im Club finde ich lose dazwischen. Die Bilder, die offensichtlich in seiner »Auszeit« als von Buren entstanden sind, nehme ich an mich. Die anderen wandern auf den Stapel mit den Kinderbüchern. Gerade als ich ein großes, gerahmtes Foto von Max beim Parasailing von der Wand nehme, läutet es an der Tür. Ich stelle es im Flur ab, öffne und erstarre.

»Frau von Buren«, sage ich überrascht und ernte ein Lachen. »Kindchen, das ist jetzt auch dein Name, also solltest du ihn mit weniger Ehrfurcht aussprechen. Außerdem bin ich deine Schwiegeroma, also wäre es mir lieber, wenn wir uns duzen.« Sie streckt mir die Hand entgegen. »Sophie.«

Ich ergreife sie und wage ein Lächeln. »Sylvie.«

»Darf ich vielleicht kurz reinkommen?«

Rasch trete ich zur Seite. »Natürlich! Ich würde dir gerne etwas anbieten, aber ich löse die Wohnung gerade auf und habe außer einer Flasche Wasser nichts hier.«

Sophie winkt ab. »Mach dir keine Umstände.« Ihr Blick wird ernst. »Ich habe lange mit meinem Sohn und Brigitte gesprochen und ich muss dir leider sagen, dass ich sie nicht dazu bewegen konnte, dich in der Familie willkommen zu heißen. Für sie ist die Hochzeit von Max und dir unweigerlich mit seinem Tod verbunden und den haben sie einfach noch nicht verkraftet.«

»Wie sollten sie auch?«, erwidere ich verständnisvoll. »Gerade jetzt, wo durch die Gerichtsverhandlung alles wieder hochgekocht wurde.«

Sie nickt und streichelt tröstend über meine Schulter. »Ihnen ist nicht klar, dass du auch trauerst. Und dass Max' Urne jetzt aus der Gruft geholt wird, macht die Sache noch schwerer für sie.«

»Es tut mir leid. Ich wollte niemanden damit verletzen. Aber es war sein ausdrücklicher Wunsch und er hat mir das Versprechen abgenommen, dass ich ihn dort nicht liegen lasse. Ich habe keine andere Wahl.«

»Das weiß ich und verstehe ich auch«, versichert sie mir. »Ein bisschen hat mein Besuch bei dir aber trotzdem damit zu tun.«

Ich wappne mich für alles, was jetzt kommen kann. Sie zieht ein Kuvert aus der Tasche und reicht es mir.

»Den habe ich gestern meiner Schwiegertochter abgenommen. Meiner Meinung nach gehört er dir«, erklärt Sophie.

Als ich den Umschlag öffne, fällt Max' Ehering mir in die Hände. Andächtig drehe ich ihn zwischen meinen Fingern und schüttle den Kopf.

»Nein, er gehört zu Max«, flüstere ich. »Zu seinen sterblichen Überresten. Er wollte bei seinem Tod mit mir verheiratet sein und als meinen Ehemann werde ich ihn auch bestatten lassen. Danke!«

Sie zieht mich in eine mütterliche Umarmung.

»Ist er das?«, fragt sie, als sie mich wieder loslässt und deutet auf das Foto.

»Ja, das ist Max.«

»Mit dem Helm war ich mir nicht ganz sicher. Wir hatten ja keine Ahnung, dass er so etwas ausprobiert hat.« Fasziniert betrachtet sie das Bild ihres Enkels in der Luft.

Ich lächle. »Na, dann komm mal mit.«

In der Tür des Wohnzimmers bleibt sie mit offenem Mund stehen.

»Parasailing, Fallschirmspringen, Drachenfliegen, Bungeejumping – er hat so vieles gemacht«, erzähle ich.

Stumm geht Sophie von einem Foto zum anderen und sieht sich alles genau an. »Warst du bei einer dieser Aktivitäten dabei?«

»Nein, wir waren nur im Urlaub miteinander schnorcheln und boogieboarden. Aber das hier«, ich drehe mich um die eigene Achse und zeige auf die Wände, »ist der Max, den ich kennengelernt habe. Der DJ mit dem großen Freiheitsdrang.«

Sie nickt. »Meinst du … also würde es dir was ausmachen … könnte ich vielleicht eines der Fotos haben? Oder einen Abzug davon, ich will dir ja nichts wegnehmen …«

Da wird mir bewusst, dass sie und ich etwas gemeinsam haben. Jede von uns hat nur eines der beiden Leben von Max gekannt.

»Wenn du möchtest, kannst du sie alle haben«, biete ich ihr dann an.

Sie sieht mich überrascht an und lächelt dann. »Sehr gerne, danke!«

»Aber ich hätte noch eine Bitte an dich.«

Sophie sieht mich fragend an, als ich ihr einen Karton reiche. »Ich habe keine Ahnung, was ich mit diesen Dingen tun soll. Sie sind persönlich, also nichts, das ich spenden könnte, aber mir bedeuten sie nichts. Vielleicht kannst du sie nehmen, oder dafür sorgen, dass einige davon an seine Eltern gehen?«

Sie wirft einen Blick hinein. Es sind die Fotoalben, als er noch klein war, sein Schmuck, seine Füller und die Kinderbücher. Tränen treten in ihre Augen und sie schlägt die Hand vor den Mund.

»Oh, Sylvie …«, bringt sie mühsam hervor und umarmt mich erneut. »Wirklich?«

»Ja!« Es fühlt sich richtig an.

Wir tauschen Telefonnummern aus, die Bilder lässt sie morgen von einem Transportunternehmen abholen.

»Und falls du irgendwann einmal eine Großmutter brauchen kannst, bin ich gerne für dich da«, verspricht mir Sophie, als ich sie zur Tür bringe.

»Danke! Soll ich dir Bescheid geben, wenn es einen Termin für die Seebestattung gibt?«

Sie streichelt meine Wange. »Nein, mein Kind. Ich habe mich schon vor drei Jahren von ihm verabschiedet. Jetzt bist du an der Reihe. Mach alles so, wie du es möchtest, ohne dass du an seine Familie denken musst.«

Nachdem wir uns verabschiedet haben, lehne ich mich von innen an die geschlossene Tür und sehe mich um. Alles ist gepackt, verstaut und verteilt und muss nur noch abgeholt werden. Bleibt nur noch der Stapel mit Max' Reiseplänen, den ich in meinen eigenen Karton packe. Ich werde sie verbrennen und bei der Bestattung ins Meer streuen. Ein tiefer Seufzer entfährt mir. Dann ziehe ich heute die Tür von Max' Wohnung schon am Nachmittag hinter mir zu und gönne mir im Hotel eine Massage und ein langes, heißes Bad.

Am nächsten Tag gleicht die Wohnung einem Ameisenhaufen, als alles abgeholt wird. Toni kommt mittags mit einem Lieferwagen und gemeinsam schleppen wir die Plattenkartons nach unten. Als wir endlich fertig sind, ist die Wohnung leer. Die Möbel bleiben hier. Müde lassen Toni und ich uns im Wohnzimmer auf die Couch fallen.

»Das Bestattungsinstitut hat sich übrigens gemeldet«, teilt Toni mir mit. »In zwei Wochen ist noch ein Termin für eine Seebestattung in der Nordsee frei.«

»Dann sag bitte zu«, ersuche ich ihn. »Möchtest du mich begleiten?«

Er nickt. »Wir haben doch gemeinsam darum gekämpft.«

»Danke!« Ich bin froh, dass ich das nicht allein durchstehen muss.

»Wie geht es dir?«, fragt Toni. Für einen Moment horche ich in mich hinein. Die letzten Tage waren so voller Betriebsamkeit, dass ich darauf gar nicht geachtet habe.

»Ich bin erleichtert«, gebe ich schließlich zu.

»Du hättest aufgeben können. Drei Jahre sind eine verdammt lange Zeit.«

»Sei doch froh, dass ich nicht aufgegeben habe, Herr Dr. Weidekamp. Sonst hättest du dein Honorar abschreiben können«, scherze ich.

»Ich hätte es Max zuliebe auch gratis gemacht«, meint er dann ernst.

»Wenn ich den Fotos auf deinem Schreibtisch Glauben schenken darf, hast du aber ein oder zwei Mäuler mehr zu stopfen, als nur dein eigenes, Mister Selbstlos.«

Ein Lächeln huscht über sein Gesicht. »Stimmt! Ich wollte nichts sagen, weil … Es erschien mir nicht richtig, mein Glück zu präsentieren, während deine Ehe …«

»Eingeschlafen ist«, vervollständige ich seinen Satz.

Er sieht mich vorwurfsvoll an.

»Ach komm, Toni. Nach so langer Zeit kann ich doch wohl mal einen kleinen Witz machen.« Fragend ziehe ich eine Augenbraue hoch. »Du hättest es mir erzählen können. Du hast geheiratet und bist Vater geworden, das freut mich doch für dich. Das Leben ist in den letzten drei Jahren weitergegangen. Für alle anderen zumindest. Ich musste meines ja auf Eis legen – zumindest mein Liebesleben.«

»Ist das auch ein Grund, weshalb du so erleichtert bist?« Es ist Interesse, kein Vorwurf.

»Ja, Toni, auch das ist ein Grund. Aber nur am Rande. Ich habe mein Leben nur halb führen können, habe meine Vergangenheit verheimlicht, meine Freunde und Familie angelogen und Menschen auf Abstand gehalten, die mir wichtig sind. Ich habe mich wieder und wieder gefragt, was ich falsch gemacht habe, dass er keinen anderen Ausweg gesehen hat. Warum er nicht zu mir gekommen ist, als er vom zweiten Tumor erfahren hat. Wieso er dich in seine Pläne eingeweiht hat, aber du ihn auch nicht aufhalten konntest. Ich habe mir die Schuld gegeben, dass er sich umgebracht hat, aber soll ich dir was sagen? Ich bin inzwischen dahintergekommen, dass es einfach nur eine egoistische Scheißaktion von ihm war.« Meine Stimme ist laut geworden. Endlich kann ich das alles einmal zugeben und aussprechen. Jetzt, wo der Kampf endlich vorbei ist. »Ich bin wütend – ich bin so unsagbar wütend, wie er uns das antun konnte. Seiner Familie, dir, mir – was hat er sich dabei gedacht?

Sich einfach so aus dem Leben zu stehlen und uns mit einem Haufen Fragen sitzen zu lassen und mit einem vorprogrammierten Streit, in den alle Menschen involviert sind, die ihn geliebt haben und der die Wunde, die er aufreißt, nur noch größer macht. Er hat mir ein ganzes Leben versprochen und sich nach drei Tagen einfach umgebracht. Wir hatten nur Monate *zusammen*, aber ich habe drei verdammte Jahre meines Lebens seinetwegen nicht so frei leben können, wie er sich seines gewünscht hat. Weil er mir ein Versprechen abgenommen hat, bei dem er sicher war, dass ich es halten würde und bei dem er wusste, dass ich es einlösen *musste*. Dieser Deal war nicht fair. Er hat von Anfang bis Ende nicht mit offenen Karten gespielt und letztlich bin ich auf den Spielschulden sitzen geblieben.«

Außer mir trete ich gegen den Couchtisch.

»Er hat mich gefragt, ob ich es mache.« Tonis Worte stehen einfach so im Raum und ich brauche einen Moment, bis ich sie zuordnen kann. Fragend sehe ich ihn an.

»Also von dem Versprechen und dem Wunsch nach einer Seebestattung hatte ich keine Ahnung, sonst hätte ich ihn rechtlich besser beraten. Aber er hat mich angerufen am Tag nach eurer Hochzeit. Hat mir von den beiden Tumoren erzählt und auch von seinem Selbstmordplan. Ich habe die Krankheit seines Großvaters mitbekommen, gesehen wie Max darunter gelitten hat und wie menschenunwürdig er seinen Tod fand. Er hat immer gesagt, dass er bei einer unheilbaren Krankheit seinem Leben selbst ein Ende setzen würde. Mir war klar, dass ich ihn nicht davon abhalten konnte. Und dann hat er mich gefragt, ob ich dir beistehen kann und seinen Nachlass gemeinsam mit dir regle, an deiner Seite bleibe, wenn die von Burens die scharfen Geschütze auffahren. Ich hätte ablehnen können, doch ich habe nicht eine Sekunde darüber nachgedacht. Er hat die Frau, die er über alles geliebt hat, in meine Obhut übergeben.«

Tränen laufen nun ungehindert über meine Wangen. »Ich habe ihn auch wahnsinnig geliebt. Aber er war trotzdem ein egoistischer Scheißkerl«, stoße ich hervor, weil es einfacher ist, wütend auf Max zu bleiben.

Toni und ich umarmen uns und bleiben eine Weile nahe beisammen einfach auf der Couch sitzen. Das muss erst einmal alles sacken. Dann gebe ich ihm den Wohnungsschlüssel, damit er sich um den Verkauf kümmern kann und fahre in mein Hotel.

Kapitel 35 – heute

Die kleine MS Instertum legt ab und macht sich auf den Weg zu Max' Seegrab. Die letzten beiden Wochen habe ich bei meinen Eltern verbracht und meine Wunden geleckt. Die Verhandlung um Max und der Streit mit Georg haben mich so viel Kraft gekostet, dass ich richtig spürte, wie sich meine Reserven wieder langsam auffüllen mussten. Ich war spazieren und habe von der Ferne ein wenig gearbeitet und Lexi bei der Hochzeitsplanung einer Kundin unterstützt.

Nun ist der Tag gekommen, an dem ich Abschied von meinem Mann nehme, der Tag, auf den ich so lange hingearbeitet habe. Toni und ich haben uns am Hafen getroffen und waren davor noch einen Kaffee trinken. Allerdings war uns beiden nicht zum Reden zumute. Stumm stehen wir nun nebeneinander an der Reling und blicken aufs Meer. Ich habe absichtlich die Nordsee gewählt, weil ich Max von meinem neuen Leben an der Ostsee fernhalten möchte. An meinem Finger steckt mein Ehering. Obwohl ich ihn seit der Verhandlung nicht einmal mehr an der Halskette trage, ist er heute an der Stelle, an der er sein sollte, wenn ich meinen Mann zu Grabe trage. Ein letztes Mal will ich mich heute als Max' Ehefrau sehen. Sein Ring ist in der Seebestattungsurne, damit er mit seiner Asche auf den Meeresgrund sinkt.

Als wir die Position erreichen, stoppt der Kapitän den Motor und kommt zu uns. Ich wollte weder einen Geistlichen bei der Beisetzung, noch dass jemand eine Rede auf Max hält. Das alles ist schon bei der Einäscherung passiert. In aller Stille wird die Urne dem Meer übergeben. Mit Tränen in den Augen trete ich vor.

»Du wirst immer einen Platz in meinem Herzen haben. Hiermit löse ich mein Versprechen ein. Ruhe in Frieden, so wie du es dir gewünscht hast und inmitten deiner Träume.«

Ich werfe ein Kuvert mit der Asche seiner Reisepläne über Bord und eine rote Rose.

Mit den Worten »Mach es gut, alter Freund!« wirft Toni eine weiße Rose ins Meer und legt dann seinen Arm um meine Schulter.

Das Schiff dreht noch eine Runde um Max' letzte Ruhestätte und dann sind wir schon wieder auf dem Weg zurück. Kaum zu glauben, dass eine Aktion, die so schnell vorbeigegangen ist, so einen riesigen Aufwand und Streit gebraucht hat.

Wieder an Land verabschieden Toni und ich uns.

»Ich rufe dich an, wenn ich Interessenten für die Wohnung habe und es Neuigkeiten vom Aktienpaket gibt«, verspricht er.

»Du kannst mich auch einfach so einmal anrufen«, erwidere ich. »Schließlich sind wir ja Freunde.«

Wortlos zieht er mich in eine Umarmung, ehe er ins Auto steigt.

Ich bleibe noch am Hafen zurück. Etwas verloren gehe ich ein Stück und frage mich, wann ich mich besser fühlen werde. Derzeit umfängt mich nur eine große Traurigkeit. Auf einer Bank nehme ich Platz und lasse meinen Blick über die raue Nordsee wandern. Es ist kühl heute und die Wolken hängen tief. Das Meer hat so gar nichts mit der mir inzwischen vertrauten Ostsee gemein. Es ist wild und der Wind hat hohe Wellen aufgepeitscht. Ob mein Hausboot wohl so einen Seegang gut überstehen würde? Mein Hausboot … Georg. Ein scharfer Schmerz durchzuckt mich, doch ich atme ihn weg. Es war besser so. Es *ist* besser so. Vielleicht stimmt es ja wirklich, dass man nur eine große Liebe im Leben hat und meine liegt nun auf dem Grund dieses Meeres. Es wäre nicht fair, Georg die Chance auf seine große Liebe zu vermasseln. Ich kann ihm nicht das geben, was er sucht, kann mich nicht so an ihn binden. Erst mal brauche ich Freiheit. Auch wenn es noch so wehtut.

Mit einem Seufzen sehe ich die Promenade entlang und stocke, als ich eine vertraute Gestalt entdecke. Johnny! Er steht dort mit verschränkten Armen an eine Laterne gelehnt und beobachtet mich. Wie von selbst stehe ich auf und laufe auf ihn zu, direkt in seine Arme.

»Was machst du hier?«, nuschle ich in seinen Pullover.

»Irgendjemand musste doch mal nachsehen, wie es dir geht, Süße«, erklärt mein bester Freund. Erleichtert klammere ich mich an ihn.

»Lexi und ich haben bei Toni nachgefragt, wo die Seebestattung stattfindet, damit du danach nicht allein hier rumsitzt und Trübsal bläst.«

»Mach ich doch nicht«, verteidige ich mich schwach, doch er hebt nur eine Augenbraue und ich verstumme.

»Es ist doch ganz normal, dass du an so einem Tag durch den Wind bist«, meint er sanft. »Vor allem bei so einem Scheißwetter.«

Kurz lache ich auf. »Und da kommst ausgerechnet du, der Max am schärfsten verurteilt hat?«

»Und ich habe meine Meinung über ihn auch nicht geändert. Aber ich bin nicht wegen Max hier, sondern deinetwegen.«

Wir setzen uns erneut auf eine Bank und ich lehne mich an Johnny.

»Was macht das neue *Watermelon*?«, frage ich dann.

»Es gab ein paar schwere Diskussionen wie viel Glitzer in einer Bar sein darf, aber Frederik und ich haben einen Kompromiss gefunden.« Er grinst. »Meine Lieblingsagentur plant gerade die Neueröffnung.«

»Und für wann ist die geplant?«, erkundige ich mich leise.

»Das hängt ganz davon an, ob du schon bereit bist, wieder zurückzukommen.«

Ich fahre mit den Fingern durch mein Haar und lege den Kopf in den Nacken.

»Ich weiß es nicht«, gebe ich zu.

»Wegen Georg?« Seine Stimme klingt so ruhig, als würde er mich fragen, ob er mir das Salz reichen soll. Und doch steckt mehr dahinter. Ich horche in mich hinein. Es ist nicht Max, der mich davon abhält nach Hause zu fahren. Also nicke ich.

»Sylvie, Max hat dir Jahre deines Lebens gestohlen. Jahre, in denen du nicht so leben und lieben konntest, wie du wolltest. Wenn du Georg getroffen hättest, ohne dass Max zuvor in deinem Leben gewesen wäre, wäre dann Georg der Mann, mit dem du zusammen sein willst?«

Ja, wäre er das? Ich denke an die letzten Wochen und Monate zurück. Wie wohl ich mich mit Georg gefühlt habe, wie zuhause, wie geborgen und angekommen. Erneut bringe ich nur ein Nicken zustande.

»Dann lass nicht zu, dass dir Max auch die nächsten Jahre deines Lebens klaut. Dass er noch so viel Macht über dich hat, dass du eine Liebe von dir stößt, die dich glücklich machen könnte«, rät mein bester Freund mir eindringlich.

»Und wenn Georg mich *nicht* glücklich macht?«, gebe ich zu bedenken. »Wenn es wieder schiefgeht und ich ewig daran zu kauen habe?«

»Und wenn es nicht schiefgeht?«, hält Johnny dagegen. »Und selbst wenn, ist eine Trennung keine Angelegenheit von drei Jahren. Lass ihn nicht gehen.«

»Gehen?« Erstaunt sehe ich auf.

»Georg packt seine Sachen«, berichtet Johnny. »Er will weg aus Sterenholm.«

Weg? Wie ein Blitz fallen mir seine Worte wieder ein: *Wenn es mir hier nicht mehr gefällt, starte ich einfach den Motor und schippere mit meinem Zuhause einfach in einen anderen Hafen.*

»Das Hausboot ...«, entfährt es mir. »Wie lange ist er noch da?«

Mein bester Freund zuckt die Schultern. »Die Stadt sucht bereits einen Nachfolger für ihn.«

Mit einem Schlag wird mir eiskalt. Ich kann mir ein Leben in Sterenholm nicht ohne Georg vorstellen. Nein, ich kann mir nirgends ein Leben ohne Georg vorstellen.

»Scheiße, ich muss sofort zurück«, rufe ich, während ich aufspringe und zu meinem Auto laufe. Johnny ist mir dicht auf den Fersen.

»Das ist mein Mädchen!«, meint er vergnügt, als er sich neben mich auf den Beifahrersitz fallen lässt.

Nach einer Stunde Fahrt habe ich einen Plan. Ich tausche mit Johnny die Plätze und hänge mich ans Telefon. Lexi hole ich als Erste ins Boot, damit mein Vorhaben gelingt und auch Livia, Lilly und Frederik erklären sich sofort bereit, mir zu helfen. Die Fahrt vergeht wie im Flug, doch es ist schon dunkel, als wir schließlich in Sterenholm ankommen. Der Wind ist milder, die Sterne funkeln hell und die Ostsee begrüßt mich mit leisem Plätschern, während die Lichter der Stadt sich in ihr spiegeln. Ich bin zu Hause!

Nachdem ich Johnny beim *L&P* abgesetzt habe, bringe ich meine Sachen auf das Hausboot und registriere erleichtert, dass der blaue Elefant ruhig neben meiner Quietschente liegt und in seinem Inneren Licht brennt. Er würde mir jetzt nicht zuhören, wenn ich an seine Tür klopfen würde, da bin ich mir sicher. Dazu ist er zu verletzt. Dafür braucht es jetzt mehr. Aber alles zu seiner Zeit.

Ich packe aus und nehme aus meinem Koffer als Letztes eine Geschenkschachtel mit Wellendekor, die ich vorige Woche gekauft habe. In ihr liegen nun die CD von *Sie liebt den* DJ, die angebrochene Packung Kondome, Max' Hemd und zwei Fotoalben seiner Abenteuer. Außerdem noch sein Abschiedsbrief und der Auszug aus dem Logbuch mit der eingetragenen

Position und einem Seekartenausschnitt jener Stelle, wo seine Asche im Meer liegt. Auch die Schmuckschatulle, die ich mir von Sophie habe schicken lassen und in die ich nun sorgfältig meinen Ehering stecke, lege ich hinein, ehe ich den Deckel schließe. Und morgen werde ich um Georg kämpfen.

Kapitel 36 – heute

Am nächsten Tag ist es so weit. Kurz vor zehn Uhr betrete ich mit laut pochendem Herzen den kleinen lokalen Radiosender. Die blonde Empfangsdame bringt mich sofort ins Studio, als ich ihr meinen Namen nenne. Dann starten die Nachrichten und mit jeder verstreichenden Sekunde werde ich nervöser. Wird es klappen?

»Nach diesen tollen Wetteraussichten möchte ich euch um eure Hilfe bitten. Eine Bewohnerin unserer Stadt muss sich Gehör verschaffen, bei einem Mann, dem sie ihre Gefühle viel zu lange verschwiegen hat. Also dreht bitte die Lautstärke bis zum Anschlag rauf und öffnet die Fenster, damit der Gute auch wirklich nicht überhören kann, was sie zu sagen hat. Ich begrüße bei mir im Studio: Sylvie!«

»Hi«, sage ich schüchtern.

»Ich nehme an, es gab Streit?«, fragt mich der Moderator aufmunternd.

»Ich war eine Idiotin«, gebe ich unverblümt zu. »Und deshalb wünsche ich mir nichts mehr, als dass der Mann meines Herzens dieses Lied hört.«

»Dann sag, was du zu sagen hast, wir geben dir die Plattform dafür.«

»Georg Leitner, bitte hör mir zu! Egal, wo du gerade bist. Bitte geh nicht! Sylvie Becker war nicht mutig genug, aber Sylvie von Buren liebt dich über alles und will es der ganzen Welt zeigen. Gib mir noch eine zweite Chance, gib *uns* noch eine zweite Chance!«

Ich nicke dem Moderator zu und er schiebt die Regler nach oben. *Against all odds* von Phil Collins ertönt und mit samtiger Stimme teilt dieser Georg mit, dass ich wünschte, ihn dazu bringen zu könnte, sich umzudrehen und mich weinen zu sehen. Dass ich ihm so viel sagen muss, so viele Gründe warum und dass er der Einzige ist, der mich wirklich kennt.

Ich verlasse den Sender und bemerke auf der Straße, dass alle Wort gehalten haben. Jedes Geschäft, jedes Lokal hat den Sender eingeschaltet und die Lautstärke aufgedreht. Auch aus den Fenstern der Stadtverwaltung dröhnt Phils Stimme. Sogar die Polizeiwagen fahren mit offenen Fenstern und laufendem Radio durch die Stadt. Er kann es nicht überhören, egal wo er ist.

»Georg, Sylvie wartet bei Elefant und Quietschente auf dich!«, tönt aus den Radios nun der verschlüsselte Treffpunkt, den der Moderator wie versprochen durchgibt. »Komm, Mann! Gib dir einen Ruck und hör dir an, was sie zu sagen hat.«

Ich laufe, vorbei am *Leckermäulchen* und an *Frederiks Fischkneipe*, bis ich atemlos am Pier ankomme. Der Weg ist leer. Niemand ist da. Rasch laufe ich bis zu den Hausbooten vor und sehe nach, ob er dort irgendwo steht. Dann warte ich. Gerade als sich Enttäuschung in mir breitmachen will, höre ich hinter mir Schritte. Es ist Georg und allein sein Anblick lässt mich aufatmen.

Langsam kommt er auf mich zu und ich fürchte, dass meine Beine bald nicht mehr wissen, wie man steht.

»Das hat aber lange gedauert«, entfährt es mir.

»Das Gleiche könnte ich auch sagen«, stellt er fest.

»Aber du bist gekommen«, hauche ich.

Sein Blick ist abwartend, aber auf mich geheftet. Nervös atme ich tief ein.

»Georg, es tut mir so unendlich leid! Du warst einfach großartig, wie du auf mich gewartet hat und mich unterstützt hast, während dieser verrückten letzten Wochen. Ich habe alles falsch gemacht, wenn du dich so gefühlt hast, dass es ein Wettstreit zwischen dir und Max ist. Er war nicht perfekt für mich. Genauso wenig wie du es bist, denn perfekt gibt es einfach nicht.

Aber du hast recht, dass du ein anderer Mensch bist mit einer anderen Art mich zu lieben – einer gesünderen, einer offeneren. Das habe ich einfach nicht berücksichtigt in meiner Sorge, mich wieder in einem Mann so zu verlieren, wie bei Max. Ich hätte niemals zulassen dürfen, dass meine Vergangenheit mich von meiner Zukunft abhält.« Flehend sehe ich ihn an und hoffe, dass er versteht, was ich ihm damit sagen will.

»Ist er denn jetzt Vergangenheit?«, fragt Georg ernst.

»Ja!«, sage ich mit fester Stimme. »Vor dir steht Sylvie von Buren, Witwe von Maximilian Hubertus von Buren, der seinem Wunsch gemäß bei den Fischen der Nordsee seine letzte Ruhestätte gefunden hat.«

Ein erleichtertes Lächeln macht sich um Georgs Mund breit.

»Aber Max war nicht der einzige Grund, weshalb du plötzlich auf Abstand zu mir gegangen bist, habe ich recht?«

Ich zögere. »Ich hatte einfach das Gefühl, dass du mich überholt hast. Dein *Ich lass dich nie mehr gehen* war, als wollte ich eigentlich auf der Landstraße bis zum Ziel fahren und du bist plötzlich auf die Autobahn abgebogen. Das hat mir Angst gemacht«, gebe ich leise zu.

»Das hättest du mir doch einfach sagen können. Ich wäre auch auf der Landstraße mit dir weitergetuckert«, meint er. »In einer Beziehung sollte man solche Dinge ansprechen und klären können.«

»Du hast recht. Aber du wolltest doch auch einfach abhauen«, gebe ich zu bedenken.

»Weil mir hier ohne dich alles so sinnlos erschien. An jeder Ecke musste ich an dich denken, das habe ich einfach nicht mehr ausgehalten«, gesteht er. Mein Herz macht einen Luftsprung.

»Aber ich bin wieder da …« Ich lasse den Satz so zwischen uns stehen und hole tief Luft. »Habe ich denn noch eine Zukunft mit dir?«, frage ich ihn dann mit zittriger Stimme. »Als

Mann an meiner Seite, als erste Geige, ach was, als Einziger in meinem Orchester.«

»Ich habe mich schon am ersten Abend im Leuchtturm in dich verliebt und das hat sich zu keiner Sekunde geändert«, antwortet er heiser.

»Und ich liebe dich«, erwidere ich. »Ich weiß, dass ich es dir bisher zu wenig gesagt habe, aber das werde ich nachholen. An jedem einzelnen Tag meines Lebens. Ich lasse Plakate drucken, schalte eine Anzeige in der Zeitung, schreibe es auf die Quietschente ...«

»Mündlich reicht es mir«, flüstert er und zieht mich an sich. Erleichterung durchströmt mich und meine Beine drohen endgültig nachzugeben. Doch Georg hält mich. So, wie er mich die ganze Zeit gehalten hat. Es ist wie nach Hause kommen, wie ein bequemer Stuhl nach einer langen Wanderung, wie ein heißes Bad nach einem anstrengenden Tag. Rasch schlinge ich meine Arme um seinen Hals und küsse ihn stürmisch. Ich weiß jetzt, dass ich ihn nicht zum Leben brauche. Aber über alles will!

Epilog

Und du bist dir ganz sicher, dass es dir nicht zu schnell geht?«, fragt Georg mich zum wiederholten Mal. Ich lächle ihn an. Meine früheren Ängste sind verflogen und ich habe keine Ahnung, weshalb ich mir je Gedanken darüber gemacht habe. »Ja, bin ich!«, versichere ich ihm.

Gerade rechtzeitig vor der Eröffnung des *Watermelon* haben wir den großen Umzug geschafft. Meine Sachen sind jetzt bei Georg auf dem blauen Elefanten und er scherzt schon, dass er nun neue Prospekte von Stern-Hausboote braucht, damit er ein größeres für uns beide kauft. In meine ehemalige Quietschente ist Zug um Zug Johnny eingezogen.

Lexi bringt mir eben meine Vorräte an Tiefkühlpizza, die Johnny im Gefrierschrank gefunden hat, als Georg aus dem Büro kommt.

»Tolle Neuigkeiten!«, verkündet er, dessen Kündigung die Stadtverwaltung mit dem größten Vergnügen zerrissen hat. »Im Herbst sollen einige Folgen der Kochsendung *Strandküche* bei uns gedreht werden und man sucht Verstärkung aus dem Ort. Ist das nicht aufregend?«

Lexi überlegt einen Augenblick und klopft ihm dann auf die Schulter. »Da wird sich sicher jemand finden.« Sie zwinkert ihm zu und ich bin sehr froh, dass alle Menschen, die einen besonderen Platz in meinem Herzen haben, sich so gut verstehen.

Am Eröffnungsabend ist Johnnys neue Traumbar zum Bersten voll. Frederiks Raumplanung funktioniert. Er hat zwischen dem Restaurant *Fischkneipe* und dem neuen *Watermelon* eine Wand einziehen lassen, bei der sich jedoch ein Durchgang aufschieben lässt. Zwischen sechzehn und zweiundzwanzig Uhr sind beide Lokale geöffnet und miteinander verbunden. Danach schließt das Restaurant und auch die gemeinsame Küche. Der Barbetrieb geht weiter bis ein Uhr morgens. Johnny hat von der Jukebox bis zum Spruch *The time of my life* an der Wand alles von seinem alten Baby mit an die Ostsee genommen. Und das Konzept des krassen Gegensatzes zum maritimen *Leuchtturm* scheint aufzugehen. Da das Lokal etwas kleiner ist als das vorherige und die Küche der Fischkneipe seine Speisen mit zubereitet, braucht Johnny keine zusätzlichen Angestellten. Georg und ich sitzen am Tresen und warten auf Lexi und Niko.

»Übrigens hat sich Hans Lehner bei mir gemeldet«, erzählt er mir dann.

»Was?«, rufe ich und reiße die Augen auf.

»Ja, er macht einen Bildband über die Ostsee und will Sterenholm eine besonders große Rolle darin geben. Er ist Journalist, kein Detektiv. Deshalb hat er so viel fotografiert.«

Ich schlage die Hände vor die Augen. »Da habe ich wohl die ganze Zeit den Falschen verdächtigt«, bringe ich lachend hervor.

Dann reicht mir Georg ein Glas Sekt und schiebt etwas Kleines zu mir herüber. Aus den Augenwinkeln sehe ich, dass es ein Schmuckkästchen ist. Erstaunt sehe ich ihn an.

»Mach schon auf«, bittet mich mein Freund.

Darin finde ich zwei schmale silberne Ringe, von denen einer drei kleine Steine diagonal eingearbeitet hat. Ich hatte eher mit einer Halskette gerechnet und erstarre. Er kann doch nicht … er meint doch nicht …

»Wird das jetzt …?«, bringe ich hervor und weiß nicht, was ich dazu sagen soll. Georg sieht mich verwirrt an.

»Was? Oh mein Gott, nein, keine Sorge!«, beruhigt er mich.

»Eine Hochzeit haben wir beide schon hinter uns und wissen, dass das keine Garantie ist für ein langes, gemeinsames, glückliches Leben. Außerdem musstest du lange genug dafür kämpfen, deinen neuen Namen tragen zu dürfen. Aber ich liebe dich und möchte, dass man auch von außen sieht, dass wir zusammengehören. Willst du diesen Ring tragen, *ohne* dass wir heiraten?«

Als ich seine Worte realisiere, werfe ich mich glücklich in seine Arme.

»Ja!«, hauche ich.

ENDE

Die Playlist zum Buch findet ihr auf Spotify unter ForeverOn-Spotify: bit.ly/ForeverOnSpotify

Für Informationen zu Lesenachschub aus der kleinen Stadt Sterenholm an der Ostsee folgt mir auf:

Homepage: www.KarinWimmerAutorin.jimdofree.com

Facebook: Karin Wimmer – Autorin

Instagram: Karin.Wimmer.Autorin

Danksagung

Wieder einmal bin ich am Ende und möchte Danke sagen! Dieses Buch ist etwas ganz Besonders, ganz Eigenes. Es ist mein Corona-Buch, bei dem nichts so gemacht wurde, wie geplant und nichts reibungslos gelaufen ist. – Diesen Roman zu schreiben ist schneller gegangen als bei allen anderen. Nein, nicht weil ich mehr Zeit hatte. Ganz im Gegenteil. Weil ich gelernt habe, die wenige Zeit besser zu nutzen. Ich habe geplottet und mich danach daran gemacht, alles akribisch auszuarbeiten. Vermutlich um vor dieser verrückten Zeit so oft es geht zu fliehen.

Und ihr könnt mir glauben, Hausbootküsse hat es mir schwer gemacht:

* Die beiden Zeitlinien haben mir noch mehr abverlangt, als ich ohnehin befürchtet hatte. Vor allem das Einbauen von Max' Szenen zum richtigen Zeitpunkt in Georgs Geschichte.
* Ich hatte diesmal keinen Song, der mich durch den Roman getragen hat. Damit fehlte mir eine Motivationsquelle, wenn ich einen Durchhänger hatte.
* Georg hat es mir als Protagonist nicht leicht gemacht, weil ich ewig kein Bild zu ihm vor Augen hatte und auch kein Gefühl für ihn bekommen habe. Leider hat man das beim Erstentwurf auch gemerkt und ich bekam die Anweisung meiner Testleserin: »mehr Gefühl«.
* Auch in Punkto Cover hat uns dieses Buch vor eine Hürde gestellt, denn die Quietschente ist nun mal kein »übliches« Hausboot und so wollten wir es auch auf den ersten Blick rüberbringen. Die Motivsuche war … abenteuerlich! 😊

Nun kommen wir zu der Person, ohne die dieser Roman niemalsnicht so geworden wäre, wie er ist:

Meiner Testleserin und besten Freundin Germaine! Danke danke danke für deine endlosen Bemühungen, deine Tipps, deine Kritik und deine Mithilfe bei der Suche nach »meinem« Georg. Die Besprechung deiner Anmerkungen war diesmal nicht so entspannend wie bei den letzten Romanen, sondern mit Zeitvorgabe und Corona-Maske. Aber trotzdem sehr produktiv und hilfreich. Ich wüsste nicht, was ich ohne dich tun würde!

Ganz besonders danke auch an meinen Mann Michel, der mich immer unterstützt, wenn er merkt, die Karin läuft unrund, weil sie zu viel Schreibkram im Kopf hat. Dann schickt er mich an den Laptop und übernimmt die Versorgung von Sohnemann, damit ich wieder einiges in die Tasten bekomme. Sein Los ist ein endloses, denn kaum habe ich etwas aufgeschrieben, fällt dem Kopf wieder etwas Neues ein. Aber wir kommen damit klar. – Danke, mein Hase!

Natürlich auch Danke an meine Eltern für die Unterstützung und dass sie stolz auf mich sind, dass ich mit meiner Schreiberei etwas erreiche.

Herzlichen Dank an die Firma Stern-Hausboote, die mir für mein inneres Auge Bilder ihrer Hausboote zur Verfügung gestellt hat und all meine Fragen geduldig beantwortet hat. Wer auf Sylvies Spuren wandeln will, kann sich für den nächsten Urlaub an der Ostsee auf www.stern-hausboote.de umsehen. –

Den vielen Helfern im Hintergrund eines Buches auch speziellen Dank. Lektorat, Korrektorat, Grafik, Verlage – ihr seid ein Traum. Vor allem meine Lektorin Louisa Pagel vom Forever Verlag hat mit ihren kritischen, hinterfragenden und motivierenden Kommentaren wieder mal dazu beigetragen, dass der letzte Schliff auch noch glänzt. Danke, du bist die Beste!!!

Besonders möchte ich meinen guten Freund Marco hervorheben, der sich neben Job, Hausbau und Familie seit Strandkorbsehnsucht auch noch um meine grafische Verzweiflung in Punkto Printausgaben kümmert. Marco, du bist ein zaubernder Held am Grafikprogramm! Danke!

Und natürlich Danke an meine Leser, denn ohne euch würden meine Geschichten ein Leben in der Schreibtischschublade fristen und nicht die Luft der weiten Welt schnuppern!

Auf viele weitere Geschichten!

Eure
Karin

Strandkorbflüstern
von Karin Wimmer

Alexandra hat ihr Leben durchgeplant: Haus, Hochzeit und Kinder mit Langzeitfreund Robert. Und so nebenbei noch irgendwann die Diplomarbeit schreiben. Doch dann verliert Alexandra ihren Praktikumsplatz, weil die Diplomarbeit eben noch immer nicht fertig ist, und erwischt Robert auch noch mit ihrer besten Freundin im Bett. Aufgelöst und plötzlich völlig planlos fährt Alexandra zu ihrer Zwillingsschwester, die eine kleine Pension mit Restaurant an der Ostsee führt. Dort kommt sie erst mal unter und lernt Koch Niko kennen. Der ist nicht nur witzig und gutaussehend, sondern auch sehr nett. Wir sind nur Freunde, sagt sich Alexandra, aber Niko bringt ihr Herz ganz schön ins Stolpern. Doch er ist viel jünger und außerdem ist sie ja frisch getrennt. Und schon beginnen Warnleuchte im Kopf und Schmetterlinge im Bauch zu streiten …

450 Seiten
ISBN 978-3-95818-488-6
Verlag: Forever by Ullstein

Strandkorbsehnsucht
Karin Wimmer

Ein Sommer an der Ostsee liegt hinter Lexi. Ein Sommer mit Niko, der alles verändert hat. Doch bevor sie sich auf ihre neue Liebe einlassen kann, muss sie erst ihr Leben in den Griff bekommen. Und das bedeutet: Neue Wohnung, neuer Job und endlich ihre Diplomarbeit fertig schreiben. Voller Tatendrang stürzt sich Lexi in ihre Aufgaben. Doch sie hat Sehnsucht. Nach Niko, nach salziger Meeresluft, nach Sand unter den Füßen und gemütlichen Stunden im Strandkorb. Zwischen Unfällen, Notfällen und Zwischenfällen merkt Lexi, dass man im Leben nicht alles haben kann. Oder doch?

282 Seiten
ISBN: 978-3-752-610-284
Verlag Print: BoD
Verlag E-Book: Forever by Ullstein